EL PARAÍSO DE LAS PERDEDORAS

Jean-Pierre Perrin

El Paraíso de las Perdedoras

Traducción de Roser Vilagrassa Sentís

Umbriel Editores

Argentina • Chile • Colombia • España
Estados Unidos • México • Uruguay • Venezuela

Título original: *Le Paradis des perdantes*
Editor original: Éditions Stock, París
Traducción: Roser Vilagrassa Sentís

Reservados todos los derechos. Queda rigurosamente prohibida, sin la autorización escrita de los titulares del *copyright*, bajo las sanciones establecidas en las leyes, la reproducción parcial o total de esta obra por cualquier medio o procedimiento, incluidos la reprografía y el tratamiento informático, así como la distribución de ejemplares mediante alquiler o préstamo públicos.

© 2006 *by* Éditions Stock
© de la traducción, 2009 *by* Roser Vilagrassa Sentís
© 2009 *by* Ediciones Urano, S.A.
   Aribau, 142, pral. – 08036 Barcelona
   www.umbrieleditores.com

ISBN: 978-84-89367-58-6
Depósito legal: B. 6.633 - 2009

Fotocomposición: Ediciones Urano, S.A.
Impreso por Romanyà Valls, S.A. – Verdaguer, 1 – 08786 Capellades (Barcelona)

Impreso en España – *Printed in Spain*

Esta historia está inspirada en hechos reales.
No obstante, cualquier parecido con personas vivas
o muertas es puramente fortuito.

Periodista e historiador francolibanés, Samir Kassir se había propuesto escribir una trilogía policíaca sobre Beirut. Jamás la leeremos. Valiente defensor de la democracia en el mundo árabe, una de las plumas más brillantes y más libres y uno de los protagonistas de la Primavera del Líbano, fue asesinado el 2 de junio de 2005 a las 10.40 al explotar su Alfa Romeo. Con él desaparece una gran memoria de Beirut, cuya historia él relató. A la hora en que lo asesinaron, hubiéramos tenido que estar desayunando tranquilamente en la terraza de un café próximo a su casa. El destino hizo que en el último momento yo aplazara la cita, lo cual precipitó en consecuencia su fin. Esta novela está dedicada a él.

«Y la amenaza de lo que llaman Infierno es poco o nada para mí, querido camarada. Confieso que te he exhortado a seguirme y que te sigo exhortando, sin saber cuál será nuestro destino, sin saber si saldremos victoriosos o seremos por entero aplastados y vencidos.»

Walt Whitman
Redobles de tambor

PRIMERA PARTE

1

Me había citado con una gota de lluvia.

El tiempo se estaba poniendo feo. Poco después de fijar la hora y el lugar del encuentro, el *tauz* se había levantado en el horizonte y había invadido la ciudad de Manama y todo el archipiélago.

El *tauz* sólo aparece en invierno. Es un viento duro, traicionero y malo, que desgasta, raspa y lacera. Nace en los desiertos de Jordania, y atraviesa las vastas mesetas áridas del Neyd saudí, donde se hincha de cólera y arena antes de asaltar las riberas del golfo Pérsico y provocar el cierre de aeropuertos, el hundimiento de embarcaciones, y colarse hasta el corazón de las casas para desesperación de las empleadas asiáticas, que se ven obligadas a trabajar largas jornadas quitando el polvo, unas veces negro, otras veces gris, y fino, tan fino como el hollín, que el *tauz* deposita en todas partes, incluso en los cajones mejor cerrados.

El *tauz* soplaba desde la noche anterior, esparciendo sus maleficios por el archipiélago de los Dos Mares, oscureciendo un cielo habitualmente de color de papel cebolla, doblando con furia los últimos palmerales y haciendo entornar los ojos desesperadamente vacíos a la camella blanca del emir. Bajo los embates del viento, las trompadas y los zarpazos que daba cuando se armaba de arena, el mar, apático y mudo, se había rebelado y pequeñas olas de cólera amarilla rompían en el arenal desierto por el que yo deambulaba.

Allí había quedado con mi gota de lluvia.

La imaginaba minúscula y trémula, transportada por las ráfagas frías, sacudida, zarandeada a izquierda, precipitada a derecha, empujada con violencia, lanzada y luego retenida al capricho del viento, dispuesto a solazarse, maltratándola a lo largo de esta costa insulsa y plana donde débiles mareas vomitaban cuanto recogían.

Al teléfono, su voz me había gustado. Por eso la había apodado gota de lluvia, una hermosa expresión que recordaba de la joven poeta afgana Nadia Anjuman para designar a las mujeres constreñidas a la sumisión, al velo, a la uniformidad y al anonimato.

«Es el verde paso de las gotas de lluvia que viene por el camino aquí y ahora. Ni una sonrisa en las comisuras de los labios. Ni una lágrima que asome del lecho seco de sus ojos. ¡Dios! No sé si su grito poderoso consigue alcanzar las nubes. O el cielo siquiera. Es el verde paso de las gotas de lluvia», escribió poco antes de morir a golpes en manos de su esposo, a quien no le gustaba la libertad de su pluma.

Habitualmente, los occidentales residentes en el Golfo empleaban una expresión bastante más grosera, casi despectiva: saco de carbón. Si bien es cierto que esta fórmula era más expresiva. Sobre todo al verla avanzar viniendo a mi encuentro; el viento se introducía bajo la tela de su *abaya* negra. Estábamos en enero. Hacía un frío casi glacial. Por tanto, no había que temer ningún olor terrible. Con el verano, los sacos de carbón desprendían un intenso olor a cerrado, lo que es normal, dada la falta de ventilación. El sudor fermentado, la gruesa tela que lo retiene y que se impregna de él, y los decilitros de colonia barata que inundan el conjunto por lo general crean una mezcla sutil que se huele a distancia.

De todas maneras, tratándose de olores, yo ya iba pertrechado. Había empezado el día con un *whisky*, así que nada había que temer en cuanto a falta de buen gusto, puesto que yo mismo apestaba a aguardiente.

En aquella especie de dique que bordeaba el mar no había un alma viviente. No era la hora —los muecines acababan de convocar a la oración de mediodía— ni la época del año propicia. Por la noche, en cambio, no bien el calor empezaba a notarse, siempre había aparcados frente al mar coches distanciados a unos centenares de metros unos de otros. En el interior, parejas rigurosamente separadas por la palanca de cambios. O colegas que acudían a matar el tiempo escuchando la radio y bebiendo a hurtadillas.

El Paraíso de las Perdedoras   15

Sin embargo, aquel día no había ni un triste gato. Las trombas de polvo obligaban a la gente a volver a casa en cuanto salían del trabajo. Nadie deseaba hacer el esfuerzo de llegar hasta allí. Desde un banco de arena formado por la marea, las gaviotas lanzaban quejidos agudos. El *tauz* seguía soplando con la misma intensidad, ahogando el rumor de la autopista adyacente a la costa.

Una gota de lluvia y un policía. O un saco de carbón y un poli. ¡Qué más dan las palabras! Formaríamos un curioso dúo en aquella cornisa desierta. Ella envuelta en sus velos, que el viento inflaba como el foque de un *butre**. Yo en traje, con la corbata batallando al capricho de las ráfagas. Todo un éxito para un encuentro discreto. Me preguntaba por qué la habría citado allí.

Al otro lado de la autopista había un ejército de edificios, sobre todo bancos de inversión erigidos pared por medio para arramblar el dinero del petróleo, y palacios de cinco estrellas mínimo.

La gota de lluvia se retrasaba un poco. Había quedado con ella a mediodía para que no hubiera equívoco posible. Aunque las costumbres se hubieran relajado a lo largo de los últimos años en el emirato de los Dos Mares, ver a un hombre y una mujer juntos, siendo además un cristiano y una musulmana, podía dar que hablar.

Yo había llegado a las doce en punto, según lo convenido, y ya hacía diez minutos que caminaba arriba y abajo por la orilla del mar. Las gaviotas seguían graznando. Coches largos como pequeños petroleros pasaban volando por la autopista costera. Las olas golpeaban al acercarse a la orilla. De color verde oscuro, maquilladas de cierta irritación amarilla, me hacían pensar en el mar del Norte, me traían recuerdos de Ostende, de una canción de Léo Ferré...

Unas pancartas clavadas cada doscientos metros en el suelo pedregoso prohibían bañarse. Como si alguien pensara hacerlo. La playa era un vertedero de latas de Pepsi-Cola despachurradas por la marea. Tampoco faltaban los envases de Heineken, ni las botellas de plástico de agua mineral. Había también un buen batiburrillo de Fos-

---

* Embarcación a vela característica de la región. *(N. de la T.)*

ter's, la cerveza australiana, Coca-Cola, Club Soda y otras marcas menos conocidas. Bidones y planchas de chapa oxidada completaban el cuadro. A unos cientos de metros, una chalupa naufragada, estaba tumbada sobre un costado.

A lo lejos distinguí a la gota de lluvia, que se apresuraba. Lo cierto era que parecía... un saco de carbón.

La *abaya*, el velo largo y grueso, negro y opaco, que parece una funda abierta por delante, cubre a las mujeres del Golfo de la cabeza a los pies. Los extranjeros la confunden a menudo con el chador iraní.

Como buenamente pude, me aplasté contra el cráneo unos mechones a los que les había dado el baile de San Vito, coloqué en su sitio la corbata, que trataba de escapar sirviéndose de mi barriga como pista de despegue, y continué caminando con la vista baja para evitar que el viento me azotara en los ojos.

Cuando volví a levantar la cabeza, ella estaba a algo más de veinte metros. El *tauz* le hinchaba el velo, dándole un aspecto deforme. Naturalmente, ella batallaba con apuro para mantener la *abaya* en su sitio. Para conseguirlo le habrían hecho falta algunos brazos de más, como las diosas hindúes. Estas hermosas damas tenían seis, ocho o doce brazos, lo cual les habría permitido vestirse con capas de sobra, pero preferían bailar casi a pelo. En cambio, las mujeres del Golfo, cuando menos aquellas que debían envolverse en velos que se levantaban con facilidad en cuanto el viento soplaba, sólo tenían dos brazos a pesar de que para sujetar la *abaya* y cargar con los pesados capachos y los críos les habrían hecho falta al menos una decena. El mundo estaba lleno de injusticias.

Ya estábamos frente a frente. Ella seguía tratando de poner en orden su vestimenta, y yo seguía pensando que las facciones que permitía ver la *abaya* no estaban nada mal.

La chica tenía encanto. Ojos grandes, nariz fina y aquilina, labios algo llenos que concedían un toque de sensualidad a un rostro angelical y una tez a medio camino entre melocotón y coco. La chica medía alrededor de un metro sesenta y cinco y tenía unos veinte años de edad. El velo negro no revelaba ninguna parte de su cuerpo, pero no había por qué imaginar lo peor. Bajo la funda negra llevaba unos vaqueros. En los pies, sandalias y gruesos calcetines grises. De ella sólo sabía que se llamaba Eschrat.

Mi mirada le desagradó. Volvió a echarse sobre la nariz una parte de la *abaya*, me dio la espalda y se puso a andar de nuevo. La seguí, la alcancé y la adelanté por la derecha manteniendo una distancia de dos metros. El viento me devolvió mis palabras:

—¡Es una costumbre! Siempre miro así a la gente con quien voy a tratar. Si no le gusta, contrate a un poli de aquí.

Tardó unos segundos en responderme. Su voz algo ronca contrastaba con su inglés refinado. Tenía un ligerísimo acento. Se había librado de las universidades americanas, pero no de un excelente colegio privado inglés.

—Los policías de mi país son bastante educados. No nos desnudan con los ojos. Los suyos parecen rayos X. Y nuestros policías no se citan con chicas jóvenes en una playa desierta.

—Pues conoce usted muy mal a sus polis. Y además, yo esperaba que viniera acompañada de una tata, una dama de compañía o, en última instancia, de una amiga. ¿Por qué ha venido sola? Seguro que conoce el *hadiz* del Profeta que dice que, cuando un hombre se encuentra a solas con una mujer, no son dos personas, sino tres...

—... porque el Diablo está presente también. No esperaba que un policía como usted se interesara por el islam.

—Tampoco es que me interese mucho. De las religiones, retengo sobre todo aquello que me parece gracioso. De hecho, el Profeta se equivoca: cuando un hombre y una mujer están solos, no son ni dos, ni tres, sino cuatro. Porque además del Diablo, siempre hay un vecino que mira.

—Tiene mucha razón —dijo conteniendo la sonrisa que esbozó a pesar de mi horrible blasfemia—. Quizá por eso mismo hay un proverbio árabe que aconseja «elige a tus vecinos...

—... antes de elegir tu casa».

Parecía algo menos crispada. Seguimos caminando y departiendo por el borde del terraplén que dominaba ligeramente el mar verde y cetrino. Una ráfaga nos lanzó a la cara olores de alquitrán y alcantarilla. Tuve ganas de tomarme otro whisky.

—¿Le parece que ahora hablemos en serio? ¿Cómo se llama y qué edad tiene su hermana? ¿Y a qué se dedica?

Como si saliera de una ensoñación, vaciló unos segundos y luego respondió mirándome, por primera vez, directamente a los ojos. A los suyos asomaban las lágrimas.

—Se llama Yasmina. Tiene dieciséis años. Asiste a clases en el British Council. Todavía no sabe a qué se dedicará después. O más bien lo sabe, pero a una chica de aquí no le está permitido...

—¿Cuándo la vio por última vez?

—El jueves por la tarde. Fue de compras al centro. No tenía clase. Nuestro chófer la dejó cerca de la entrada principal del zoco.

—¿Y sus padres? ¿Qué piensan de su ausencia?

—Poca cosa. Mi madre llora y mi padre grita. Pero no hacen nada para encontrarla. La situación les desborda por completo. Como mi padre teme un escándalo, ni siquiera quiere hablar con la policía. Si supiera que he recurrido a usted, me pegaría y me encerraría en casa una temporada.

—Aunque, a sus espaldas, habrá usted llamado a las comisarías, a los hospitales...

—He telefoneado a toda la isla.

—¿Tiene un amigo su hermana?

Ignoró la pregunta. La repetí y tampoco se dignó responder, poniendo cara de no haberme entendido. Aquello no me gustó, pero si quería llegar al meollo, tendría que hacer de poli malo y provocarla. Me puse el disfraz de policía libidinoso y salaz aficionado a la carne fresca, lo cual podría hacer que reaccionara y me lo contara todo. Repetí la pregunta.

—¿Un amigo, un ligue, un novio, un amante o un tipo que se la tire de vez en cuando?

Se detuvo y volvió la cabeza con brusquedad sin preocuparse de que la *abaya* se le deslizara por el cuello. Sus grandes ojos despedían veneno y frunció el ceño encolerizada.

—Mi hermana es una musulmana sincera. Guarde sus insultos para las occidentales, señor Grenadier. Sus palabras son ofensivas. Con ellas, no sólo nos ultraja a mí y a mi hermana, sino a toda nuestra familia, que...

—Calle. Hará reír a las gaviotas. Mejor escúcheme un par de minutos: su hermana lleva desaparecida cuatro días, lo cual es bastante inquietante en un archipiélago pequeño como un puño, donde a las chicas no les pasa por la cabeza fugarse. Usted ha recurrido a un poli extranjero para encontrarla, porque no confía en sus propios policías y no puedo decir que se equivoque. Usted sabe que un tipo como yo, aun siendo tan canalla como cree que soy, sabrá tener la boca cerrada. Sabe que no habrá riesgo de que el asunto se divulgue. Ni riesgo de escándalo, si es que hubiera motivo para ello. Así, una vez encontrada la huida y reparada la virginidad si es necesario, se le podrá buscar un marido. Ése es el anverso de la moneda. El reverso es que quiero saberlo todo. Es la condición que pongo antes de ocuparme de su hermanita. Y cuando digo todo, me refiero a todo, incluidas la marca y el color de sus braguitas...

Casi gritó.

—Es usted un abyecto. Ese tipo de... detalles no le ayudarán a encontrarla.

—¿Y usted qué sabe? La gente no va al British Council sólo para aprender la lengua de Shakespeare. Vaya a ver al jardinero paquistaní de mi parte: él le dirá qué encuentra en el césped de la parte trasera de los edificios y las cosas que pasan cuando se hace de noche. ¿Quiere que le diga cuántos condones recoge al año?

Sin responder, reanudó el paso.

A lo lejos se divisaba el puente que une Manama, la capital del emirato de los Dos Mares, a la isla de Muharraq, donde se encuentra el aeropuerto internacional. Cuando el viento amainaba, alargando el cuello se distinguían en la lejanía las cúpulas de las mezquitas y los grandes depósitos. Tumbados sobre el arenal, los *dhows*, las embarcaciones de cascos abultados, parecían ballenas encalladas. Las cúpulas de las mezquitas y esos cascos eran las únicas formas redondas del archipiélago, plano como un molde para tartas.

A causa de la tormenta había pocos barcos en el mar. Una sola embarcación costeaba la orilla con lentitud. La gota de lluvia esperó a que se alejara el ruido rauco de un motor antes de responderme.

—Usted es como todos los occidentales. Hasta que no hunden a las mujeres en el barro, no están contentos. Bajo el pretexto de la libertad sexual, les gusta el vicio, la depravación y todo lo que las embrutece. Cuánto me alegro de no ser una mujer de su país.

—¿Vicio? ¿Depravación? ¿Está segura de que sabe qué significan esas palabras?

—Puede que no, pero... pero sé que usted no es la persona que finge ser. Sólo pretende escandalizarme. ¿Lo hace porque formo parte de una comunidad menospreciada?

La muchacha había dado en el clavo. Si yo había ido tan lejos en la provocación era sin duda porque pertenecía a la comunidad maldita, a la de los chiitas, que rechazaban toda legitimidad del príncipe al que yo servía, lo que provocaba que el emirato de los Dos Mares, pequeño archipiélago de seiscientas veinte mil almas, viviera bajo la amenaza permanente de una guerra civil.

Eschrat era chiita, al igual que toda su familia. Como policía al servicio del futuro emir, el príncipe heredero Mahmud, me permitían libertad de acción absoluta sobre todo el territorio del archipiélago y, por tanto, tenía perfecto derecho a interrogar a quien me pareciera con el pretexto de que concernía a asuntos del príncipe. Me bastaba con mostrar la credencial y gritar «Seguridad del Estado» para que se me permitiera casi todo.

Desde hacía veinte años, el emirato vivía permanentemente en la cuerda floja debido a la hostilidad que se profesaban las dos comunidades musulmanas, la chiita y la sunita. En este asunto, la política se mezclaba con la religión. El «estamento chiita» representaba aproximadamente el setenta por ciento de la población, pero el «estamento sunita» concentraba el poder y las riquezas. El emir, sus chambelanes, sus oficiales, sus soldados, sus policías, sus cocineros —al menos los que no provenían de Europa—, sus esbirros, sus ministros, y algún que otro actor secundario, eran sunitas. La plebe, en cambio, era chiita. Además, el poder desconfiaba de ella y le impedía alistarse en el ejército e ingresar en la policía. La administración gubernamental solía preferir la mano de obra india o paquistaní, que era menos exigente con el salario y las condiciones de trabajo y, por supuesto, menos revoltosa. Pues, en el emirato de los Dos Mares, había una tercera comunidad, constituida por una gran minoría de emigrados, en su mayoría asiáticos, que sólo tenían derecho a extenuarse y callar.

Todo esto creaba tensiones, y a veces se producían disturbios terriblemente violentos durante los cuales las tropas disparaban sin el menor escrúpulo. Los chiitas replicaban con intentos de asesinato que apuntaban al emir y los suyos.

Eschrat y su familia formaban parte de la burguesía chiita que había jurado fidelidad al régimen sunita para sobrevivir económicamente. Sin embargo, y seguramente con razón, el poder dudaba de la fidelidad de estos partidarios por interés. Si el viento cambiaba, les faltaría tiempo para volver a las filas de la oposición.

Yo estaba del lado de los tiranos. Lo estaba abiertamente, a la vista de todos. No como los distinguidos diplomáticos occidentales, que se las daban de virtuosos de cara a la opinión pública y entre bambalinas lo toleraban todo a las pequeñas petromonarquías del golfo Pérsico. Como la explotación de los recursos petrolíferos era vital, Washington, Londres y París preferían lamerle el culo a los déspotas locales a darles una patada en él. Las lecciones de moral que las democracias repartían al resto del mundo se ahogaban en el primer barril de crudo. Y luego, si un día los otros, los enemigos de Occidente, ganaran, ¿qué iba a cambiar? Los opositores al régimen no soñaban con instaurar una democracia, sino una república islámica pura y dura gobernada por ayatolás barbudos y fanáticos estrechos de miras para reemplazar a los emires gordos y perfumados. Por todas estas razones, las buenas y las malas, yo no estaba de humor.

Con todo, Eschrat había preferido recurrir a un poli extranjero al servicio del opresor. Tenía razón. Los policías del emirato no valían gran cosa.

—¿Va usted a buscar de verdad a mi hermana? —me preguntó, algo más tranquila.

Esta vez hice un esfuerzo para no mirarla de arriba abajo.

—Evidentemente. Incluso pienso encontrarla bastante pronto.

—¿Me promete que la buscará como si fuera una occidental?

—Se lo prometo.

—¿Qué quiere saber de ella?

—Todo. Para empezar, si está metida en política.

—No. Sólo le interesan los estudios. Quiere hablar inglés lo mejor posible, aprobar el *Proficiency* y estudiar, como yo, en el extranjero. También le interesa mucho el cine y el teatro. Le gustaría ser actriz. Para empezar, le gustaría participar en un grupo de teatro de aficionados, pero mi padre se lo ha prohibido.

Seguimos hablando un buen rato. A continuación me dio una foto de Yasmina. Era una cría muy guapa, esbelta como su hermana, con los mismos ojos grandes y oscuros, la misma boca carnosa, las mismas mejillas prominentes y el mismo rostro inteligente; sólo la nariz era distinta, respingona en vez de aquilina. Quizá la ausencia del pañuelo, que permitía descubrir una larga cabellera negra por debajo de los hombros, la hacía parecer más maliciosa que su hermana. Y pese a su temprana edad, también parecía sensual.

—¿Tiene alguna idea de algún lugar al que podría haber ido su hermana?

—La verdad es que no.

—¿Tiene teléfono móvil?

—Sí, claro, pero comunica todo el tiempo, como si se hubiera estropeado. Y el contestador tampoco funciona. Esto es lo que más me preocupa, porque mi hermana se pasa la vida pegada al teléfono. Es una auténtica maníaca.

—¿Tiene pasaporte?

—Sí, pero no se lo ha llevado. Sigue guardado en un cajón de una cómoda.

—¿Sabe si se marchó con una maleta o un bolso grande?

—No creo. Sólo el bolso que lleva normalmente cuando sale.

—Me ha dicho que salió para ir de compras al zoco. ¿Cómo iba vestida?

—No la vi salir.

—Pero al día siguiente, o al otro, al ver que no volvía, miró en los armarios para ver si faltaban cosas. Por tanto, sabrá cómo iba vestida el día que se fue.

Se detuvo y se alisó otra vez la *abaya* antes de llevarse las manos a la cara. Parecía estar pensando, aunque no conseguía disimular que le molestaba mi pregunta. Se lo volví a preguntar con amabilidad:

—¿Cómo iba vestida su hermana?

Entre la pregunta y la respuesta pasaron largos segundos. Mientras tanto una polvareda cruzó la autopista. Al otro lado se levantaba el hotel Sheraton, cuya ese mayúscula, pintada en negro sobre la fachada blanca, hacía pensar en una gran serpiente o en un inmenso signo de dólar.

—Creo que llevaba una minifalda de cuero negra, muy corta, una que papá no le deja llevar fuera de casa. Puede que una camisa blanca también. Y un abrigo largo, y la *abaya* para tapar la minifalda.

—¿Llevaba un estuche de maquillaje?

—Sí. Es curioso, porque a mi hermana no le gusta mucho maquillarse. Es casi lo único que papá le permite hacer.

—¿Se llevó ropa interior de recambio?

—Creo que no.

—¿Y con qué zapatos iba?

—Con esos que se llevan con esas faldas, con tacones muy finos y puntas muy puntiagudas..., la moda de ahora.

—¿Y bajo la falda y la blusa?

Giró la cabeza y miró el mar.

—Vamos, no se haga la pudorosa. ¿Cree que ignoro que las chicas de aquí hablan de chicos entre ellas y se hacen confidencias? Si le hago esta pregunta es porque creo que su hermana podría haberse ido con un chico del que se hubiera enamorado. Además, usted piensa lo mismo que yo, si no, estaría más preocupada todavía por Yasmina.

—No hay ningún chico. Si lo hubiera, yo lo sabría. Y estoy mucho más preocupada de lo que usted piensa. Es como si estuviera muerta desde que se fue. Sólo así se puede explicar que no me haya marchado con sus primeros insultos.

Eschrat me caía bien. De ella emanaba una mezcla de fiereza inocente y sensualidad cándida. Para mí era un cambio, teniendo en cuenta los ambientes que yo frecuentaba. El viento, que intentaba llevarse su *abaya*, me permitió descubrir la finura de sus tobillos y cuánto prometían. Tras un momento de calma, el *tauz* volvió a soplar y a lanzarnos paletadas de arena a los ojos. Reanudamos la marcha encorvados, como dos ciegos sin bastón.

—Hay algo de lo que aún no hemos hablado —le dije.

—¿De qué?

—De cuánto le va a costar que yo encuentre a su hermana. Tengo fama de ser un buen poli, eficaz, perseverante y todo, pero no de ser barato si trabajo por mi cuenta. Y según he entendido, me va a pagar de su bolsillo porque sus padres no están al corriente de la gestión.

—Le daré todo lo que tengo. Me refiero a todo el dinero que tengo.

—¿No me pregunta a cuánto pueden ascender las locuras de su hermanita?

—Tengo ahorros. Espero que baste con eso.

—Y si no basta, ¿sería capaz de darme otra cosa?

No me entendió y se volvió hacia mí para mirarme.

—¿Otra cosa?

—Cosas como las que oculta bajo la *abaya*.

La muchacha palideció, apretó el velo contra su pecho y bajó los ojos un instante. Cuando los levantó de nuevo, volvían a estar llenos de cólera y lágrimas. Pero se rehizo enseguida.

—Señor Grenadier, creo que sigue jugando a ser un tipo despreciable, sigue haciéndose el policía perverso y corrupto. Y más aún cuando la persona de palacio a la que me dirigí tiene absoluta confianza en usted. Creo que rascando la corteza de su apariencia se descubre a un auténtico caballero…, como saben serlo todavía los franceses.

—¡Hum! No esté tan segura.

2

Antes de iniciar la investigación, tenía que pasar por un cuartel de la ciudad para dar una clase. Fui a buscar mi viejo Chevrolet, un Caprice Classic blanco de unos diez años que había dejado en el aparcamiento del Sheraton, y me dirigí hacia un barrio más antiguo.

Manama era la capital curiosa de un país curioso. No se sabía dónde empezaba realmente la ciudad. Se extendía en todas direcciones, incluso hacia el mar, gracias a inmensos terraplenes sobre los que se construían autopistas y hoteles que nadie se preocupaba por llenar. De un extremo al otro de la ciudad se construía lo que fuera, como fuera y donde fuera. Los arquitectos no buscaban la belleza, sino la riqueza. Por tanto, imitaban. Esto hacía que se encontraran todos los estilos juntos: la villa hollywoodiense, el palacio morisco, la casa solariega francesa con jardines mogoles, o el *cottage* inglés con un patio andaluz. Entre los racimos de viviendas, se elevaban altas torres construidas sin imaginación hacia un cielo que, ya fuera invierno o verano, tampoco la tenía.

Crucé el barrio de Al Faré, donde los edificios se alzaban junto a la playa como un acceso de acné sobre una piel adolescente, y pasé por calles más tradicionales. El cuartel de las Fuerzas de Defensa databa de la época de la presencia británica y tenía mal aspecto. Los edificios no tenían más que una o dos plantas y parecían deteriorados. Los del puesto de guardia ya empezaban a conocerme, así que no tuve que presentar la documentación. Llegaba ligeramente tarde, y la treintena de polis jóvenes encargados de la seguridad personal del príncipe heredero me estaban esperando en el gimnasio.

Todos mis alumnos eran hombres apuestos, algunos con bigotes negros y afilados como espadas, que intentaban copiar el estilo y los andares de los polis americanos, al menos de los que aparecían en las series que se tragaban cada noche al terminar el trabajo. Iban de paisano, vestidos a la europea, pero me saludaron a la manera militar. La mayoría de ellos hablaba inglés correctamente.

Ya hacía más de veinte años que el pequeño emirato de los Dos Mares estaba expuesto a frecuentes insurrecciones de la población chiita. Yo terminé por bendecir esa rebelión, unas veces declarada, otras latente. Gracias a ella, había podido encontrar un buen puesto de policía tras hundirme en uno de los últimos escándalos de la época de Mitterrand, el de las escuchas telefónicas ilegales. Una vez disuelta la célula antiterrorista del Elíseo, no me habían quedado muchas alternativas. Hasta las empresas de seguridad dudaban en emplearme por temor a que algún día se me ordenara comparecer ante un tribunal. Quedaba el golfo Pérsico y todos los pequeños emiratos que no confiaban en sus propios policías y preferían de lejos a los polis occidentales para asegurar su protección costosísima.

Puesto que Gran Bretaña era la antigua potencia colonial del lugar, los oficiales ingleses habían arramblado con las opciones del mercado de seguridad desde hacía mucho tiempo. Por suerte, los reyezuelos del petróleo ya no querían meter todos los huevos de oro en una misma cesta y empezaban a recurrir a los mercenarios franceses. El capitán Barril había sido el primer contratado para asegurar la protección personal del emir de Qatar. Yo me ocupaba de la del príncipe heredero de la familia que reinaba despóticamente en el archipiélago vecino de los Dos Mares. Me pagaban bien, y allí no llegaban las convocatorias de las citaciones de la justicia francesa. Además, en una región donde el dinero del oro negro hacía fructificar todos los tráficos y todos los chanchullos, había otras posibilidades de medrar.

Aquel día, en el curso, simulamos la inauguración de un museo nuevo para el príncipe heredero. Por tanto, había que organizar la protección de éste en función de su desplazamiento por las salas. Mis alumnos eran algo torpes, pero estaban llenos de buena voluntad. Además, yo había movilizado a unos quince actores de un grupo de teatro de aficionados de Manama para que representaran a la multitud de invitados a la exposición. Uno de ellos hacía el papel de príncipe. Entre los figurantes se ocultaba un asesino, al que mis policías debían localizar y neutralizar antes de que utilizara el arma.

Me di cuenta de que aún tenían mucho que aprender. Se abalanzaron con desmaña sobre uno de los comediantes al tomar por un revólver el teléfono móvil que escondía en la chaqueta. Sujetaron a otro cuando sacó unas gafas grandes de un estuche. Pero permitieron que se acercara a unos metros del príncipe a un actor demasiado bien vestido para las Nike que calzaba.

—Antes de ver qué pinta tiene la gente —les grité—, hay que fijarse en los pies. Una cara confunde, miente casi siempre. Pero los zapatos no. Unas Nike con un buen traje no pegan. Significa que en un momento u otro el tipo tendrá necesidad de correr. También significa que a lo mejor se liará a tiros antes de huir. Y desconfiad también de los que llevan la camisa por encima del pantalón: podrían esconder un arma o un cinturón de explosivos.

A continuación les enseñé a colocarse a un lado y al otro de la personalidad a la que debían proteger, a no estorbarse entre ellos ni a taparse y, lo más difícil, a inmovilizar rápidamente a un individuo de aspecto amenazador sin llegar a matarlo.

Al final del simulacro, fui a hablar con el responsable del grupo de teatro. Imad era un tipo alto y delgado de unos treinta años y media melena negra. Iba vestido con vaqueros y un impermeable gris al estilo Bogart. Era un sunita muy de izquierdas, acaso marxista. Seguramente por eso aceptaba a actores chiitas en su grupo. A pesar de todo, le había convencido para que él y sus amigos participaran en mi curso de formación. Frecuentar el trato de policías no le evitaría ir directamente a chirona si interpretaba una obra demasiado crítica con el emir, pero esa clase de arreglos permitirían limitar los daños, evitar que le dieran una paliza o que se pudriera indefinidamente en un calabozo subterráneo. Sin contar con que contribuir a la seguridad del príncipe heredero Mahmud era rentable. Yo era colega suyo porque frecuentábamos el mismo bar. Le tendí el paquete de Chesterfield.

—¿No conocerás a una chica que...?

—No soy un soplón. Ya te lo dije. Es una de las condiciones que puse antes de...

—No te pido nada que tenga que ver con la política. Estoy buscando a una chica que lleva unos días desaparecida. Su familia está muy preocupada.

—¿Y esa clase de investigación forma parte de tu trabajo?

—En realidad no.

—¿Entonces?

—Es una investigación privada. Por el interés de la familia.

—¡Anda ya!

—De vez en cuando hago favores, ¿o no?

—Puede. No sé. Contigo nunca se sabe dónde o cuándo empieza tu trabajo ni dónde o cuándo acaba. Cuando nos tomamos una copa juntos en el Londoner, ¿con quién bebo? ¿Con el poli o con el colega? Con el colega, imagino. Pero el poli nunca está muy lejos, ¿no?

—El comediante eres tú; el que distingue lo que se esconde bajo las máscaras.

—No esperaba que fueras a responderme con franqueza.

—¿Y si hablamos de la chica?

Le enseñé la foto, pero no la había visto nunca. Luego le conté lo que sabía de la desaparecida.

—¿Crees que podría ser una fuga por amor?

Se tomó tiempo para dar una larga calada al cigarrillo antes de responder.

—Todo es posible, desde luego. Pero eso depende del entorno social. Para la chavala que buscas, tengo mis dudas.

—¿Y por qué?

—Me has dicho que pertenece a una familia burguesa bastante tradicional, lo bastante en todo caso para que hayan prohibido a las hijas hacer teatro. Pero lo paradójico es que el padre les permita estudiar en el extranjero, donde tendrán libertad absoluta para hacer lo que quieran y, de esto, en general, no se privan. Así que tenemos un padre que exige que se guarden las apariencias, pero está dispuesto a cerrar los ojos a lo que hagan sus hijas cuando están lejos de casa. Si la chica a la que buscas sabe ser discreta, podría vivir perfectamente su historia de amor sin necesidad de huir de su casa, cosa que tendría consecuencias desastrosas para ella. Imagino, y ella también lo sabe, que, cuando vuelva al redil, el padre la encerrará durante unos meses, probablemente hasta que le encuentre un marido. Me gustaría estar equivocado, pero me temo que hay otra cosa detrás de esa desaparición. Puede haberle pasado algo grave. ¿Estaba metida en política?

—Su hermana me ha asegurado que no.

—¿Tú la crees?

—Sí.

Imad esbozó una sonrisa triste, aspiró una larga bocanada y dijo doctamente:

—Cuando un policía dice que cree a una mujer, es que está enamorado de ella.

—¿Tienes más gilipolleces de este tipo en reserva?

No respondió. Nos dimos la mano y prometimos volver a vernos pronto en el Londoner. Después salí pitando hacia el British Council. El establecimiento quedaba cerca del barrio viejo de Manama, a pocos kilómetros del cuartel. Se reducía a un edificio de una sola planta, pintado de blanco. El aparcamiento, frente a la fachada principal, era demasiado grande, en comparación, y nunca había sido asfaltado. Debido a las lluvias de los últimos días, se había transformado en un lago de fango que te cubría hasta los tobillos.

No tuve que entrar en el edificio. El jardinero paquistaní se ocupaba de las palmeras enanas del aparcamiento, maltratadas por el *tauz*. Era un viejo pastún de nombre Homayun. Alto y enjuto, no dejaba de tirarse de su larga barba gris, como si ésta fuera a darle leche. Hablaba un inglés rudimentario, pero comprensible. Hacía al menos veinte años que cobraba una paga del CID, el Criminal Investigation Directorate, los servicios de seguridad e inteligencia del emirato de los Dos Mares. La paga ascendía a unos treinta dólares al mes. Yo también lo había contratado para mi propio servicio desde que una de las hijas del príncipe heredero frecuentaba el establecimiento en sus ratos libres, lo cual le permitía embolsarse unos veinte dólares suplementarios. Me dio la mano durante casi tres minutos al tiempo que soltaba fórmulas de cortesía que habrían llenado una saca postal. Atajé sus zalemas, saqué la foto de Yasmina y le pregunté:

—¿La conoces?

Homayun asintió con la cabeza.

—Dime todo lo que sepas de ella.

Me contó poca cosa. La chica asistía a clase con puntualidad; la llevaba el chófer de la familia, un esrilanqués que luego volvía a recogerla. El coche era un Toyota Corolla bastante normal. Homayun no recordaba haber visto a Yasmina intercambiando gestos cariñosos con ningún muchacho. Vestía con una *abaya* que llevaba muy echada hacia atrás, dejando ver gran parte de la cara y casi todo el cabello. Como la mayoría de las chicas chiitas del emirato, llevaba vaqueros bajo la *abaya* .

—¿Siempre la traía y la venía a buscar el mismo coche?

—Sólo Dios puede saberlo. Pero creo que sí.

—¿Siempre, siempre?

Homayun reflexionó tirando con fuerza de la barba gris, lo cual creaba el efecto de alargar su rostro y hacerle parecer un viejo sabio persa en miniatura.

—Hace unos días, me pareció verla subir en otro coche, pero no estoy seguro.

—¿De qué clase?

—No lo sé. Un coche bonito, de los caros.

—¿Un Chevrolet como el mío?

—No, como ése no. Muy diferente, puede que americano, o puede que no, pero muy caro.

—¿De qué color?

—Rojo, muy rojo.

—¿Con cuántas puertas?

—Sólo dos.

—¿Y quién lo conducía?

—No lo sé. Tal vez una mujer. Pero tampoco estoy seguro de que fuera ella quien se subió a ese coche.

Le di las gracias, le di veinte dólares de propina y le pedí que no hablara con nadie de mi investigación y que me llamara si Yasmina volvía a aparecer o si se enteraba de cualquier cosa.

Eran las cinco de la tarde. Pronto anochecería y el cielo había empezado a pasar del marrón al negro. Las luces incendiaron la isla. Todos los edificios ardían, sobre todo las torres, que parecían enormes antorchas. Allí la electricidad no costaba nada.

Esa noche, debido a que el *tauz* seguía cubriendo de arena la ciudad, ésta no ardía tan bien. Al fin quedó sumida en las sombras, envuelta en la trampa de una niebla de polvo espeso que transformaba las *abayas* en fantasmas negros y teñía de gris las cabelleras engominadas de los inmigrantes indios y paquistaníes.

Era la hora de empezar a beber o, cuando menos, de beber seriamente. Regresé al Sheraton. Al entrar, daba la impresión de que el edificio estaba tallado en mármol. Habían querido dar un aspecto de auténtica riqueza y lo habían conseguido. Los miembros de la familia del emir compartían la propiedad de los palacios del archipiélago, pero aquél pertenecía en persona al soberano. Fui allí porque desde el bar de la última planta se veía la cascada de luces y porque allí trabajaba Sounaïma.

Aparte de unos cuantos hombres de negocios europeos que hablaban alto y tiraban los trastos a las camareras sin mucha convicción, no había nadie más en la sala. Tras sentarme y fijarme mejor, vi en un rincón apartado del bar a dos saudíes con *disdacha* blanca, la túnica tradicional de los hombres del Golfo. Por lo general, el personal intentaba rechazar a los clientes que sólo acudían para emborracharse. Sin embargo, pagaban bien y dejaban buenas propinas a las chicas, pero les sentaba mal el alcohol demasiado a menudo. Aquellos dos, ambos altos y gordos, debían de haber insistido para entrar.

Me acomodé en un taburete delante de Sounaïma. Me sirvió un Macallan doble al momento.

—¿Estás muy cansada o qué?

—Estoy bien. Con la tormenta, casi no hay clientes, así que esta noche podré salir pronto. ¿Me esperas? —me preguntó en un inglés que traslucía un dejo de su lengua natal.

—Prefiero que no nos vean salir juntos de aquí.

—Bueno, pues sal un poco antes que yo y espérame en el coche.

—En este país los aparcamientos tienen ojos y oídos.

—Entonces, ¿qué? Tú eres poli, ¿no? Y un poli como tú puede permitírselo todo. ¿Por qué a estas alturas te preocupa que nos vean juntos? ¿No soy lo bastante buena para ti?

—¡Sabes perfectamente que sí!

Sounaïma se interrumpió para servir a un joven oficial de marina americano que acababa de entrar y sentarse en la barra. La miró con una amplia sonrisa. Ella se la devolvió, lo cual me irritó. Volví la cabeza para mirar a las otras dos camareras que charlaban en un rincón. Todas las chicas eran de origen asiático, altas y hermosas. Y todas llevaban la misma ropa, un vestido largo y ceñido que subía hasta los hombros, con un corte muy alto a la izquierda. El vestido también dejaba al descubierto un hombro, el derecho, como Buda. Del hombro contrario partía una diagonal que dividía la tela en dos colores, rojo y negro. En el bar, esta dualidad estaba por todas partes. Los sillones y los taburetes eran de cuero rojo, y la barra de un negro laqueado que reflejaba las luces de la ciudad a través de unos inmensos ventanales. Sobre éstas danzaba el carnaval dorado de las ilusiones.

Tras apurar el vaso, llamé desde el móvil al Criminal Investigation Directorate.

El CID estaba dirigido por un viejo escocés llamado Ian Matthews que, aunque se ocupaba sobre todo del departamento político, tenía autoridad sobre las demás secciones. Se dedicaba a aquel trabajo desde hacía mucho tiempo, tal vez desde la independencia del emirato en 1970. Antes de acabar como mercenario, había trabajado para los servicios especiales del ejército británico. Había destacado en Kenia durante la rebelión de los Mau Mau. Se había ganado la reputación de hombre eficaz y valiente, pero sin escrúpulos.

Matthews aún estaba en su despacho. No se alegró especialmente de que le llamara a través de su línea directa, reservada para los casos de emergencia. Aun así accedió a quedar conmigo al día siguiente a partir de las ocho de la mañana. Yo tampoco estaba loco por verle, y mucho menos por levantarme tan pronto. Pero era el único modo de saber si Yasmina estaba fichada o no. Si era el caso, averiguaría cuanto podía saberse de ella.

Le pedí otro whisky a Sounaïma. Mientras bebía, contemplaba los caballos desbocados de la tormenta que arrasaban la isla y la noche sin estrellas.

Desde la última planta del Sheraton daba gusto ver cómo las violentas ráfagas, que parecían surgir del mar, azotaban las avenidas, hacían bambolearse a los coches pesados y obligaban a apresurar el paso del aparcamiento al hotel a personas demasiado ricas, demasiado importantes a sus propios ojos, demasiado satisfechas de la arrogancia de los ricos para rebajarse a darse prisa y que esa noche excepcionalmente tenían que correr o, cuando menos, avivar el paso para que el viento no las fustigara.

Sounaïma recorrió toda la barra para plantarse ante mí con la bebida que le había pedido. Las luces también cintilaban en el ámbar áureo del alcohol. Echó sus largas trenzas negras hacia atrás y me miró a los ojos calibrando mi deseo, que debía de brillar como falsos diamantes. Parecía muy segura de sí misma para comenzar tan pronto un juego cruel, cruel para ambos, y que seguramente se prolongaría buena parte de la noche. Esta vez se dirigió a mí en francés y con una voz casi áspera:

—Quiero que nos vean salir juntos.

—Repite lo que has dicho.

—Quiero que me vean salir contigo.

—Ni hablar.

—Bueno, pues no iré a tu casa.

—Peor para ti. ¿Al menos puedes darme el vaso?

Lo dejó sobre la barra casi con violencia. Volvió al inglés, lengua que dominaba mejor todavía que el francés.

—Puedes beber cuanto quieras; iré por la botella. No eres más que un alcohólico. Apestas a whisky. Además, empiezas a tener barriga y a parecer viejo. Aun así, a mí no me da vergüenza que me vean contigo y que todo el mundo sepa que nos acostamos.

Yo no tenía nada que decirle. Sólo me parecía que hablaba demasiado alto, lo cual había atraído la atención del oficial americano. Por suerte, otra camarera, la copia de Sounaïma, aunque algo menos alta, se apresuró a subir el volumen de la música. Con su voz acaramelada, traviesa a la vez que ingenua, Lisa Ekdahl cantaba *Love for Sale*.

Terminé de beber el whisky, pagué lo que había bebido y me dispuse a salir. Sounaïma me volvió la espalda y vi cómo su espalda desnuda captaba un raudal de luz delicada. Su vestido se abría hasta el alma. Esperé un instante a que se volviera hacia mí, cosa que no hizo. En el vestíbulo, grande como el castillo de Windsor, frente a la batería de ascensores —uno de los cuales acababa de llegar con un delicado maullido felino— Sounaïma me agarró.

—Bien, iré contigo. Saldré dentro de una hora e iré a cambiarme. Pasa a recogerme a mi casa.

Volví a encontrarme en la amplia avenida que conducía al mar, por un lado, y a la ciudad, por el otro. Dejando a la derecha el hotel Hilton, que quedaba justo enfrente del Sheraton y relucía con todos aquellos farolillos rojos colocados a lo largo de la fachada, me dirigí al mar. Había mucha humedad, hacía algo más de frío y el cielo estaba cargado de arena. En los bulevares, los escasos coches circulaban a baja velocidad.

Tras cruzar la autopista, llegué a la playa arenosa. Cerca del lugar donde Eschrat y yo nos habíamos encontrado por la mañana, una lengua de tierra se adentraba en la rada y dibujaba una especie de península. Toda aquella parte de la ciudad había sido ganada al mar, y los pilares se hundían en el agua. Parecía un bosquecillo de troncos de hormigón, cortados en su mayor parte a la altura de la cabeza de un hombre, prolongados por varillas de metal torcidas que formaban ramas cortas. Era un bosque de hormigón armado; en cualquier caso, el único en toda la isla. Estos troncos inacabados servían para mantener el avance de la tierra sobre el agua. El mayor de todos, que se alzaba ante el mar como si quisiera empujarlo, tenía el aspecto de un tótem abandonado o de una suerte de cruz, privada de su rama horizontal.

Aquel lugar me fascinaba sin saber muy bien por qué. Evocaba algo inacabado, el esbozo de un mundo impreciso y salvaje a unas decenas de metros de las luces invasoras de la ciudad.

Me senté sobre un tocón de cemento y encendí un cigarrillo. El silbido del viento impedía oír la resaca de las olas. Tenía una hora que matar antes de que Sounaïma estuviera lista. Por poco que el deseo por ella me dejara un momento tranquilo, me daba tiempo para reflexionar sobre la manera en que procedería a buscar a Yasmina.

A mis espaldas, la ciudad velada bajo la niebla de arena era una hoguera inflamada. Ante mí, el mar y el cielo se habían convertido en pocos minutos en una pantalla completamente negra. Ni luna, ni estrellas, ni luces en la noche.

Seguramente aquél era el hipocentro de las riquezas del mundo. Se mirara donde se mirara, todo eran yacimientos de petróleo o de gas. Desde allí también podían contemplarse todas las guerras que se desarrollaban desde hacía veinte años en el golfo Pérsico. Por eso los yanquis habían instalado en el sur de la isla una inmensa base aeronaval de la que nada se sabía, salvo que acaparaba una tercera parte del territorio. No podían haber escogido mejor...

Frente al emirato de los Dos Mares, al otro lado del Golfo, estaba Irán. Subiendo al norte, se encontraba Kuwait, otro emirato donde la democracia balbuceaba. Luego estaba Irak, el país de todos los demonios.

Al descender hacia la boca del Golfo, una península formaba un largo dedo extendido. Era Qatar, un pequeño país receloso, fabulosamente rico. El oscuro capitán Barril, mi otrora jefe en la célula antiterrorista del Elíseo, había conseguido que lo expulsaran de Qatar unos diez años antes, al mismo tiempo que el emir al que protegía, cuando éste fue destronado por su propio hijo; por astuto que hubiera pretendido ser, Barril no la había visto venir. Más abajo se encontraban Dubai y Abu Dhabi que, junto con otros cinco pequeños emiratos, formaban la riquísima federación de los Emiratos Árabes Unidos. Aún más abajo, controlando el estrecho de Ormuz, por el que pasaba buena parte del oro negro del mundo, y restringiendo la salida del Golfo, se extendía el vasto sultanato de Omán, en gran parte inhabitado. Yo nunca había llegado a comprender la diferencia entre un emir y un sultán. Sólo que cuando un sultán venía de visita se lanzaban unos cien cañonazos y, cuando venía el emir, unos veinte.

Detrás de mí, el resplandor rojo y dorado de la ciudad todavía se propagaba contra la niebla. Delante, separado por un brazo de mar, cabía imaginarse un último país al abrigo de la noche, inmenso, con desiertos dentro de los desiertos y territorios ingobernados donde el *tauz*, el viento bárbaro, reunía fuerzas antes de saquear las ciudades costeras. Este inmenso reino tomaría el nombre de su fundador, Ibn Saud.

Hacía unos veinte años que Arabia Saudí estaba unida al emirato de los Dos Mares gracias a un audaz puente de cuatro carriles, una impresionante obra de arte que corría de islote en islote. El problema era que ataba cada vez más el minúsculo emirato a su gran vecino. En un extremo del puente se hallaba un microestado donde las costumbres eran relativamente libres, donde en todo caso se podía beber a voluntad, bailar en discotecas de moda o acabar la noche con prostitutas rusas o marroquíes. En el otro extremo, se extendía el país más rigorista del mundo, sometido a una policía religiosa compuesta por degenerados y zumbados, donde todo estaba prohibido, donde no había cines ni teatros, donde los comerciantes te echaban a la hora de la oración por temor a que la brigada para la Conservación de la Virtud y Represión del Vicio les pegara una paliza y donde, para el común de los mortales y en particular para los muchos inmigrantes, la vida parecía un castigo interminable. El puente permitía unir estos dos mundos, tan próximos y tan lejanos a la vez.

Me di cuenta de que no conseguía reflexionar sobre la desaparición de Yasmina. Saqué su foto de la cartera y me topé por casualidad con la de mi hija. Me volví de cara a la ciudad incendiada por las luces y pude distinguir sus rostros. Las dos crías se parecían. La misma frescura de piel, la misma suavidad de rasgos, los mismos labios llenos y enfurruñados formando una boca redonda, el mismo grado de sensualidad, aunque menos afirmado en el caso de Ysé, que era un poco más joven, y el mismo falso aire de despreocupación. Hacía cuatro días que la joven chiita había desaparecido, y al menos cinco que mi hija no me llamaba. La comparación era absolutamente ridícula. Pero tenía la confusa sensación de que al lanzarme tras el rastro de Yasmina, también buscaba a mi hija.

Era hora de ir a buscar a Sounaïma. Tiré el cigarrillo, crucé la autopista y tomé la avenida que llevaba al Sheraton. Desde el aparcamiento la vi salir. Esperé a que se alejara para arrancar, encorvada por las ráfagas, estrechando contra sí el bolso, con la cara cubierta con un amplio chal de colores. Mi intención era alcanzarla un poco más lejos, cerca de la glorieta grande que distribuía las avenidas principales que atravesaban la ciudad. De este modo no tendría que ir andando hasta su estudio, ni enfrentarse durante demasiado tiempo al viento y la cólera de la arena.

Cuando entró en la avenida, vi que un gran todoterreno Chevrolet con matrícula de Arabia Saudí la seguía. El vehículo circulaba lentamente detrás de ella con las luces apagadas. De repente la adelantó y se subió a la acera para cortarle el paso. La puerta del pasajero se abrió, y salió un hombre con *disdacha*. Llevaba billetes en la mano y se adivinaba que le pedía que subiera. Cuando Sounaïma dio media vuelta para evadirlo, el tipo volvió a subir al coche, que retrocedió para situarse a la altura de ella. Pasaron unos veinte segundos. Esta vez dos hombres salieron del todoterreno, y reconocí a los saudíes del bar. Se acercaron a Sounaïma como dos osos desfilando en un circo, ataviados con túnicas blancas, sin dejar de agitar los dólares como abanicos. Ella consiguió abrirse paso a la fuerza y apretó el paso en dirección al hotel. Los hombres se empeñaron en seguirla, gritando y gesticulando como si hubieran encontrado miel. No me habían visto acercarme y aparcar junto a la acera. Claro, no eran malos tipos y tenían la excusa de tomar a todas las mujeres que no llevaban la *abaya* por putas. Claro..., pero el diablo se había colado en mis puños. Y del diablo, sólo hay una forma de deshacerse.

Descendí del coche. Cuando me vieron, ya había llegado a su altura. El primero, un barbudo narigudo con la frente estrecha, me sonrió y me señaló con el dedo a Sounaïma.

—*Mister, lady good, lady very good for sex, very fuck.*

Mi puño izquierdo le reventó la nariz, y el derecho se estrelló contra los labios y una mejilla. Se desplomó, soltando los billetes. El segundo, que tenía una enorme cara redonda y un bigotillo de Führer, me miraba alelado. Ni siquiera pensó en protegerse cuando arremetí con los dos puños contra sus sienes y sus orejas. No se cayó enseguida, pero los dólares se le escaparon con el viento furibundo que los arrastró. Le di otra vez en la cara, pero con el codo. Le reventé los labios. Recogí dos billetes de cincuenta dólares que corrían por la acera y se los embutí en la boca.

Sounaïma se había dado la vuelta y había presenciado la escena. Se precipitó hacia mí gritando:

—¡Para! ¡Para ya! Estás como una cabra.

La cogí del brazo, pero se soltó.

—¿Por qué les has pegado? No tenías derecho a hacerlo. No me habían tocado.

—Pero querían...

—... pagarme por follar con ellos. Eso a ti no te atañe.

—Pero...

—¿Pero qué? Te niegas a mostrarte dos minutos en mi compañía, pero a la sombra, como te crees que nadie te ve, te lo permites todo. ¿Qué querías? ¿Desahogarte? ¿Aprovechar para demostrarte y demostrarme que eres un valeroso justiciero y además un príncipe azul? Pues no lo has conseguido. Sólo te has hecho el duro. Esos dos tipos no te han tocado las pelotas. Aunque fueran unos pesados, no tenías por qué darles de hostias. No habrías reaccionado así si hubieran sido occidentales. Y además, sabes que he aprendido a defenderme, que he practicado artes marciales en la universidad, ¡y que ya no te necesito!

Estábamos delante de mi coche. Le abrí la puerta y subió, no sin antes volver la cabeza en dirección a los dos saudíes, que todavía estaban tendidos en la acera. A su lado, el motor de su Chevrolet zumbaba suavemente.

—Ahora puede que quieran vengarse. ¿Estarás ahí para protegerme entonces? ¿Osarás defenderme en público? Responde...

No respondí y arranqué haciendo rechinar los neumáticos. Estaba furioso. Contra ella, contra ellos, contra mí. Contra aquella mierda de país donde hacía una mierda de trabajo. Contra el mundo entero. Además, las falanges de mi mano derecha se estaban hinchando a ojos vista. Y como las desgracias nunca vienen solas, tenía la sed de un náufrago.

Tomamos la carretera de la Cornisa. El viento perseguía al coche, que empezó a tambalearse cual dromedario recién nacido dando sus primeros pasos. Le ofrecí a Sounaïma un Chesterfield.

—¿Me llevas a cenar ahora? —me preguntó, echándome el humo a la cara.

—En mi casa hay de todo.

—¿Desde cuándo sabes cocinar?

—La asistenta es de sobra capaz para...

—Gracias por la intimidad.

—¿Hay más intimidad en un restaurante?

—No es lo mismo. En tu casa seré una *barmaid* servida por una asistenta, una criada con un rango social inferior al mío, que me despreciará porque yo vengo a compartir tu mesa, que tendrá que servirme y luego cambiar las sábanas. Tu chacha me despreciará y me envidiará a la vez porque no soy más que una chica como ella, aunque más guapa, más instruida, pero al fin y al cabo una simple camarera en un bar. Cuando me mire, podré leer en sus ojos que me considera una furcia. Pero en un buen restaurante paso el rato cenando a mi gusto. La mujer del guardarropa me mirará con envidia, el *maître* con deseo, el camarero con respeto. Todos me colmarán de atenciones, sólo por la esperanza de obtener una buena propina... de tu parte.

—Ya. Pero no quiero que nos vean juntos.

Para entonces habíamos salido de Manama y tomamos una carretera de cuatro carriles. Seguíamos la línea del mar, pero éste ya no se veía. De vez en cuando, las glorietas adornadas con pesadas esculturas que representaban objetos tradicionales estilizados, como una vela de *dhou*, la típica embarcación del Golfo, una enorme perla o una cafetera gigante, obligaban a los coches a reducir la velocidad.

Sounaïma esperó un tramo recto para volver al ataque. Pasó del inglés al francés. Cuando hablaba esta lengua, daba rienda suelta a la vulgaridad. Acaso porque había vivido mucho tiempo con un joven cooperante francés.

—Sólo valgo para salir de extranjis, ¿verdad? De extranjis, así se dice en la hermosa lengua de tu hermoso país, ¿no?

—Sí, así...

—No eres más que un triste poli de medio pelo. Para en el aparcamiento, ahí, que no hay nadie. No merece la pena ir a tu casa, ¿no? ¿Qué regalo quieres por haberme defendido de esos dos saudíes? ¿Una mamada? Te la hago deprisa para que puedas llevarme a casa. Así nadie nos verá juntos. ¿Te parece?

—No vale la pena pararse. Hay una caja de Kleenex en la guantera.

El bofetón fue violento, destinado a hacer daño. Me lo esperaba y lo atajé sin dificultad, levantando el codo. Aun así, el coche dio un bandazo.

—Gilipollas, me has roto una uña.

—Lo siento por la uña.

—Sólo por la uña, ¿no?

—Cálmate, Sounaïma. No estamos en París. Aquí no soy libre de hacer lo que quiera. Aquí curro para un tipo que es el futuro emir y que tiene muchos enemigos. No puedo permitirme...

—¿Qué? ¿Exhibirte con una camarera del Sheraton?

—Tú sabes muy bien que aquí las personas que pertenecen a clases sociales diferentes no se mezclan nunca, al menos en público.

—Es igual. Tienes una auténtica mentalidad de poli de medio pelo. Tengo una diplomatura de inglés y de francés, y más diplomas que tú y que todos los gilipollas que te rodean, pero no me sirven de nada porque te da vergüenza salir conmigo. Si aquí soy camarera, a miles de kilómetros de mi casa, es porque mi familia vive del dinero que le envío. En mi país, los diplomas no me sirven para nada. Mi futuro es ser puta allí o camarera aquí.

—¡Todo eso ya lo sé!

—¿Y qué cambia que lo sepas?

—Vale, vale, saldremos a cenar.

—No, ya no tengo ganas. Y además tendrás la cara larga durante toda la cena.

El Chevrolet abandonó la autopista para tomar una carretera bordeada de árboles, tiendas, pequeños talleres mecánicos y restaurantes chinos e indios. Ésta conducía a Budaya, una ciudad que había sido escenario de muchos enfrentamientos entre el ejército y los islamistas chiitas durante la insurrección de 1996. Antes de llegar a la pequeña ciudad, tomamos una carretera estrecha a la izquierda que llevaba a un pueblo chiita. En la entrada se extendía un recinto de viviendas reservado a los residentes extranjeros y a sus familias. Protegido por altos muros, albergaba unas cincuenta villas de lujo alquiladas por militares y profesores de inglés, y algunos banqueros y diplomáticos europeos que se atrincheraban para poder llevar un estilo de vida occidental. Allí también había una piscina, una sauna, pistas de tenis y gimnasios. Para acceder al recinto había que dar la contraseña.

Los guardias paquistaníes que controlaban la entrada eran educados. Se abstuvieron de mirar fijamente a Sounaïma y de hacerle ver que ella no tenía cabida en aquel lugar. Yo también evité mirarles. Pero no porque fuera educado.

Una vez en la villa, Sounaïma me montó una escena detrás de otra. La primera, porque me había olvidado de comprar Coca-Cola

Light. Envió a Marita, la joven criada india, a su *servant quarter*, reprochándole que llevara una falda que le dejaba a la vista las rodillas y que a ella le parecía demasiado corta. Y se negó a curarme la mano que me había destrozado en la pelea con los saudíes. A la hora de la cena criticó todo lo que probó: el burdeos añejo, el *foie-gras*, el ajo de la pierna de cordero, el queso de Saboya que me había traído un auxiliar de vuelo de Air France y el helado de arándanos silvestres con chocolate amargo comprado en la mejor pastelería de la isla. Luego la tomó con todo lo que oía, incluso con la música de Stan Getz interpretando a Antonio Carlos Jobim. Por último, quiso acostarse y se mostró desagradable porque no me opuse a que lo hiciera.

En la habitación me echó en cara que quisiera desvestirla demasiado deprisa, antes de echarme la bronca por haber pasado demasiado rato en el cuarto de baño.

—Peor que una recién casada en su noche de bodas —dijo, descargando toda su ironía.

Una vez acostados, Sounaïma ocupó todo el lado izquierdo de la cama y se opuso a que yo traspasara la mitad de ésta. Poco después, tras besarme en la mejilla de mala gana y rozarme el hombro con la punta de una uña de al menos tres centímetros de largo, declaró con aplomo:

—Es agradable acostarse junto a un trozo de carne fría que huele a vino y ajo, que ni está excitado ni resulta excitante.

Como le rocé una nalga sin querer, me acusó de querer obligarla a hacer el amor. Lo cual no le impidió —exactamente trece segundos después— tensar sus muslos sedosos a la vez que duros como el bronce y frotarlos contra mí con el ardor con que un ama de casa portuguesa friega sus cacerolas, reprochándome que no la dejaba dormir.

Los malos tratos duraron una media hora. Acabé por capitular.

—Vale, mañana iremos al mejor restaurante de la isla.

Sounaïma vaciló un instante, tratando de distinguir en mis ojos a la luz de la lámpara de la mesita si sólo mentía para atajar el suplicio. Entonces se desató como una tormenta. Fue como si hubiera dejado una ventana mal cerrada y el *tauz* hubiera aprovechado para irrumpir en la habitación. Pasé el resto de la noche aguantando los embates de la tempestad.

Al amanecer, fui al cuarto de baño y me subí a la báscula, reventado y con los ojos hinchados, pero con el corazón lleno de esperanza, esperando haberme desembarazado de dos o tres kilos. Ni cien gramos había perdido. Es más, tenía un nuevo peso en el estómago: durante la noche, no había pensado más en la desaparición de Yasmina. Las palabras de Imad acudieron a mi mente para acosarme: «Puede haberle pasado algo grave». Invadieron mi cabeza con la fuerza de las olas empujadas por un viento impetuoso.

3

A Ian Matthews yo no le caía bien. Se veía, se percibía, se sentía. Hacía media hora que conversábamos en su sencillo despacho, sin una sola carpeta fuera de su sitio, en la última planta del CID y, contrariamente a las tradiciones del archipiélago, no me había ofrecido ni café ni té. Ni siquiera un vaso de agua. Me venía al pelo: a mí él tampoco me gustaba.

Además era el tipo de escocés con el que no habría compartido el resto de una botella. Era precisamente de los que preferían el té al *scotch*, el *kilt* a la minifalda y la gaita de la guardia de Buckingham a la trompeta de Chet Baker. El tipo era alto y robusto y estaba cuadrado. La edad no había abotagado su rostro que, gracias a una frente maciza, a una nariz potente y recta y a un mentón prominente, revelaba una determinación salvaje. Gracias también al traje clásico, oscuro y sobrio que vestía sobre una camisa blanca con las puntas del cuello abotonadas, y a la corbata exenta de imaginación, estampada con las armas de su antiguo regimiento, uno sabía que no estaba en presencia de un tipo cachondo como los que se cuentan entre los policías franceses. Se acercaba a los ochenta años, pero los disimulaba bien. Debía de chutarse puré de espinacas todos los días desde el parvulario. No osaba dejar asomar ni una pizca de grasa, ni siquiera bajo el mentón, no fuera que lo trasladaran a un batallón disciplinario. La leyenda contaba que empezaba el día con cientos de flexiones y otros tantos abdominales. Seguramente era verdad. De vez en cuando me lanzaba una mirada a la barriga para dejarme claro que no éramos del mismo temple. Él estaba hecho del acero con el que se hacen los sables de abordaje, y yo del aluminio con el que se fabrican las latas de cerveza.

El teléfono empezó a zumbar. Hasta el timbre se sometía a un orden y se mostraba discreto. Al otro extremo de la línea alguien le dio la información que había pedido.

—La... chica a la que busca no tiene ningún antecedente. No está fichada por el CID.

—Así que no puede haber tenido problemas por...

—No, no puede.

Su voz era sepulcral a la vez que afilada como un *kriss* de Gurja.

—¿Y no sabe a dónde puede haber ido? ¿Qué puede haberle pasado?

—El CID, que yo sepa, no ha recibido ninguna petición de investigar el paradero de esa chica.

—Eso no impide que alguien sepa dónde está.

—A su entender, ha desaparecido.

—¿Lo duda?

—No me concierne. Mientras su familia no denuncie la desaparición al CID, no nos concierne. Esta... chica bien podría estar entre los brazos de un... chico.

—Cada vez creo menos en la hipótesis de la fuga amorosa.

Me miró con desagradable conmiseración. No le caía bien por diversas razones. Porque era francés. Porque me habían transferido, o más bien me habían obligado a dimitir —aunque venía a ser lo mismo—, de mi puesto de superpoli del Elíseo, lo cual me convertía en miembro de una hermandad que él detestaba: la de los perdedores. La tercera razón era que yo había servido dócilmente a un presidente de la República de izquierdas o, cuando menos, que se consideraba como tal. Y es que, para él, ser de izquierda significaba por lógica pertenecer al bando de los malos, y si se le hubiera preguntado por qué, no habría vacilado en remontarse a Caín para recordar que había matado a su propio hermano Abel con su mano izquierda.

Los servicios secretos ingleses crearon el CID en el emirato. Tras la independencia y la partida de la antigua potencia colonial, los espías británicos apenas hicieron amago de marcharse. Y llegado el caso fueron reemplazados por antiguos oficiales de Su Muy Graciosa Majestad, enviados para dirigir a la joven policía del archipiélago. Seguramente los *brits* habían seguido metiendo sus narizotas en todos los asuntos dudosos del país, e Ian Matthews se había convertido en el alma condenada del viejo emir. Las relaciones de este último con la antigua potencia colonial no gustaban a su hermano, el príncipe heredero Mahmud, más nacionalista y reformista que él, y mucho más joven también; decían que tenía intención de instaurar una monarquía constitucional cuando fuera llamado a reinar. Un buen día se había dejado convencer de que permitir que un subordinado de Matthews organizara su guardia personal equivalía a autorizar de nuevo al escocés a instalarse bajo su cama en un momento en que ya no se entendía muy bien con su hermano el emir. Así que echó al poli inglés, un tal comandante Douglas, alegando una gilipollez cualquiera. Y yo había ocupado su lugar. Seguramente era otra buena razón para tener a los *brit*s cabreados conmigo.

—Bueno, no quisiera abusar de su tiempo —le dije a Matthews, haciendo amago de levantarme.

—Entonces quédese otros cinco minutos. Aparte de las inevitables recepciones en las que sólo nos cruzamos, nunca nos vemos. Sus visitas son demasiado escasas para no aprovechar ésta y hablar un poco.

—No sabía que le gustara hablar conmigo.

—A veces es necesario...

—Ya que es necesario...

Se podía confiar en Matthews cuando se trataba de poner las cartas boca arriba. Hacía honor a su reputación.

—Verá, es que no sé si está autorizado para investigar este tipo de asuntos. Su trabajo es la formación de la guardia del príncipe heredero y a la larga, si todo va bien, dirigirla y no, que yo sepa, buscar a chicas fugadas.

—Entre mis atribuciones se cuenta la de informar al príncipe heredero de lo que pasa en su país, de lo que se dice y, si es posible, de lo que se piensa. Para ello necesito tener contactos aquí y allá. Así que me gusta tener relaciones personales con toda clase de gente, ya sean pobres o ricos. Y hacer favores es la mejor manera de obtener información a cambio. No la voy a obtener precisamente de usted...

—Aun así me parece, estimado policía francés, que confunde un poco demasiado el interés general, cuando menos el del príncipe Mahmud, con sus intereses personales. ¿Me equivoco quizá?

—¿Qué intenta decirme?

—Me ha comprendido muy bien, señor Caminos.

La guerra no se había declarado, pero podía estallar en cualquier momento. Me había llamado por mi verdadero nombre y no por mi nueva identidad —Laurent Grenadier— que me había inventado al llegar al emirato a fin de no comprometer al príncipe heredero. Aunque conocía mis ocupaciones anteriores en la célula antiterrorista del Elíseo y los escándalos que habían minado la reputación de ésta, el príncipe prefería guardar las apariencias. Y nada de esto se le había pasado por alto a Matthews.

Yo lo miraba fijamente, penetrando en la profundidad de sus ojos grises. Pero ni pestañeó. Pertenecía a la raza de las grandes serpientes. Era frío, paciente, atento. La sangre ya no le corría por las venas desde hacía mucho tiempo. Ya no tenía ideales. ¡Ni siquiera tenía una causa! Quería que se perpetuara un orden antiguo en el que los guerreros siguieran reinando desde lo alto de las pirámides, pero viviendo a la sombra, asociados con los reyes a los que aconsejaban, y llevando a cabo sus viles obras. No es que yo fuera mejor que Matthews y las personas como él. Simplemente me importaba un carajo estar en la cima de ese montículo que él entendía como una pirámide. Además, yo tenía una hija dulce, maravillosa y guapa como un sol. Esto hacía que no pudiera aceptar que una chiquilla más o menos de su edad desapareciera un buen día sin avisar, sin decir la menor palabra, sin siquiera hablar con su hermana. Estuve a punto de contarle todo esto a Matthews, pero no estoy seguro de que me hubiera entendido.

El viejo perro de guerra había vuelto a la carga. Esta vez yo sabía adónde quería ir a parar.

—Ayer por la noche llamó mucho la atención cerca del Sheraton.

—¿Mucho? El término me parece excesivo. Y es raro que el CID prefiera interesarse por los desengaños de dos borrachos a hacerlo por una chica de la que su familia no tiene noticias desde hace cinco días.

—El CID se interesa por todo, estimado policía francés. Por todo. Pero su campo de acción tiene límites. Quedaría fuera de lugar que investigara, por ejemplo, en el palacio. Allí tienen su propia policía, y usted lo sabe muy bien porque se encarga de formar a una parte de ésta.

—Quiere decir que...

—No. No quiero decir nada. Además, yo no sé nada. Como usted justamente ha supuesto con cierta vehemencia, el CID no se interesa en chicas que se fugan. Quiero preguntarle algo más...

—Diga.

—¿Por qué eligió el seudónimo de Laurent Grenadier, un nombre tan francés?

—Es el de un excelente contrabajista de jazz. Toca con el pianista Brad Mehldau.

Evidentemente, eso no le decía nada. Para Matthews el jazz era una música decadente. Y la elección de ese nuevo nombre no iba a mejorar su estima por mí, más bien al contrario. Además, acababa de ponerse en pie para darme a entender que la conversación se había terminado. Al hablarme de los palacios, me había proporcionado un parco indicio para poner en marcha mi investigación. Pero si me había dado algo era porque esperaba algo a cambio. Una vez más...

Me dio la mano apretando, queriendo o sin querer, sobre la herida que me había hecho en la pelea de la noche anterior y que no se había curado del todo. Si esperaba arrancarme una mueca de dolor, lo consiguió. La sombra de una sonrisa se deslizó al instante sobre sus labios.

Fuera imperaba la calma. El viento había cesado, apenas soplaba una ligera brisa marina, que las gaviotas aprovechaban para levantar el vuelo hacia el puerto y las terrazas, donde gritar la desgracia de ser gaviotas. El *tauz* había soplado toda la noche, recogiendo cuanta arena había podido para precipitarla sobre calles y autopistas, lo cual hacía derrapar a los coches cuando llegaban con demasiada velocidad a una curva.

El viento se había ido, pero había dejado tras de sí una retaguardia maléfica, una niebla turbia que se adhería al polvo en suspensión y enviscaba la ciudad.

Eran las nueve cuando salí del Criminal Investigation Directorate. Los edificios estaban situados en Cheij Town, tierras adentro. Esta pequeña ciudad moderna que llevaba el nombre del emir estaba compuesta fundamentalmente por ministerios y edificios administrativos. Bajo el temor constante de una rebelión chiita, habían procurado alojar sobre todo a familias sunitas en las viviendas colectivas en torno a la ciudad. Y los principales ministerios, al igual que los locales de la radiotelevisión, parecían campos atrincherados, con puestos de guardia por todas partes. Incluso los inmuebles estaban protegidos por altos muros coronados con alambradas de espino. Dentro, rejas y puertas magnéticas blindadas separaban las plantas y los pasillos. Daba la impresión de que el gobierno esperaba una insurrección general de un momento a otro.

Volví a coger el coche y me dirigí hacia el centro urbano de Manama. Para no ofender demasiado a los polis británicos, el príncipe heredero no había querido que yo ocupara un despacho en el ala de su palacio, reservada a sus colaboradores personales. Me había animado a crear mi propia sociedad, una forma ilusoria de dar el pego. Le había puesto un nombre pretencioso, como debe ser en el Golfo: Private Protection and Investigations. También había alquilado un piso en una torre decrépita de la estrecha calle Tijara, no lejos del zoco. En la primera planta del edificio, justo encima del aparcamiento donde dejaba el coche, acababa de abrir un pequeño centro comercial bullicioso con una cafetería, algunas tiendas de ropa occidental y un vendedor de casetes piratas, que taladraba el día entero a clientes y visitantes con *hard rock* importado de Estados Unidos. Al fondo había un par de viejos ascensores que a duras penas subían, chirriando, las doce plantas.

Mi despacho se encontraba en la octava y no era nada del otro mundo, aunque había mandado poner en la puerta una placa que brillaba como el oro y sobre la que podía leerse en inglés y en árabe

El Paraíso de las Perdedoras 53

el nombre y la razón de ser de la sociedad. Solía pasar por el despacho un rato por las mañanas, aunque sólo fuera para recoger el correo, antes de ir a palacio. En el momento en que llegaba al despacho, el director del gabinete del príncipe me llamó para convocarme con toda urgencia. Me dirigí a palacio, un vasto perímetro compuesto de edificios de arquitectura rocambolesca, donde el estilo mogol se mezclaba con el Pompadour engendrando un estilo pastelero, propio del sueño de un confitero megalómano.

Ghassan Sheriff era un hombre joven, ligeramente obeso; vestía impecablemente al estilo occidental, aunque manifestaba un curioso gusto por corbatas rabiosamente amarillas o violetas. Llevaba gafas de gruesa montura negra, tenía el pelo muy corto, y cuidaba con minuciosidad su fino bigote en forma de arco islámico, lo cual contribuía a darle un aire de intelectual extraviado entre Oriente y Occidente. Se había formado en las mejores universidades norteamericanas y francesas, e incluso detentaba un doctorado en filosofía política de la Sorbona. Era la eminencia gris del emir, era el hombre que lo alentaba a proyectar verdaderas reformas tan pronto llegara al poder. Seguramente también lo había convencido de echar a su consejero británico y recurrir a mis servicios. En su amplio despacho, la BBC, la CNN, la televisión qatarí Al Jazira y otras dos cadenas árabes estaban sintonizadas permanentemente sin que ello interfiriera en su afán por el trabajo. En las paredes del despacho había fotos meticulosamente enmarcadas en las que aparecía estrechando las manos cuidadas a jefes de Estado árabes, norteamericanos y europeos de visita en el archipiélago. Según su reputación, jamás perdía un minuto de su tiempo.

No bien me había invitado a sentarme, fue directo al grano a la vez que llamaba a un mayordomo para pedirle que nos trajera café turco.

—Me alegro de verle. Ya sabe que Su Excelencia parte esta tarde para someterse a un tratamiento médico en Estados Unidos. Yo debo acompañarle. En mi ausencia, quisiera que solucionara con absoluta urgencia un problema que debería haberse solucionado hace tiempo y que se está agravando. Se trata una vez más del príncipe Muqtadir. Esta semana ha vuelto a dar que hablar con otras dos mortajas. La semana pasada ya había enviado tres...

El príncipe Muqtadir era uno de los hermanos del emir y del príncipe heredero. Lo apodaban el príncipe rojo debido tanto a su inmensa barba pelirroja como a su simpatía por las ideas socialistas que había manifestado en una época, atracción que podía ser sincera o sólo estar motivada por una voluntad de enfrentarse a sus dos hermanos y que lo había apartado del poder. También era vehementemente nacionalista y no ocultaba que deseaba ver fuera de allí cuanto antes tanto a ingleses y norteamericanos como a saudíes. En fin, se distinguía por tener un carácter irascible que lo empujaba a enfrentarse con todo el mundo. Y no se andaba con rodeos: cada vez que se sentía insultado, hacía entregar al autor de la afrenta una mortaja blanca, como si de una vulgar pizza se tratara. En general, las cosas no pasaban de eso; aterrorizadas, las víctimas de la furia del príncipe rojo se envolvían con la mortaja y, acto seguido, se presentaban de esta guisa para implorarle un perdón que siempre obtenían.

—No es que sea muy peligroso, pero su forma de actuar es incompatible con el funcionamiento del Estado de derecho que queremos erigir. Y luego, con su milicia se comporta como si él mismo fuera un Estado dentro del Estado. Irá usted a verle en cuanto sea posible para pedirle que se calme. Claro está, cuando hable con él, no es deseable que se mencione el nombre de Su Excelencia, el príncipe Mahmud, ya que todavía no es el emir oficial.

—En ese caso, me temo que no me escuchará...

—Claro que lo escuchará, ¡muéstrese firme! La generosa asignación que palacio le paga podría menguar si sigue amenazando a todo el que no le cae bien. Este argumento debería hacerlo entrar en razón. Pero le doy un consejo: no vaya a verle a su isla, o se encontrará en situación de inferioridad. Es mejor que aproveche una de sus visitas a la ciudad. Seguramente ya sabe dónde encontrarlo, ¿verdad?

—Ningún problema, señor consejero.

—Bien, es absolutamente necesario que esta situación esté solucionada cuando Su Excelencia el príncipe Mahmud regrese de viaje, que espero sea antes de un mes. El propio emir está de acuerdo en que alguien ponga fin al comportamiento cuando menos singular de su hermano, pero tampoco quiere que la iniciativa venga de él porque éste siempre le ha inspirado cierto temor. Si el príncipe Muqtadir no da más que hablar, nuestra burguesía verá que las cosas avanzan en la buena dirección. Sabrá que se debe confiar en el príncipe Mahmud, lo cual será un buen augurio para el futuro. Durante nuestra ausencia también proseguirá la formación de los oficiales encargados de su seguridad. ¿Cómo les va?

—Hacen muchos progresos, pero no estarán preparados para desempeñar sus funciones hasta dentro de cuatro o seis meses.

—Bien, siga preparándolos de la mejor forma y lo más rápido posible. Ah, sí, lo olvidaba: dos parlamentarios franceses están de visita en el emirato. Vienen recomendados por un antiguo ministro francés, amigo mío, con quien cursé parte de mis estudios. Me complacería que les recibiera. Tienen un problema... digamos... algo particular de resolver. ¿Cómo explicárselo...?

—Ya me han llamado, pero prefiero no verlos. Me ocupo de los asuntos de seguridad del emirato, y con eso ya tengo bastante. Además, hay una embajada que está perfectamente cualificada para ayudarles.

—Puede que no me haya entendido bien. El problema que tienen es altamente confidencial. Digamos que es de carácter financiero, así que olvidémonos de la embajada. Pero comprendo perfectamente su renuencia, señor Grenadier, además yo tampoco deseaba encontrarme con ellos. Pero pueden serle útiles si algún día, nunca se sabe, decide regresar a su país. Y seguro que sólo se trata de darles algunos consejos. Insisto en que les dé una buena acogida.

—Entendido, quedaré con ellos.

—Los he invitado a pasar por su despacho. Volveremos a vernos en cuanto vuelva. Respecto al asunto del príncipe Muqtadir: sea diplomático. Pero si persiste en sus errores, no dude en enfadarse un poco. Tiene usted carta blanca. El príncipe tiene que saber quién es el más fuerte, si él o nosotros. Ánimo, señor Grenadier.

Un minuto después salí del palacio. Aquel día no tenía que dar ningún curso, lo que me permitía organizar la jornada a mis anchas. Decidí ir a ver primero al príncipe Muqtadir para quitarme de encima cuanto antes algo que me parecía una faena penosa.

No era la primera vez que Ghassan Sheriff me hablaba de las locuras del personaje; hasta había realizado una investigación sobre él. La mayoría de las veces, hacia el mediodía se tomaba una copa en Clipper, el bar del hotel Regency, cerca de la Cornisa y no muy lejos de mi despacho. Lo bueno es que cuando iba a tomar algo no se hacía acompañar de sus guardias sijs, de los que se decía en Manama que estaban dispuestos a sacrificarse por él. Efectivamente, allí estaba su Maserati amarillo chillón, en medio del aparcamiento. No se había tomado la molestia de cerrar la capota, y el *tauz* había empezado a depositar una capa gris sobre el cuero rojo y sobre un pequeño maletín negro abandonado no sin negligencia sobre el asiento del pasajero. Yo sabía qué había dentro: una ametralladora Mini-Uzi israelí último modelo con las iniciales del príncipe grabadas en oro sobre la culata. Aprovechando que el guarda del aparcamiento estaba de espaldas en la cabina, abrí rápidamente la puerta del cabriolé y me apoderé del arma antes de volver a mi coche.

Tuve tiempo de fumarme dos Chesterfield antes de que el príncipe saliera del hotel. Era un tipo alto y gordo con andares de plantígrado y una barriga considerable, que la *disdacha* redondeaba más todavía. En la cabeza llevaba un *keffieh* de cuadros blancos y rojos sin cordón. La barba pelirroja era impresionante. Le llegaba hasta el esternón y parecía estar en llamas. Tenía un rostro cuadrado como el de un guerrero asirio, rasgos tallados a golpes de sílex con una frente ancha atravesada por surcos profundos, cejas espesas del mismo color que la barba, ojos hundidos en dos sombríos abismos, una boca severa ligeramente torcida y, a modo de nariz, el peñón de Gibraltar, lo cual le daba una gran ventaja sobre Matthews en una competición internacional de narigones.

Su nariz pareció alargarse cuando se subió al Maserati y descubrió que le habían robado el maletín. Dio tres vueltas al coche, hizo varios molinetes con los brazos y golpeó con violencia el suelo del aparcamiento con el talón de las sandalias. Cuando parecía que iba dirigirse a la garita del guarda, salí del Chevrolet balanceando distraídamente el maletín que llevaba en la mano. Me vio, se detuvo de inmediato, y fue como si el rojo de su cólera se propagara de la barba a toda su cara. Apoyó sus grandes puños sobre las caderas y esperó a que me acercara.

—¿Es suya esta maletita tan mona? —le pregunté en inglés, lengua que él conocía a la perfección, pero que se negaba a hablar mientras hubiera un solo policía británico o soldado norteamericano en territorio del emirato.

A modo de respuesta asintió con la cabeza y con un horrible rictus de través que me hizo pensar que seguramente yo sería el destinatario de la siguiente mortaja blanca. Le agité la credencial de policía bajo la nariz y proseguí, manteniendo un tono indiferente, casi jocoso, como si se tratara de un asunto de poca importancia:

—Es curioso, dentro hay una pistola ametralladora. Como las armas individuales están prohibidas en el emirato, y a fortiori en la vía pública, queda confiscada. Es cierto que no puedo pedir que le detengan porque es miembro de la familia reinante. Pero no volverá a ver esta pequeña joya. Además, es un arma que me encanta, es elegante y no hace mucho ruido, y el maletín ¡es muy chic!

Entonces se puso a vociferar lo que me parecieron las peores injurias en árabe bajo la mirada del guarda, al que intrigaba nuestra pequeña comedia. Afectando un paso indolente, me dirigí a mi coche dejándolo patalear de ira en el aparcamiento. Al final vino hacia mí cuando estaba entrando en el Chevrolet.

—*I will kill you* —me soltó.

Me guardé de responderle, hice avanzar despacio el Caprice Classic hasta el Maserati, abrí una ventana y saqué la Uzi del maletín. En realidad, no era un arma que me encantara, pese a su buena reputación. Me recordaba una taladradora eléctrica. Era poco precisa y a veces saltaba antes de pedírselo, lo cual la convertía en un juguete de delincuente, como los que usan los traficantes de droga colombianos. Me tomé tiempo para colocar el selector de tiro en posición de tiro individual. La detonación causó un estampido seco. El neumático delantero izquierdo no hizo menos ruido al estallar. Esto tuvo el efecto de hacer caer de morros el magnífico bólido que, de golpe, perdió buena parte de su soberbia. El príncipe Muqtadir por poco echó a correr, pero el orgullo lo contuvo. Se acercó a grandes zancadas sin dejar de vociferar y gesticular. Volví a apretar el gatillo: el neumático de atrás explotó a su vez y, en esta ocasión, el Maserati se inclinó sobre un lado. Luego salí del Chevrolet, saqué el cargador de la pistola ametralladora, y lancé el arma sobre el asiento del cabriolé.

—Porque esté de moda, no es un arma buena. Y no se olvide de que necesita un mantenimiento regular, sobre todo porque no le gusta el polvo. Lo mejor es que la guarde en su casa con muchísimo cuidado.

El rostro del príncipe se había vuelto más rojo que la cresta de un gallo, y el sudor que le ardía en la frente por la cólera amenazaba con entrar en ebullición. En el mismo tono desenvuelto le solté:

—Los dos neumáticos son por las dos mortajas de esta semana. Hacemos borrón y cuenta nueva con todos los anteriores. Pero si vuelve a haber más, se repetirá. Después de los neumáticos les tocará a los faros, a los cuadrantes del salpicadero, a los cristales... Un consejo: si continúa con esa historia de las mortajas, vaya encargando bicicletas blindadas. Porque si sigue por este camino, se cerrará el grifo del dinero público y, con el que cobre, ya no podrá pagarse un Maserati y tendrá que ir en bicicleta. En lugar de mortajas, regale mejor esmóquines, que son más elegantes y le resultarán menos caros.

Cuando me marché, los grandes ojos del príncipe Muqtadir ya me habían reducido al estado de esqueleto.

4

En cuanto crucé la puerta del despacho, Joseph, mi hombre para todo, me preparó un café. Era un indio de Kerala un poco taciturno, establecido en el emirato desde hacía unos buenos quince años. Tenía la piel oscura y un bigote muy negro, y su físico daba una falsa impresión de blandura. En realidad, era fuerte y muy eficiente y casi todo lo hacía bien, salvo hablar inglés de forma comprensible para el común de los mortales.

La ventaja del edificio en el que yo estaba instalado era que daba al mar. En invierno, cuando éste revelaba un parentesco lejano con las aguas frías de las costas del norte de Francia, podía pasar horas contemplándolo. Aquella mañana las olas aún mantenían el tono cetrino. Las nubes eran bajas y no había un solo *dhou* visible en el horizonte. Probablemente la tormenta volvería a desatarse.

Llamé a Eschrat al móvil. Estaba en su casa y pareció contenta de oírme.

—Todavía no tengo noticias de su hermana. Pero necesito hablar con el chófer esrilanqués que la llevaba a la escuela.

Tardó unos segundos en responder, seguramente para ir a una sala donde sus padres no pudieran oírla. Su voz era apenas un susurro.

—No puede ser. Si lo interroga, corro el riesgo de que hable con mi padre y entonces él se enterara de que me he puesto en contacto con usted.

—Bueno. En tal caso, pregúntele usted misma si en ocasiones su hermana le pedía que no fuera a recogerla al British Council. Pregúntele también si se trataba de días concretos de la semana, quizá se acuerde. Y sea precisa con las preguntas…

—¿Es importante? ¿Cree que…?

—Soy yo quien lleva la investigación. También quiero saber si la vio subirse a algún coche. Llámame en cuanto haya hablado con él.

—Sí. Pero ¿no quiere decirme qué ha averiguado?

—Hasta que no esté seguro, no.

Quiso hacerme más preguntas, pero di por concluida la conversación. Al poco rato Joseph me anunció que los dos visitantes que esperaba ya habían llegado. Me tomé tiempo para terminarme el café y encenderme un cigarrillo antes de hacerles pasar.

Robert Bouquerot y Fabrice Desmaret eran dos parlamentarios con una misión, es decir, dos parlamentarios con ganas de juerga. Tenían el aspecto de inocentones, estaban afectados por las tres horas de desajuste horario y algo perdidos ante las sutilezas geográficas del Golfo, que les hacían confundir los emiratos y mezclar sus capitales. En Francia, sus circunscripciones se hallaban en regiones con vocación agrícola y se adivinaba que se encontraban más a gusto con el análisis de la evolución de los montantes compensatorios que con los documentos de geopolítica regional. Uno era diputado y el otro senador, pero ninguno había leído los documentos que les debían de haber preparado sus abnegados asistentes. Por tanto, ignoraban que el emirato no tenía parlamento desde 1975 debido a que el soberano lo había suprimido, lisa y llanamente por haberse tomado la libertad de cuestionar la forma de dirigir el gobierno del príncipe.

No obstante, si lo hubieran sabido tampoco habría afectado en nada al programa de su visita. Les importaba un comino cualquier clase de solidaridad con los diputados caídos del país, algunos de los cuales habían estado en chirona. Los habían enviado al Golfo para romper la monotonía de la vida política, gastarse el dinero de alguna comisión parlamentaria, atiborrarse en los mejores restaurantes, repantigarse en las camas con falsos baldaquinos de las falsas suites principescas de algún falso palacio, y maravillarse como dos monjas en la basílica de San Pedro ante el estuco de los palacios hinchados como merengues. Al mismo tiempo, toda esta parafernalia era pura fachada. Porque, a título extraoficial, habían venido al archipiélago para intentar resolver los problemas político-financieros por los que pasaba su partido. Éste era el motivo por el que tanto insistían en verme. Joseph les preparó café.

—Vaya tiempo, ¿eh? Qué mala suerte. Esperábamos mucho sol, pues en Francia el invierno es un palo —dijo Robert Bouquerot dejándose caer en la butaca.

Su voz conservaba un acento del campo. Era un hombrecillo de aspecto bonachón, rechoncho y jovial que rondaba los sesenta, con una cara igual de arrugada que su traje, unos ojos fruncidos y maliciosos, unos carrillos que le colgaban y un último mechón de pelo castaño, seguramente teñido, que se aplastaba contra la cabeza a la manera de Giscard d'Estaing.

—Bueno, pero no estamos aquí para hablar del tiempo —lo interrumpió Fabrice Desmaret.

El senador, en cambio, iba de punta en blanco con un traje negro a medida y una camisa blanca con gemelos que irradiaban destellos. Era un tipo alto y delgado, más joven que su compañero diputado, y tenía los ojos casi inertes, un cráneo despojado de pelo y plano como una galleta bretona, y unas orejas con forma de ala de mariposa, separadas hasta tal punto que era un milagro que el *tauz* no lo hubiera arrastrado ya a la otra orilla del Golfo. No dejaba de tirarse de los puños como si éstos amenazaran con encogerse o desaparecer bajo el traje. Y cuando se interrumpía, era para apretarse el nudo de la corbata de forma que le cizallara más el cuello.

No respondí. Adiviné la identidad de la persona que los había enviado a verme desde Francia: se trataba del ex ministro que había mencionado Ghassan Sheriff, el consejero del príncipe Mahmud. Sheriff me había dado a entender por qué querían verme, pero yo esperaba que me lo explicaran de forma detallada. Ver a políticos (tan dispuestos a predicar la buena palabra) metidos en historias de dinero sucio y obligados a confesarlo era siempre divertido. Había preparado una grabadora para la ocasión. Estaba oculta en un cajón de mi escritorio. Con el pie apreté discretamente el mando que ponía en marcha el aparato.

—Todas estas gilipolleces son… son… son por las elecciones anticipadas —prosiguió el diputado.

—Sí —terció el senador—. ¿Está usted al corriente del contrato de venta de tres fragatas a Arabia Saudí? Al firmarlo, convenimos con nuestros socios saudíes que cobraríamos el total de la comisión en un plazo de dos años. Esto era sin contar con la disolución inesperada de la Asamblea. Ahora, entramos en campaña electoral y los sondeos dan a la izquierda como ganadora.

—¿Dónde está el problema?

—Bueno, corremos el riesgo de que la comisión nos pase por delante de las narices y acabe en las arcas del partido socialista. Sería el colmo, si se piensa en los esfuerzos que nuestro ministro de Defensa ha desplegado en las conversaciones con los saudíes, y en la manera en que se ha implicado personalmente para conseguir este contrato...

—Normal, ¿no? Aspiraba a la presidencia. Le hacía buena falta una pasta providencial como ésta para la campaña.

—Claro, claro —asintió Bouquerot, apenas molesto por que yo supiera tanto.

No era necesario pasar mucho tiempo en el Golfo para descubrir que los jugosos contratos de venta de armas firmados entre los estados occidentales y las petromonarquías árabes nunca se firmaban sin comisiones. Podía darse el caso de que el emir, el rey o el ministro de Defensa del país en cuestión se embolsaran más del cincuenta por ciento de la suma total de la transacción, que podía suponer varios millones de dólares. Dado que los príncipes ganaban tanto, habría sido indecente que sus interlocutores occidentales no recibieran su parte del botín. Ésta simplemente era más modesta: un uno, un dos o un tres por ciento del contrato. Bastaba para llenar las arcas de un partido o para constituir un botín de guerra de cara a una batalla electoral. Una vez firmado el contrato, la pasta iniciaba un sinuoso itinerario a través de los bancos extranjeros. El emirato de los Dos Mares, plaza financiera del Golfo, contaba con no menos de sesenta.

—¿Y por qué este buen ministro o los brillantes industriales que negociaron este contrato no les recuerdan a sus socios saudíes los compromisos contraídos para que aceleren el pago de los pagos prometidos?

—Eso ya se ha hecho. Y el dinero espera en un banco saudí. Sólo falta transferirlo.

—Sigo sin comprender en qué les puedo ayudar yo...

—¡Espere! El problema es que todos nuestros amigos de París tienen a la justicia pegada al culo —intervino Robert Bouquerot, que hablaba sin rodeos—. Creemos que nuestros competidores ingleses o americanos se han ido de la lengua para vengarse por haber perdido este negocio. Sin contar con que la izquierda sabe que ha habido un chanchullo en este contrato y querrían recuperar la pasta en su beneficio o vernos en el fango. Por el momento, todo el mundo ha salido bien parado. Los trámites se han podido reorganizar a tiempo. Hemos cambiado de bancos y de testaferros. Pero nuestros amigos no están dispuestos a hacer otro viaje a la región. Se correría el riesgo de atraer la atención de los jueces. Ahora es arriesgado incluso llamar por teléfono a los intermediarios habituales.

—Nosotros no aparecemos en la investigación —precisó su compañero sin dejar de tirarse con nerviosismo de los puños—. Somos parlamentarios de base y no nos hemos mojado en este asunto. Además, hemos tomado nuestras precauciones: estamos aquí en el marco de una misión parlamentaria que aspira a incrementar los intercambios culturales y políticos entre Francia y los países del Golfo.

Seguía sin comprender en qué les podía ser útil. El senador Desmaret, no obstante, tenía sus propias ideas sobre la cuestión, y los ojos le habían empezado a brillar de repente. Parecían dos babosas tras un chaparrón primaveral.

—Necesitamos una cuenta anónima en un banco de un paraíso fiscal. Pero como la suma es importante, nos gustaría que alguien bien situado, un príncipe o, en última instancia, un miembro de la familia real, hiciera la gestión por nosotros y nos avalara.

—¡Ni lo sueñen! No es tan sencillo como creen. Aquí todo necesita un tiempo, mucho tiempo. Además, la intervención de una persona próxima al poder implica una contrapartida. Ya sea financiera, diplomática, política...

—Financiera, ¿eh? ¿A cuánto podría ascender? —preguntó Robert Bouquerot, cuyo rostro se había arrugado más.

—Un veinticinco o un treinta por ciento mínimo.

—¡Imposible! Es demasiado —clamó el diputado.

—¿Y la contrapartida política? —intervino el senador, que intentaba subirse el cuello de la camisa y tirarse de las mangas a la vez.

—No sé. Tal vez vincular con el terrorismo a los oponentes del emir refugiados en Francia: eso permitiría expulsarlos y, gracias a los acuerdos de Schengen, prohibirles la entrada a cualquier país europeo.

—Es demasiado arriesgado, y tampoco tenemos mucho tiempo antes de las elecciones —cortó Desmaret.

Los dos parlamentarios intercambiaron una mirada. Se les veía acorralados. No sólo habían quemado todos sus contactos, sino que además necesitaban el dinero cuanto antes para la inminente campaña electoral. Bouquerot se quedó mirando detenidamente a Desmaret, que acabó por parpadear. El diputado me miró fijamente a los ojos.

—La única solución es que usted abra esa cuenta anónima en un banco de aquí y que luego vaya a buscar la pasta a Arabia Saudí.

—¡Ni hablar! Esa clase de aventuras no me interesan.

—Si nos prestara ese servicio, se le recompensaría con creces. Y no me refiero sólo a una remuneración económica.

Desmaret era el que había lanzado la propuesta. Me observaba de hito en hito, sin pestañear, con aquellos ojos secos e inertes, como si fueran a caerse, aunque de haber sido así ni siquiera habrían servido para jugar a las canicas.

—¿Qué pretende insinuar?

—Señor Grenadier, en Francia no se le conoce por ese nombre, y si hemos llegado hasta usted, ha sido gracias a un amigo común.

—¿Se refiere al ex ministro? Entonces hablemos más bien de un conocido común...

El Paraíso de las Perdedoras 65

—¡Como quiera! Como decía, bajo otra identidad, la verdadera supongo, usted cometió sus pequeñas... eh... locuras. A nosotros, ese asunto de las escuchas clandestinas no nos concierne y tampoco tenemos ningún interés en entrar en él. Pero si llegáramos a un entendimiento, quizá podríamos sugerir a ciertos amigos de la policía o de la magistratura que sean indulgentes con la instrucción de su expediente o que la retrasen un poco. A fin de cuentas, usted sólo obedecía órdenes del presidente...

Hice como que reflexionaba. Pensando en el magnetófono que estaba grabando la conversación, tuve la tentación de poner a aquel par entre la espada y la pared, no por complacer a la justicia de mi país, que me pisaba los talones, sino para facilitar mi regreso a Francia, a donde quería volver un día, aunque sólo para ver a mi hija. Sin embargo, ya no tenía ganas de meterme en líos por pequeños que fueran, ni de meter la punta del dedo gordo siquiera en un mar de chanchullos. No había huido al emirato tanto por los investigadores que tenía pegados al culo como para volver a empezar y hacer borrón y cuenta nueva con el pasado.

—¡Lo lamento, pero su propuesta no me interesa!

Ahora le tocaba a Bouquerot hacerme propuestas. Desplegó su inmensa sonrisa socarrona y soltó:

—¡Cómo le comprendo! ¡En fin! Sus amigos de la célula antiterrorista le han abandonado, han optado por un sálvese quien pueda, y los responsables del gabinete del presidente le han cargado el muerto a los ausentes y, claro, los jueces han preferido los chivos expiatorios a los verdaderos culpables. Nosotros podemos permitirle que vuelva a París; puede que no con la cabeza alta, seamos francos, pero al menos no demasiado baja y, luego, si usted lo deseara, podríamos saldar sus cuentas. Bastaría con prestarnos este pequeño servicio. Además, como ha dicho mi compañero Desmaret, en cuestiones de remuneración no tendrá que vérselas con ingratos.

—¿Cuánto?

—Podríamos llegar a los doscientos cincuenta mil dólares. ¿Le parece razonable?

Estaba seguro de que iba a decir «no», pero de mi boca salió un «sí». Sellamos el acuerdo bebiéndonos un *scotch*, y hubo que ir a buscar cubitos de hielo para Desmaret. Me tomé un segundo y luego un tercero cuando se hubieron marchado, no tanto para aplacar los retortijones de mala conciencia que notaba en un rincón de las tripas, como para tener la mente clara. No había aceptado aquella misión harto dudosa por el dinero. Tampoco para poder regresar a Francia y tampoco para estar en mejor situación para un ajuste de cuentas. Entonces, ¿por qué? Quizá para ver hasta dónde me conduciría aquel trabajo vil, para ver si iba a permitirme remontar la pendiente participando a mi manera en aquel juego amañado —de qué modo, aún no lo sabía— o, al contrario, para ver si iba a caer más bajo todavía y alcanzar el abismo del que ya no podría salvarme.

Hacía unos veinte minutos que los dos parlamentarios se habían ido cuando llamó Eschrat. Había podido interrogar al chófer de la familia. Como cabía esperar, éste no sabía gran cosa. Simplemente confirmó que en los días previos a su desaparición Yasmina le había pedido en dos ocasiones que no fuera a recogerla después de la clase del British Council.

—¿Le preguntó si iba vestida de forma distinta de los otros días?

—Dijo que no. Estas últimas semanas llevaba vaqueros, blusas y una chaqueta larga. Alguna vez, cuando refrescaba más, jerséis de lana que se había comprado en Londres.

—¿Viajaba a menudo?

—Menos de lo que le habría gustado, porque a papá no le gusta mucho tenernos lejos de casa. Fuimos a Londres de vacaciones el verano pasado. Y a El Cairo en noviembre.

—¿Por qué a El Cairo?

—Porque allí tenemos familia.

—¿Sólo por eso?

Eschrat tardó un poco en responderme. Me dejé llevar por mi nerviosismo.

—¿Sólo por eso, sí o no?

—Sí. Bueno..., no. Ya le dije que mi hermana pequeña sólo piensa en el teatro y el cine. Así que allí intentó conocer directores, actrices...

—¿Y actores?

—No. Le juré que no ha desaparecido por un hombre. Conozco bien a mi hermana. Si hubiera estado enamorada de alguien, fuera quien fuera, me habría hablado de él. No habría podido evitarlo.

—¡De acuerdo! ¿Ha echado un vistazo a su correo?

—Al final me decidí a hacerlo. Pero no he encontrado ni una sola carta de un hombre.

—¡Ahora respóndame con franqueza! Si su hermana la llamara para anunciarle que está metida en una historia fea y le pidiera que la ayudara sin decir nada a sus padres, ¿lo haría?

—Sí.

—¿Y no le contaría nada a su madre?

—No. Y Yasmina haría lo mismo si me pasara a mí.

—¿Sabe si llevaba dinero encima?

—Creo que no. Puede que algunas monedas.

—Estoy seguro de que se ha ido con un hombre.

—Imposible, se lo repito.

Eschrat no dio su brazo a torcer. Igual que ella, yo tampoco creía ya que Yasmina hubiera huido por amor, pero —y ahí estaba la contradicción— ¿por qué, si no era para encontrarse con un hombre, había ocultado una minifalda bajo la *abaya* y no se había llevado dinero?

En Europa o en Estados Unidos, con todos los locos, violadores y proxenetas que andaban sueltos, si una chica guapa como Yasmina desaparecía, habría habido razones para preocuparse. Aquí, el riesgo era mucho menor. Claro que esto sólo valía para las autóctonas. Para todas las que venían de Sri Lanka, Bangladés, Filipinas, Tailandia o la India, atraídas por la promesa de un puñado de dólares, y vivían bajo una semiesclavitud legal, la situación era muy diferente. A estas chicas se les podía hacer cualquier cosa y con toda impunidad. Y es que la policía raras veces se tomaba la molestia de emprender investigaciones. Dichosas las que acudían a denunciar una violación y se libraban de que la comisaría entera se las pasara por la piedra.

Con todo, esto no era motivo para no haber avanzado mucho en mi investigación, y yo mismo me lo reprochaba sin cesar. Al notar que Eschrat estaba a punto de llorar, la reconforté prometiéndole que la llamaría cuando tuviera alguna información sobre su hermana.

Me disponía a salir para dirigirme a palacio cuando sonó el teléfono. Era Ghassan Sheriff, que me informó de que el príncipe heredero deseaba que me reuniera con él en Estados Unidos. Era una clara señal de que gozaba de su favor y de que mi sueldo se multiplicaría en breve. Estuve tentado de acceder, pero no podía dejar tirada a Eschrat. Pretexté que la poli americana era muy competente en materia de protección de personalidades y que era más importante que yo supervisara, en su ausencia, los problemas de seguridad que pudieran surgir en palacio. El director del gabinete se doblegó a mi sugerencia.

Antes de dar otra clase en el antiguo cuartel inglés, tenía algunas horas libres. Llamé a través de un número confidencial a los servicios de seguridad del aeropuerto y, tras dar a conocer mi identidad y mi condición, les pedí que miraran en las listas de pasajeros de los últimos días si Yasmina figuraba en ellas. Mientras esperaba la respuesta, llamé a Imad al móvil. Tuve la sensación de que lo había interrumpido en pleno ensayo.

—¡Hola! Te llamo por la historia de la que te hablé ayer, la desaparición de Yasmina.

—¿De verdad sigues pensando que no es asunto de la policía? Además, no veo qué puedo hacer yo...

—¡Escucha! Hay un noventa por ciento de posibilidades de que no haya salido del emirato. Creo que se ha escapado de su casa por un tío, aunque tú dijiste que no lo creías, y su hermana opina igual, o para hacer teatro o cine, con lo que está obsesionada, según ha dicho Eschrat. El problema es que su padre no quiere que sea actriz. Para él eso es ser una puta. ¿Crees que cabe la posibilidad de que se haya escapado por esa razón?

—Quizá, pero ¿adónde quieres que vaya? En el emirato sólo hay tres grupos de aficionados. Además, sólo ensayan de vez en cuando.

—¿Y si se ha escapado, pongamos, a Egipto? Estuvo allí en noviembre. Quería conocer a gente que hace cine. La hipótesis no es descabellada, ¿no?

—No me imagino a una joven chiita de aquí emprendiendo semejante aventura. ¿Sabes?, en este país, y es así en todo el Golfo, a los hijos les cuesta horrores dejar a sus familias y vivir lejos de ellas. Incluso una vez casadas, las hijas llaman a sus madres diez veces al día. Recuérdame cuánto tiempo hace que está desaparecida.

—Hoy hace seis días.

—¿Se fue con maletas?

—Ni una sola.

—¿Sabes?, cada vez temo más que a esa chica le haya pasado algo realmente grave. De no ser así, habría llamado por teléfono a su hermana, aunque fuera para que estuviera tranquila.

—¿Tienes la menor idea de lo que puede haber hecho? ¿De algún sitio al que pueda haber ido?

—¿Cómo iba a saberlo…?

—Bueno, Imad, al menos, y te lo pido como un favor personal, pregunta a tu alrededor. Si se ha escapado para hacer teatro o cine, alguien puede haber oído hablar de ella. Cualquier cosa que se te pase por la cabeza, comunícamela.

—Prometido. Si me entero de algo, te llamaré. Adiós.

Al poco rato, los servicios de seguridad del aeropuerto me confirmaron que la desaparecida no figuraba en ninguna lista de pasajeros. Ya habían pasado dos días, y no había hecho ningún progreso en la investigación. Y aparte de esperar una llamada de Imad, no veía qué más podía hacer.

Encendí un Chesterfield para que me ayudara a concentrarme. Me tomé otras tazas de café, que acompañé con un *scotch*. Una hora después seguía sin haber adelantado nada.

Hacia la una del mediodía pasé a ver a Sounaïma, que ese día no empezaba su turno hasta entrada la tarde. Tenía un estudio en un edificio de cinco plantas que, aunque no brillaba por el mantenimiento, estaba limpio. En la planta baja, un restaurante indio desprendía un olor generoso de curry que te perseguía hasta la escalera. El barrio estaba habitado sobre todo por inmigrantes indios y paquistaníes de clase media, que se las apañaban currando en bancos y comercios.

—Ya hueles a licor —me dijo Sounaïma, besándome bajo el dintel de la puerta.

Llevaba un pantalón de hilo que le marcaba las nalgas. Bajo la blusa blanca, pese a ser minúsculos, sus pechos se estremecían con cada uno de sus ademanes. Se había recogido el pelo en un moño y no llevaba maquillaje. Estaba magnífica, y su boca, algo gruesa, tenía la dulzura de las frambuesas de la infancia.

—¿Sabes?, no son tan malos los besos al whisky.

—Y me temo que no tiene arreglo —repliqué, soltándome.

Veinte segundos después había encontrado la botella de whisky en un armario. Era un Macallan de dieciocho años: excelente. Bebí dos vasos de un tirón mientras ella preparaba el almuerzo en el minúsculo rincón que hacía las veces de cocina. Le irritó verme beber en silencio. Siguió hablando en francés, señal de que la guerra no se haría esperar.

—Podías haberme avisado de que ibas a pasar por aquí.

—No tienes teléfono.

—Bueno, pero por una vez, sólo por una vez, ¿no podrías traerme flores? Hay una floristería justo en la esquina. ¿No la has visto?

—Me preocupa que sí...

—Y claro, ni siquiera me dirás que este whisky es bueno.

—Es bueno.

—Lo he comprado especialmente para ti. Me ha costado casi cincuenta dólares. Por lo que mi familia recibirá cincuenta dólares menos a final de mes.

—Te los devolveré.

—Para ya, gilipollas. Estoy harta de tu arrogancia. ¿A qué has venido?

—A verte.

—No lo creo. Vienes aquí cuando estás abatido. Porque sabes que aquí siempre puedes comer, beber y follar.

—Has hecho una apuesta triple sin orden —le respondí, intentando cogerla por la cintura.

Ella me apartó el brazo.

—¡No entiendo lo que has dicho!

Le dije que la apuesta triple se hacía en carreras de caballos malos y le expliqué la diferencia entre «ganarla en orden o sin orden».

—¿Y cuál es tu apuesta triple en orden?

—Follar, beber y comer.

Vaciló, no sabía si enfurecerse o no. Finalmente, se arriesgó a entrar en un terreno donde ella creía tener más posibilidades de hacer daño.

—Esa cosa que llamas apuesta triple, contigo nunca la ganaré. En orden o sin orden. Eso me enseñará a no apostar por un caballo viejo. Además, ¿quién te has creído que eres? Me parece bien que te hagas el joven semental insolente conmigo, aunque se te haya pasado la edad de largo, pero te pido una cosa, sólo una: que no abandones en medio del recorrido. Ahora bien, no recuerdo que anoche, como otras tantas noches, acabaras la carrera.

—¿Pretendes que me crea que tus antiguos protectores, esos barrigones ni siquiera capaces de empalmarse, acababan la carrera?

—¡Lárgate de aquí! ¡Lárgate ahora mismo!

Mientras apuraba el vaso y cogía la chaqueta, ella se interpuso delante de la puerta.

—No, no te vayas. Mejor cortemos por lo sano.

—No hay nada que cortar, Sounaïma.

—Claro que sí. Me sigues guardando rencor por aquello que te confié. Podría no haberte dicho nada. Y no dejas de castigarme por haber sido franca contigo. Nunca te he ocultado nada. Además, en realidad, no tuve otra opción.

—Siempre hay otra opción.

—En tu país siempre hay otra opción. En mi caso, si no me hubiera acostado con ellos, habría perdido mi trabajo. Mi padre, mi madre y mis hermanos no lo habrían comprendido.

—No te juzgo, Sounaïma.

—En realidad, quieres decir que no paras de juzgarme. Yo soy quien no te juzga. A mí me la trae floja que trafiques con jequecillos de segunda y que tengas cuentas pendientes con la justicia de tu país. Pero tendrías que llevar una vida irreprochable para poder reprocharme que me dejara tocar o me dejara hacer lo que fuera por esos hombres. ¡Y tú no llevas una vida irreprochable! Y los chanchullos que te traes con ésos o que te traes tú solo me importan un comino. Me importan un comino, ¿me entiendes…?

—Muy bien, Sounaïma. Hasta luego.

Quise irme, pero no se apartó de la puerta.

—Déjame pasar.

—No, respóndeme. ¿Me tratas así por culpa de mi pasado?

—Apártate.

Se negó a hacerse a un lado. Intenté abrirme paso. Se puso tensa y me empujó con fuerza con los puños. Tuve que soltar la chaqueta y torcerle una muñeca. Pero no se dio por vencida e intentó darme un rodillazo. Lo esquivé, y con una llave al brazo conseguí inmovilizarla sin dificultad. En ese momento estaba detrás de ella y tenía su nuca a la altura de la boca. Olía su fragancia, un aroma suave, tibio y sensual, el de una flor rara de sotobosque que ha captado un rayo de sol, y fue como si hubiera cambiado la estación, como si hubiera entrado la primavera, como si su largo cuello de cisne fuera un sendero por el que se dejaba atrás el duro invierno de lodo y *tauz*.

Empecé a besarle la nuca y subí hacia la cabellera, donde el perfume se volvía algo más amaderado. Esperaba su reacción, ya que no iba a quedarse quieta. De momento no rechistaba y se hacía la indiferente. Y más cuando aflojé la presión y le liberé el hombro. Bajé la mano derecha hasta sus pechos sin apenas tocarlos, para luego volver a ellos con mayor deleite, como si hubiera olvidado algo.

De pronto intentó soltarse y me dio torpemente un codazo contra el dedo dolorido por la pelea del día anterior. El dolor fue violento y, sin querer, le apreté el pecho con la mano. Ella creyó que lo había hecho adrede y, tras soltarse, reaccionó como si estuviera amenazada. Me atacó con patadas y rodillazos. Aquello parecía boxeo tailandés, aunque poco importaba, porque se defendía bien y no había aprendido a luchar mirando películas de Bruce Lee. Recordé que me había dicho que fue campeona de artes marciales en la universidad en el momento en que me propinó un golpe en el muslo; probablemente alcanzó un nervio, porque me dejó la pierna paralizada. Luego, con su botín puntiagudo, me atizó un puntapié en las costillas cuando intentaba recuperar el equilibrio. Tenía una fuerza que yo jamás habría sospechado. Salí proyectado contra la mesa y caí de rodillas.

Estaba decidido a reaccionar, pero no quería hacerle daño. No intenté levantarme, pero esperé la siguiente embestida, preparado para inmovilizarle la pierna y desequilibrarla. Por su mirada supe que no sería necesario. Al verme en el suelo, primero hubo incredulidad en sus ojos y luego inquietud, aunque no sé si por temer haberme dejado fuera de combate o por temer que fuera a marcharme definitivamente. Un segundo después, estaba arrodillada e intentaba tomarme en brazos. Tenía los ojos arrasados en lágrimas.

—No quería… te lo juro, no quería hacerte esto.

Hice una mueca y guardé silencio.

—¡Habla! ¡Dime algo, dime que no te he hecho daño!

—No me has hecho daño.

Me ayudó a levantarme y a sentarme sobre el único sillón. Luego se precipitó al cuarto de baño para volver con algodón, antiséptico y pomada. Tuve que apretar los dientes cuando me tocó la mano.

—Está infectado de lo lindo, ¿sabes? Y esto no te lo he hecho yo. Ya estaba así. De cuando les pegaste a los saudíes. Debiste de hacerte daño al golpearlos en los dientes. Ni te molestaste en curarte la mano…

Seguía sin tener ganas de hablar. Contemplé la botella de Macallan que, milagrosamente, al agarrarme a la mesa no se había caído al suelo embaldosado. Sounaïma siguió mi mirada y me sirvió un vaso. Era la primera vez que me lo llenaba con tanta generosidad. Esto no me ayudó a arrancarme de mi mutismo. Y tampoco sus lágrimas, que trazaban senderos de nácar sobre sus mejillas. No dejaba de repetir en francés:

—No hace falta que nos hagamos daño, cariño. Júrame, cariño, que no volveremos a hacernos daño...

No tenía ganas de jurar nada, pero asentí, aunque sin convicción. Después me quitó la camisa para examinarme el cardenal que el botín me había marcado en la piel.

—No es nada, cariño. No te duele mucho, ¿verdad?

Durante unos segundos me frotó contra el pecho una suerte de ungüento que irritaba los ojos y que me recordó al Bálsamo del Tigre, pero éste era peor. Luego su mano derecha subió hacia mi nuca, junto con la izquierda. Se unieron entrelazándose. Sounaïma, aún de rodillas, se pegó contra mí, apoyó la cabeza contra mi hombro y se abandonó a esta postura durante unos largos minutos. Sentía su respiración entrecortada todavía y su corazón como el tictac algo fuerte de un reloj. Su olor se había vuelto ligeramente penetrante. Acabé por ceder y la estreché entre mis brazos, algo que estaba esperando para desahogarse del todo. Las lágrimas, ligeras, minúsculas, crecieron. Me di cuenta cuando Sounaïma volvió a levantar la cabeza para frotar sus mejillas mojadas contra las mías.

Sus labios también estaban húmedos. Hubo un primer beso, un segundo y otros más. Juzgó el momento propicio para volver a ser traviesa. Me hizo quitarme los pantalones con el pretexto de pasarme el bálsamo por la pierna donde había recibido la patada. Pronto, su mano se volvió más provocativa, alejándose poco a poco de la pantomima de las operaciones iniciales para alcanzar latitudes respetadas en la guerra que habíamos librado y que ella había ganado.

—Creo que te desvías.

—Mi misión es verificar que no haya más heridas en la zona.

—¿Has encontrado alguna?

—La zona no se ha inspeccionado al completo todavía y no me atrevo a avanzar porque hay un soldado que monta la guardia. Parece muy fiero.

—Hay un buen modo de desarmarlo.

—Ya veo a dónde quieres ir a parar.

En plena maniobra de rendir las armas, sonó mi teléfono móvil.

—Te lo ruego, no respondas —murmuró Sounaïma, alzando hacia mí unos ojos suplicantes.

Yo tampoco quería hacerlo, pero la llamada podía estar relacionada con la desaparición de Yasmina. Y el aparato no estaba dispuesto a callar. Al final pudo más que el soldado, que se batió en retirada.

—Pues no era tan fiero —comentó Sounaïma mientras yo respondía al teléfono.

Era Marita, la sirvienta india, llamando desde mi casa. Por su voz noté que estaba asustada, así que me abstuve de mostrar mi enfado.

—Sir, venga enseguida. El jardinero…

—¿Qué le ocurre al jardinero?

—Tarek, el jardinero. Lo han obligado a subirse a un coche y se lo han llevado.

—¿Quién se lo ha llevado?

—Unos policías. Eran de los Mujabarats*, creo. Se lo han llevado hace una hora. Le han detenido cuando terminó de trabajar, al salir del recinto. Sir, tengo miedo por lo que le pueda pasar.

—No creo, Marita, los Mujabarats sabrán seguramente que Tarek trabaja para mí. Y si no lo saben, él se lo habrá dicho.

—No, sir. Yo he visto cómo lo hacían subir al coche. Le pegaban muy fuerte y Tarek gritaba…

—Hijos de puta…

Tarek era un joven chiita paquistaní de Lahore. Tenía unos veinte años, pero aparentaba menos. Su sonrisa bonita conmovía a Mari-

---

* Nombre de los servicios secretos en el mundo árabe. (*N. de la T.*)

ta y era delgado como una cerilla. No sabía mucho de jardinería, pero era un trabajador abnegado. Su nombre no dejaba adivinar que era chiita y se hacía pasar por sunita a fin de poder trabajar con mayor facilidad en el archipiélago, pero corría en todo momento el riesgo de ser expulsado si se descubría su verdadera religión. El riesgo era mucho mayor por asistir, por solidaridad religiosa y absoluta inconsciencia, a ciertas reuniones de un grupo islamista clandestino. Era una de las razones por las que lo había contratado por recomendación de Marita, y pensaba que yo era el único que conocía sus malas compañías. En principio, trabajar para mí era suficiente para garantizar su protección.

Lo que me hizo dar patadas de rabia fue descubrir que aquello no era así. Los Mujabarats se habían tomado la libertad de detenerle y pegarle al salir de mi casa. Me pregunté si no sería un golpe montado por Matthews y dirigido contra mí o el príncipe heredero. Si no era él, ¿quién era el instigador? ¿El jefe del CID estaba al corriente y lo había permitido? Y me hice una última pregunta: ¿acaso ese rapto anunciaba mi próxima desgracia?

5

Los policías seguramente habrían llevado a Tarek a un pequeño centro de detención que no se encontraba lejos del pueblo donde yo vivía. Pisando el acelerador a fondo tardé unos treinta y cinco minutos en llegar.

En el emirato, en realidad no había prisiones para los opositores al régimen. Se limitaban a internarlos en las comisarías del barrio o del pueblo, donde tenían celdas reservadas para ellos. Podían estar encerrados un día, un mes, un año, diez años o una vida. El prisionero sabía cuándo entraba, pero nunca cuándo iba a salir. El sistema represivo era sorprendente: se les detenía, pero no se les juzgaba. Se informaba a la familia de que el hijo, el hermano o el padre al que buscaban estaba vivo y que lo liberarían. ¿Cuándo? Por lo visto nadie lo sabía. Simplemente se notificaba a familiares y amigos que si permanecían tranquilos, si evitaban hablar de él, podría volver a aparecer pronto. Pero ¿cuándo? Nunca se les respondía y era el mejor modo de mantener a los familiares del disidente bajo control.

Los dirigentes políticos, islamistas, nacionalistas e incluso comunistas, conocidos por las organizaciones internacionales de defensa de los derechos humanos, se salvaban de esta regla. Los polis de las diversas policías secretas evitaban torturarlos y esconderlos. Estos grupos disfrutaban de una especie de trato de favor con un juicio público. Incluso se les concedían abogados de verdad que tenían derecho a declararlos inocentes y denunciar que el proceso no era equitativo. Aunque esto no era óbice para que sus clientes no fueran condenados a doce o quince años de cárcel y desterrados luego de su propio país.

En la isla se decía que un sistema represivo tan perfecto se había puesto en funcionamiento siguiendo las instrucciones de Ian Matthews.

La pequeña cárcel se erigía al final de un largo paseo asfaltado recientemente, junto a un palmeral que, al igual que tantos otros, languidecía poco a poco. Ya había estado allí. Los dos guardias de la entrada me dejaron pasar en cuanto les mostré la placa. Me saludaron, pero no me digné responderles. Aparqué el Chevrolet en el patio, al lado de varias furgonetas antidisturbios con cristales enrejados. Antes de bajar cogí la pipa. A continuación pillé por banda al primer poli que vi y vociferé en inglés que quería interrogar al terrorista que acababan de detener. Se puso en posición de firmes y me señaló un edificio prefabricado.

Fui hacia allí fingiendo tranquilidad, pero en realidad el diablo había vuelto y, como si lo hubieran puesto a hervir a fuego lento durante horas y espolvoreado con odio, bullía de furia. Había notado que tomaba posesión de mis puños, mi estómago y mi cabeza. Me dijo que nos lo íbamos a pasar bien y que yo iba a reventar a unos cuantos hijos de puta.

A la puerta del edificio le habría ido bien una capa de pintura y, a los tres escalones que conducían a ella, una buena barrida. Entré, crucé la primera oficina desocupada y luego otra, bastante ruinosa, donde se debía de trabajar poco. Me pareció oír voces y risotadas que ahogaban gritos y llantos procedentes del otro extremo del pasillo. Empujé otra puerta. Estaba en lo cierto: el diablo se lo iba a pasar de lo lindo.

Eran cuatro, cuatro auténticos hijos de hiena que se estaban riendo con la risa abyecta de la hiena que sabe que pronto saciará el hambre. Tres de ellos habían inmovilizado a Tarek boca abajo sobre una mesa de oficina, y uno se le había sentado sobre la nuca. Un cuarto, una especie de luchador de feria con pantalón militar caqui por los tobillos, le había bajado los pantalones al jardinero y se disponía a violarlo. Mi irrupción los paralizó, y más cuando saqué la pipa. A uno de ellos se le había quedado la risita sarcástica en los labios. Pero el diablo estaba de mi parte, porque en ese instante yo era el más fuerte y seguramente el más malo de todos. Y el diablo hizo un buen trabajo. Me permitió superar la repugnancia a empuñar el sexo reblandecido del gañán y, tras ponerme la Beretta en el cinturón, abrir el cajón de la mesa sobre la que éste se apoyaba momentos antes. El cajón estaba a la altura indicada y el poli del pantalón bajado, demasiado paralizado por el miedo para pensar en moverse y salvar lo que le colgaba entre las piernas. Di un paso atrás para coger más impulso y volví a cerrar el cajón con un golpe de talón y toda la violencia que había acumulado. Me pareció ver un relámpago negro de dolor cruzar la sala y estallar contra una pared. Su grito fue inhumano.

En los ojos de los otros polis ya no había miedo, sino pavor, el pavor de quien ha visto al diablo en acción. Eran polis mercenarios, actores secundarios, probablemente jordanos o yemeníes, contratados a bajo precio para hacer hablar a los prisioneros y ocuparse del trabajo sucio. Blandí mi Beretta bajo sus narices y creyeron que iba a hacerles estallar la cabeza. Tarek tampoco osaba moverse. Su cara estaba tumefacta.

—Corre al coche y espérame.

Sólo entendía cuatro palabras en inglés, pero lo comprendió. Volví a coger la pistola y salí de allí sin darles la espalda. Lancé una última mirada al violador, al que tal vez había medio emasculado. Estaba echado atravesado sobre la mesa, fulminado por el dolor. Me pregunté si sería capaz de olvidar alguna vez aquel relámpago negro y su grito.

En el coche, Tarek lloraba con la cabeza sobre las rodillas. Parecía un niño al que habían roto en pedazos y que ya nadie podría reparar. Llamé a Marita desde el teléfono móvil para pedirle que llamara a un médico con urgencia, de preferencia un matasanos chiita.

Tuve que conducir despacio porque el *tauz* había empezado a soplar otra vez con furia. Nublaba la visibilidad y lanzaba sobre la carretera cuanto había recogido aquí y allá: arena, ramas partidas, palmas arrancadas, matorrales que rodaban y chocaban contra los coches, y montones de láminas de cinc oxidadas, procedentes de los tejados de las zonas de barracas de inmigrantes, buscando por las calles cabezas que rebanar. El viento había dibujado en el cielo pálido largas estelas pardas. Todo el mundo circulaba a baja velocidad. Y los humildes pueblos chiitas, en general sucios y ruidosos, se habían vuelto mudos, casi limpios, lavados por los violentos chorros de arena.

Al llegar a mi casa ayudé a Tarek a bajar del Chevrolet. Caminaba sin mirar adónde lo llevaba, ocultándose el rostro con las manos, como si la vergüenza lo hubiera desfigurado para siempre. Marita salió a nuestro encuentro y se echó a llorar a su vez. En ese momento pensé en Yasmina, cuyo rostro empezó a bailar ante mis ojos. En realidad, no había hecho todo lo posible por encontrarla. No tenía ni un segundo más que perder. Dejé al jardinero al cuidado de la sirvienta hasta que llegara el médico. Fui a otra sala para llamar a Matthews desde la línea directa.

—¿Está al corriente ya? —le pregunté de buenas a primeras.

—Me acaban de informar ahora mismo.

—¿Y qué piensa del comportamiento de sus policías?

—No son mis policías. Esos que han detenido a su empleado trabajan para un servicio que no depende del CID.

—Creía que usted era el gran jefe de la seguridad en el emirato.

—Su ironía, por desagradable que sea, no me afecta. He hecho todo lo posible para unificar las distintas policías y eliminar a las ovejas negras. Incluso he descubierto que algunos, por odio antichiita o antioccidental, habían permitido la infiltración de extremistas sunitas próximos a Al Qaeda. Quizá sea el caso del que ha secuestrado a su jardinero y, créame, pienso investigar para averiguar de qué se trata. Si fuera por mí, sólo existiría el CID y ningún otro servicio de seguridad. Para mí todo serían ventajas y pasaría de usted. Usted estaría donde debería estar: en un barrio de las afueras de su bello y decadente país, desempeñando el papel que en realidad le corresponde: el de guardia jurado musculoso. Ya me entiende, el papel de un hombre que cree que la cabeza es para dar golpes. A pesar de todo...

—A pesar de todo...

—El comportamiento de esos cuatro policías ha sido lamentable. No estoy en contra de emplear determinados medios de presión para que una investigación avance, pero jamás he tolerado la brutalidad gratuita, y mucho menos la violación.

—Me deja usted tranquilo.

—Sigue dándoselas de listillo, señor Caminos, pero tenga cuidado. Si alguien la toma de ese modo, sin razón aparente, con uno de sus empleados, es que usted tiene enemigos, querido amigo francés. Tenga más cuidado. Cierto, tiene un protector poderoso que confía en usted. Pero la isla cuenta con muchos otros potentados. Demasiados, para un país minúsculo como éste.

—Se refiere a...

—Es un consejo general. Además, no sé ni por qué se lo doy. A un hombre como usted, tan consciente de su superioridad, seguramente no le hacen falta mis consejos.

Tenía ganas de emprenderla con él, pero corría el riesgo de que afectara a mis averiguaciones sobre la desaparición de Yasmina. Tragué saliva y orgullo. Y fui al grano.

—Necesito información, Matthews. Información que sólo usted puede facilitarme.

—¡Por Nuestra Señora la Reina! Jamás habría osado imaginar que pudiera ayudar a un policía francés, sobre todo a uno con un carácter excepcional como el suyo. Me halaga usted, querido amigo. ¿En qué puedo servirle?

—Me preocupa esa chica. El tiempo apremia...

—¿Puedo antes preguntarle a qué viene tanto interés por esa persona?

—¿Usted qué cree?

—Como su desaparición también me intriga, me he informado. La joven fugitiva tiene una hermana muy guapa.

No estaba dispuesto a contarle la verdad a Matthews. Era una cuestión de pudor, y no tenía ganas de que supiera que mi coraza tenía defectos. Prefería mentir. De modo que asentí:

—¡Es verdad! Guapísima.

—¡Me toma por imbécil, querido amigo francés! La trampa es burda y me la tiende sin pensárselo dos veces. Bueno, no me entrometeré en sus misterios de poco fuste. Aun así intentaré ayudarle, pero sólo por una razón: tiene usted agallas, y hoy en día policías con agallas no hay muchos, sobre todo entre los franceses. Evidentemente, a fin de que no se sienta en deuda conmigo intercambiaremos favores. ¿Le parece bien?

—Así lo haremos, Matthews. Pero no veo de qué puedo informarle yo...

—De cosillas. Pongamos, por ejemplo, qué han venido a hacer aquí esos dos parlamentarios franceses que no parecen muy listos. Algo habrán venido a negociar.

—Eso me parece a mí también.

—Cuéntemelo todo.

—Deme tiempo para informarme antes.

—¿Se da cuenta? Usted no juega limpio. Usted sabe perfectamente...

—Después. Ahora, dígame, ¿qué puede contarme de la chica?

—Como ya le dije, no está fichada. Así que no hay nada que reprocharle. No hay rastro de ella en ningún hotel. No hay riesgo de que haya abandonado la isla, porque habría hecho falta que un adulto de su familia la acompañara. Así que está escondida en algún lugar.

—Y usted no ha cambiado de parecer. ¿Sigue pensando que está en un palacio?

Me pareció verle sonreír. Aquella sonrisa suya de serpiente.

—Yo procedo por deducción, querido amigo. Sólo hay dos clases de lugares en la isla donde mis oídos no alcanzan a oír cuanto se dice. Por una parte, como sabe, las últimas células clandestinas de los terroristas que escapan todavía a nuestro control. Por otra, los palacios o las dependencias de los palacios. Como sabemos que a la joven no le interesa la política, sólo puede estar ahí.

—¿Está pensando en algún palacio en concreto? —le pregunté, conociendo ya la respuesta.

—¡Claro que no!

—¿Y diría que está en ese palacio por voluntad propia?

—A priori, sí. ¿Usted piensa lo contrario?

—Matthews, esta vez es usted quien me toma por imbécil. Sabe muy bien que no es normal que una joven chiita esté seis días ausente de su casa sin dar señales de vida ni a su hermana. Y todavía es más raro que se haya ido en minifalda, sin dinero, sin ropa para cambiarse, con sólo dos o tres botes de maquillaje, como si tuviera intención de volver la misma noche o al día siguiente. Y lo que es claramente inquietante es que haya tenido el móvil apagado desde que se fue. ¿Tiene una explicación para todo esto?

—Por una vez, tiene usted razón, estimado policía francés...

Había abandonado el «querido amigo», lo cual era de agradecer, pues yo prefería la compañía de un escorpión a la suya. Matthews prosiguió:

—Lo único que puedo recomendarle es que le diga a la hermana de la chica que anime a sus padres a recurrir al CID a fin de poder emprender la investigación.

—Eso no les hace falta para emprender una investigación.

—¡Es verdad! Pero si esto tiene algo que ver con los palacios, no aceptarán que el CID se inmiscuya por iniciativa propia. ¿Me sigue?

—¡Demasiado bien!

Colgamos. Al instante sonó el móvil. Era Sounaïma, que estaba preocupada. La tranquilicé y colgué en el momento en que iba a preguntarme si nos íbamos a ver esa noche. En el salón, Tarek dormía, o eso fingía hacer, mientras Marita velaba por él. El médico acababa de irse tras haberle administrado un sedante.

En el exterior, las villas iban quedando cubiertas poco a poco de un polvo pardo. Incluso las buganvillas de intensas tonalidades malva y roja, normalmente lustrosas, habían sido despojadas de sus colores. El *tauz* también había podado los eucaliptos y había convertido las palmeras en escobas. En los paseos no había nadie. Ni siquiera una rata tiesa en la piscina. El recinto entero estaba sumido en una melancolía grave y espesa. Las tórtolas, cuyos zureos me parecían insoportables, se habían callado. No había siquiera un estúpido pájaro que cantara.

Cogí el coche y me fui a vagabundear a Manama. Empecé por el Londoner, un pub frecuentado sobre todo por los *brits* de clase media. Una vez dentro, pedí en la barra un *scotch* doble, una cerveza y un sándwich de dos pisos. A esa hora escaseaban los clientes. El Londoner era un *pub* triste. Carecía de decoración y la música era deprimente: viejas canciones de rock americanas e inglesas. Todas las noches sonaban *Hotel California* de Eagles o *Message in a Bottle* de Police. En los rincones, unas pantallas de televisión emitían una y otra vez las mismas secuencias espectaculares de accidentes ocurridos durante los grandes premios de fórmula 1 o de los nocauts filmados durante los combates de boxeo en que se disputaba un título.

Me disponía a tomarme una segunda cerveza cuando una mano me dio unos golpecitos en el hombro. Era Babak, un joven periodista que curraba para el *Gulf Daily News*, el periodicucho en lengua inglesa del emirato.

Babak pertenecía a la casta más maldita del país, la de los *bidun*. En árabe, *bidun* significa lisa y llanamente «sin». Es decir, eran los «sin»-nacionalidad. No sólo carecían de papeles, sino también de identidad. Eran hijos, nacidos en el emirato de inmigrados, establecidos allí desde hacía tiempo. Luego, como el país que había acogido a sus familias se había hecho independiente, los nuevos gobernantes les habían anunciado de la noche a la mañana que no eran árabes y por tanto no podían convertirse en ciudadanos del nuevo Estado. Como sus países de origen tampoco los reconocían como ciudadanos residentes en el extranjero, en adelante no eran de ninguna parte. Sólo se les permitía vivir allí. Pero sin identidad no tenían papeles, ni pasaportes. Para ir de un emirato a otro, no los necesitaban. Pero les era imposible salir del Golfo, ni siquiera por un fin de semana.

Babak era apátrida debido a sus orígenes iraníes. Casi nunca había viajado. Por desesperación, aprendía las lenguas de aquellos países a los que se moría de ganas de ir. Hablaba inglés, español, francés, persa, ruso, árabe, por supuesto, y hasta nepalés. En el *Gulf Daily News* sólo se le permitía escribir sobre los ecos de sociedad y un poco sobre la escasa vida cultural del país. Y luego un censor pasaba su texto por su tamiz.

Aquel día Babak no parecía demasiado angustiado. Era un chico delgado, no muy alto y de nariz alargada que no sonreía casi nunca. Tenía treinta y pico años, pero su vida de reclusión lo había envejecido. Decidimos hablar en español, la lengua de mi padre, que él dominaba.

—¿Qué problema tienes, amigo? —me preguntó al verme preocupado.

Antes de hablarle de Yasmina, le conté lo que le había ocurrido a Tarek.

—Su hermana dice que lo que más le gustaba a Yasmina era el teatro y el cine. Durante unas vacaciones en Egipto, hizo todo lo posible por conocer actrices. Pero su familia no veía su vocación con buenos ojos. De ahí la hipótesis de la fuga. Pero yo no lo creo en absoluto.

—¿Le ha dado los nombres de las actrices a las que intentó ver en El Cairo?

—No se lo he preguntado. ¿Por qué?

—¿Conoce a Jehan?

—¿La actriz egipcia?

—Sí. Hace unos quince días que está en la isla. Llegó diez días antes de la desaparición de la chica a la que busca. Simple coincidencia...

Hacía varios años que la gente del Golfo idolatraba a Jehan. Ésta cantaba, bailaba y actuaba en telenovelas cursis y ñoñas. Las intrigas eran bobas, los diálogos remilgados y abundaban los arrullos. Pero su gracia fuera de lo común transformaba cada episodio en una pequeña obra maestra. Un día sucedió un misterioso accidente en la vida de la actriz. Desapareció durante al menos dos años. Los rumores decían que estaba afectada de un mal misterioso y que se estaba curando en Gran Bretaña, en una clínica para *beautiful people*. En aquella época se había hablado de sida. Después intentó volver a aparecer. Pero su encanto ya no causaba efecto. Como si algo se hubiera marchitado en ella.

Pasando al francés, pregunté a Babak:

—¿Qué ha venido a hacer aquí? Que yo sepa, su visita no se ha anunciado en los periódicos.

—No, está aquí de incógnito. Además, tampoco se ha alojado en el Sheraton, como habría exigido su estatus de estrella, sino en el hotel Ambassador. El director es amigo mío. La ha visto y me ha avisado. He intentado ponerme en contacto con ella, pero no ha respondido al teléfono en ningún momento. La he buscado por todas partes durante varios días y finalmente la he encontrado por casualidad. Se disponía a desayunar en un restaurante frecuentado sobre todo por inmigrantes con pasta. Esperaba a alguien y me pareció que no quería que yo viera con quién había quedado. El caso es que parecía inquieta. No accedió a que le hiciera una entrevista. Ni siquiera una foto. Incluso me suplicó que procurara que el periódico no se hiciera eco de su paso por la isla. Para asegurarse de que no hablara de ella, me prometió que volverá cuando se estrene su próxima película y que me concederá una larga entrevista.

—¿Sabes si está rodando otra película?

—He leído en una revista de cine que estaba rodando con el gran director egipcio Raduan al Kachef. Pero ¿qué piensa de que, de repente, quiera ser discreta?

—Que hay una historia de amor de por medio.

—¿Aquí? Hay sitios más románticos que esta isla para un encuentro, ¿no?

—Entonces será una historia de vicio.

Babak forzó una sonrisa. A continuación pedí una ronda. El *pub* empezaba a llenarse. Me disculpé y salí al pasillo para llamar a Eschrat.

Había estado llorando. Con una voz completamente alterada por la pena, me preguntó:

—¿Tiene alguna novedad?

—En realidad, no.

—Hace ya seis días y medio que mi hermana se fue, ¿se da cuenta? Me parece que no merece la pena vivir si no sé... Y mis padres están cada vez más insoportables. Mi padre ha dicho que, si vuelve, no querrá verla otra vez. Y mi madre me reprocha que no la haya vigilado bastante...

La interrumpí.

—Cuando estuvo en El Cairo con su hermana, ¿sabe a qué actrices intentó conocer?

—No. Seguramente me lo dijo. Pero, como a mí no me gusta mucho el cine egipcio de ahora, no retuve los nombres.

—Haga un esfuerzo...

—Si usted me da nombres...

—¿Jehan?

—Jehan, ¡claro! Es la primera a la que mi hermana intentó ver. Y consiguió concertar una cita con ella. Fue poco antes de volver aquí.

—Piense en ello toda la noche si hace falta y llámeme, sea la hora que sea, para contarme todo lo que su hermana pudo haberle dicho de ella. Y compruebe si en su agenda de direcciones figura el nombre de Jehan.

—Espere... Creo que mi hermana le escribió varias veces.

—¿Está segura?

—Sí. No he encontrado cartas de respuesta a las suyas, pero estoy segura. Mi hermana me confía muchas cosas, ¿sabe? Le afectó mucho la desaparición de Jehan cuando dejó de rodar y empezaron a circular un montón de rumores. Cuando Yasmina se citó con ella en El Cairo, Jehan acababa de volver de Inglaterra.

—Escriba en un papel todo lo que pueda haberle contado de la actriz, y mañana me lo lee. Puede que tengamos ahí una primera pista para encontrar a Yasmina.

—¿Cree que se ha escapado a Egipto?

—Seguramente no —dije y colgué.

La siguiente persona a quien llamé fue Imad. Sabía para qué lo llamaba y fue al grano.

—¿Tienes noticias de tu joven desaparecida?

—Todavía nada.

—¡Esta historia es increíble! Insisto: creo que debes preocuparte por ella.

—Yo también lo creo. Dime, ¿eres un incondicional de Jehan?

—¿Jehan? ¿Quién, la actriz egipcia?

—Sí.

—¿Qué quieres que te diga? Es una seductora, una hechicera incomparable más que una actriz. A pesar de formar parte del mundo del cine egipcio, que es un mundo escabroso, ha sabido mantener todo su frescor y cierto aire de inocencia. Por eso seducía tanto, al menos hasta lo que se vino a llamar su... accidente. Es verdad que había algo de mágico en ella. Bastaba con que apareciera en la pantalla y, ¡hop!, algo ocurría. El espectador quedaba seducido, encantado, hechizado y sin saber por qué. No niego que es hermosa, pero no es una belleza radiante. Nunca será una Ava Gardner, ni tampoco una Sharon Stone. Supongo que lo que nos gusta a los árabes es la niña que sigue habiendo en la mujer, su lado travieso y esa sensualidad delicada que parece frágil, a punto de rasgarse. Esto reafirma nuestra virilidad. ¿Sabes?, los árabes siempre temen un poco a las mujeres demasiado explícitamente sexuales, aun cuando fingen buscarlas. Con Jehan no teníamos ese problema. Pero, a mi parecer, no es una gran actriz.

—Sin embargo, ha actuado en grandes películas. Me han dicho que ahora está rodando una película con Raduan al Kachef. No es un director comercial.

—¿Grandes películas? Hace tiempo que en Egipto no se filman..., pero ¿qué relación hay entre Jehan y la desaparecida?

—Todavía no lo sé. ¿Sabes si Jehan ya ha venido a la isla?

—Hay quien dice haberla visto varias veces, pero no es seguro que los rumores sean fundados.

Le di las gracias a Imad y volví al bar. La música empezaba a retumbarme en los oídos y, dadas las circunstancias, era lo mejor. Seguí bebiendo con Babak. Hubiera tenido que llamar a Sounaïma, que seguramente habría estado inquieta toda la tarde, pero no tuve valor. Y también a mi hija, con quien no hablaba desde hacía una semana. Volví al pasillo, donde la música resonaba menos fuerte, marqué su número, pero contestó su madre. En vez de preguntarle si estaba Ysé y, si era así, que me la pasara, colgué.

Volví con el periodista y bebimos unas cuantas copas más antes de separarnos. El Chevrolet conocía el camino y me llevó sin problemas hasta mi casa. Los guardias ni rechistaron al verme pasar medio doblado sobre el volante, salir luego penosamente del vehículo y tardar diez minutos en encontrar la llave de la puerta principal. En casa seguí sin tener el valor de llamar a Sounaïma. Cogí del frigorífico una botella de vino blanco de Chablis, dos copas y un Partagás de la serie D4, bien humidificado, de mi caja de puros, y fui derecho al despacho para instalarme en un sillón frente a la Amante Ideal, a la que rehuía desde hacía algunos días.

La Amante Ideal jamás me guardaba rencor por mi falta de atención. Como tampoco me reprochaba nunca ninguna de mis locuras. Incluso soportaba el humo de mis habanos. Le serví su vino blanco preferido y abordamos la desaparición de Yasmina.

—¿Sabes? —le dije—, las jóvenes chiitas distinguidas de la isla no desaparecen de repente sin dejar rastro. El país es demasiado pequeño, está demasiado vigilado y además bastante poco poblado. Todo se sabe enseguida. Yasmina tiene que estar todavía aquí. Pero no hay el menor rastro de ella. Matthews me ha sugerido que investigue en torno a los palacios. Y Babak me ha prevenido oportunamente de que Jehan, la actriz egipcia con la que Yasmina trató de verse con tanto empeño en El Cairo, está alojada de incógnito en un hotel de Manama.

Me tomé la copa de un trago, di una chupada al cigarro y continué con el monólogo. La Amante Ideal aún no había tocado su vino. Sentada en el borde del sillón, me miraba con los ojos entrecerrados, sin moverse en ningún momento. Tras volver a llenar mi copa, añadí:

—Bueno, ya has visto dónde quiero ir a parar. ¿Crees que hay alguna relación entre la llegada de Jehan y la desaparición de Yasmina?

Se tomó su tiempo para revelar su respuesta. No le cabía ninguna duda.

—Otra cuestión: no puedo explicar por qué, pero tengo la impresión de que Yasmina ha sufrido una desgracia. ¿Estás de acuerdo conmigo?

Se mostró más pesimista que yo. Al parecer, le escamaba mucho que Yasmina no hubiera llamado a Eschrat, pues las hermanas estaban muy unidas y podían contar la una con la otra.

A continuación abordé los acontecimientos de la tarde. Le expliqué la violación de Tarek y el relámpago negro de dolor que había atravesado la sala al pillarle el rabo con el cajón de la mesa a aquel cabronazo. Me turbaba que esa escena, que pasaba una y otra vez ante mis ojos, me carcomiera hasta la médula. También le confié lo que jamás le habría dicho a nadie, ni siquiera a mi mejor amigo: que estaba solo, muy solo y que echaba terriblemente de menos a mi hija. En esos momentos me pareció que relajaba los labios y esbozaba una sonrisa fugaz que venía a decir: *Bien hecho, bien por ti, tú te lo has buscado.*

Me disponía a salir cuando me pidió que tocara un poco la guitarra. En la hermosa Conde Hermanos que había heredado de mi padre, intenté tocar un fragmento del *Concierto de Aranjuez*, y luego *Bésame mucho*, pero estaba demasiado ebrio, sin contar con que tenía la mano destrozada. Las cuerdas sonaron de un modo desapacible. Me obstiné con *Aire de tango*, la maravillosa composición del argentino Luis Salinas, pero fue aún peor. Volví a guardar la Conde Hermanos en el estuche, sobre el que el *tauz* había depositado una fina capa de polvo que no tuve el valor de limpiar.

Apuré mi copa y luego la de mi compañera. Después apagué la luz y salí del despacho, que cerré con llave. La noche, o lo restante de ella, me esperaba. Como el vino blanco me había emborrachado del todo, sabía que dormiría mal. Pero fue peor.

Cada vez que iba a conciliar el sueño, el relámpago negro cruzaba la habitación acompañado de un grito inconcebible. Con el alba, el sueño al fin ganó la batalla, aunque entrecortado por escenas terribles. Éstas se sucedían en un palacio, bajo la mirada de serpiente de Matthews, que me llamaba «mi querido amigo» o «estimado policía francés». En una amplia sala revestida de oro, una jauría de hienas había acudido a abrevar a un estanque que se asemejaba al del patio de Los Leones de la Alhambra de Granada, la ciudad de mi padre y la canción que él sabía tocar a la perfección en la Conde Hermanos. Tras beber se echaron a reír a carcajada limpia con esa curiosa risa, ligera y sardónica a la vez, que recuerda la de los niños. Después atacaron a la Amante Ideal, que estaba sentada en un rincón del palacio, y le despedazaron la ropa. Aunque ella, sin dejar de sonreír, repetía: *Tú te lo has buscado, tú te lo has buscado.*

SEGUNDA PARTE

6

El último sueño fue el más terrible de todos. En el palacio dorado, bajo las lámparas de cristal, Yasmina toreaba a las hienas con su *abaya* negra. Llevaba puesta la minifalda negra y sus pechos se traslucían bajo la blusa blanca; eran pequeños y redondos como los de Sounaïma. Las hienas babeaban de furia. Eran altas, con músculos alargados y bocas feroces. Por primera vez me di cuenta de que tenían las patas traseras más grandes que las delanteras. Yasmina toreaba bien, con ligereza y gracia, y sabía envolver a los monstruos con su capa negra, lo cual le permitía esquivar las embestidas. En un estado de semiinconsciencia, me daba cuenta de que aquello no podía durar. Esperaba despertarme antes del momento fatal. Pero sucedió antes de que me despertara del todo.

Una hiena más resabiada que sus hermanas mordió la *abaya* y la arrancó de las manos de Yasmina. Fue como si la chica hubiera quedado desnuda ante ellas. Los monstruos carnívoros se echaron a reír; lo hacían cada vez más fuerte, de un modo obsceno a la vez que infantil.

Yo estaba aterrorizado. Por suerte, un alarido terrible, inhumano, desgarró el cielo dorado del palacio y espantó a las hienas. Sabía que regresarían, que nunca renunciaban a una presa después de haberla arrinconado. Por una parte, no quería seguir oyendo el horror del grito, que tal vez era mío, pero por otra sí quería para que mantuviera a distancia a las hienas de la noche. No hubo otro ataque, pero noté una mano que me sacudía con delicadeza y una voz inquieta que repetía con toda la dulzura del mundo:

—Despiértese, sir. Ha tenido una pesadilla.

—Estoy bien, Marita, estoy bien.

—Le he oído desde la cocina. Me ha asustado mucho.

—No es nada, Marita, no es nada. Sólo una pesadilla. ¿El desayuno está listo?

—Sir, ¡es casi mediodía!

—¡Ah! De todos modos, prepárame un buen café.

—Enseguida, sir. Los teléfonos no han dejado de sonar desde las ocho de la mañana. El móvil y los fijos.

—¡Dios!

Me precipité sobre el móvil. Había varios mensajes de Sounaïma agobiándome con reproches, y de Matthews, que no precisaba para qué quería verme. Su voz traslucía bastante irritación, seguramente porque no le respondía. En la última llamada, de hacía menos de una hora, añadía un mensaje lacónico: «Estimado policía francés, le estoy buscando por todas partes. Es urgente. Verdaderamente urgente. Se trata de un asunto que le concierne y que, por desgracia, ahora me concierne a mí también».

Llamé a Matthews, que contestó al primer tono. Primero hubo un silencio de varios segundos en la línea. Cuando se disponía a hablar, mi instinto de policía me dijo que habían encontrado a Yasmina, y no precisamente viva.

—Esta mañana han descubierto el cadáver de una chica cerca del puente que comunica con Arabia Saudí. Temen que pueda tratarse de...

—¿Temen o lo saben de cierto?

—Lo sabré en menos de diez minutos. Los padres de la chica están ahora en la morgue para identificar el cuerpo. Mi adjunto, el coronel Blake, que está a cargo de las investigaciones criminales del CID, está allí. Llamará cuando...

—¿Cómo va vestida?

—Con un vestido largo. Ya sabe, esos vestidos que cubren todo el cuerpo y tienen bordados en torno al cuello y las mangas y que las mujeres de aquí llevan cuando están en familia.

—Eso no encaja con Yasmina. Cuando salió de su casa llevaba una minifalda, una *abaya* y ninguna prenda para cambiarse. Puede que no sea ella. ¿Cómo iba calzada?

—No han encontrado zapatos. Espere un momento. Me llaman por la otra línea.

Pasaron tres minutos. El tiempo de fumarme medio cigarrillo. Matthews volvió a ponerse y tosió.

—No hay ninguna duda. La han reconocido. Por desgracia, es ella.

Sentí como si un golpe de gong estallara en mi cabeza. Pero en realidad se había roto algo dentro de mi pecho. No era la primera vez, pero siempre dolía; no era un dolor físico, sino algo más profundo, como si me restregaran el alma una y otra vez con barro y piedra pómez.

Tuve que aguantar la respiración unos segundos antes de poder preguntar:

—¿Dónde la han encontrado?

—En una cala pequeña y desierta. Cerca de un pilar del gran puente. Esta mañana la ha visto un expatriado inglés, un informático empleado en el aeropuerto, que había aprovechado un momento de calma en la tormenta para hacer *jogging*. Como el viento ha soplado del noroeste toda la noche, es posible que...

—¿Presenta el cadáver signos de descomposición?

—No demasiados, según ha dicho el coronel Blake. Ha pasado poco tiempo en el agua. Los peces no han tenido tiempo de desfigurarla.

—¿Tiene moretones?

—Es demasiado pronto para saberlo.

—¿La causa de la muerte?

—Por ahogamiento, según ha dicho también el coronel Blake. Probablemente accidental.

—¿Se burla de mí, Matthews, o qué? No es época de baño. Ni es el lugar para hacerlo. Es más, no es de la clase de chiitas del emirato que se dan chapuzones solas. Y, sobre todo, no me diga que podría haberse caído del puente.

—Cálmese, por favor. Aún no sabemos nada. De todas formas, habrá una investigación.

—¿Y autopsia?

—Si la familia lo permite.

—Y si la familia no lo permite, el CID siempre puede practicar una autopsia a hurtadillas antes de darles el cuerpo.

—Yo...

—Cierre el pico, Matthews. Usted sabe más cosas de las que me quiere contar. Me la trae floja si va a ordenar una investigación o no. Yo haré la mía. Aun así, infórmeme si deciden realizar una autopsia.

Colgamos. Desde la puerta del salón, Marita me miraba de un modo extraño. Con sequedad, le ordené que volviera a la cocina a preparar el café. A continuación me vestí sin siquiera pasar por el cuarto de baño. Vacilé en llamar a Eschrat; hacía falta valor, y ya no me quedaba. Había fracasado lamentablemente en encontrar a su hermana pequeña. Seguro que Yasmina aún estaba viva en el momento en que Eschrat había recurrido a mis servicios. Cierto, lo había hecho tarde, pero eso no justificaba que yo hubiera tardado tanto. Ahora, por la culpabilidad que sentía, tenía un nudo en el estómago que me impedía tragar nada, ni siquiera un simple café. Con todo, conseguí tomarme unas cuantas pastillas disueltas en agua con azúcar para quitarme el dolor de cabeza producido por las libaciones nocturnas. En ese momento recordé los sueños de esa noche y su mensaje premonitorio. Vi de nuevo a las hienas pasar una y otra vez ante mis ojos sin poder quitarme las imágenes de la cabeza. Esto me empujó a subir al coche.

Volví a tomar la autopista que conduce a Budaya, pasé de largo la localidad y bordeé la parte norte de la isla por una carretera tortuosa que atravesaba palmerales moribundos y aldeas chiitas grises y polvorientas donde callejeaban grupillos de adolescentes ociosos, sin presente ni futuro. El *tauz* se mantenía en calma y el cielo había cogido, Dios sabe de dónde, algo de azul para maquillar su palidez de enfermo grave.

No tardé en encontrar una salida que permitía acceder al puente que unía la isla con el reino saudí. Era una obra de arte magnífica de veintiséis kilómetros de largo, que había costado varios miles de millones de dólares y había exigido años de estudio y un trabajo formidable para construirla. De lejos parecía un trazo largo y blanco que iba de islote en islote, como una imagen en movimiento que una cámara hubiera seguido y fijado al mismo tiempo.

Una vez en el puente, me detuve al lado de un Aston Martin DB7 de un bonito color burdeos. Junto al coche, el coronel Blake miraba hacia la pequeña cala, probablemente aquella en la que habían encontrado el cadáver de Yasmina, cientos de metros más abajo. A lo lejos, en el agua se divisaban manchas estancadas de aceite y petróleo. Un sendero descendía hasta la orilla arenosa, a la que ni un solo matorral había conseguido agarrarse. Una camioneta de la policía estaba aparcada bajo el único árbol del lugar, y dos occidentales, polis a ojos vistas, iban y venían por la orilla en busca de indicios. Más lejos todavía se avistaban algunas villas blancas, construidas lo más cerca posible del brazo de mar.

Mordisqueando una cerilla con falsa indiferencia, Blake se había vuelto hacia mí y me miraba mientras me acercaba. No estábamos a mucho más de diez grados, pero él llevaba una camisa caqui con los dos botones superiores abiertos. Al igual que Matthews, había servido en el ejército británico como oficial de los servicios secretos. También había pertenecido durante muchos años al SAS. En el archipiélago decían que hablaba varios dialectos árabes de la península. Más joven que su jefe, debía de tener poco más de cincuenta años. Por alguna razón me irritaba saber que Blake curraba como perro guardián porque no quería volver a llevar una vida hogareña en un despacho cualquiera de la húmeda Inglaterra y tener un salario con un cero menos.

Era un hombre apuesto de casi dos metros de estatura, con los hombros anchos como un arco de triunfo y una cara guapa surcada de arrugas, ojos de color azul descolorido, nariz corta y recta y frente amplia que parecía pulida por las tempestades de arena de todos los desiertos. Su cabellera, entrecana y bastante poblada, caía a ambos lados de una raya descuidada que no contribuía a darle un aspecto marcial. Me superaba en unos diez centímetros y en otros tantos kilos. Al igual que Matthews, su apretón de manos era una máquina de moler falanges. Reparó en la lesión de la mano y, a diferencia de su superior, se guardó de apretar la herida.

—Matthews me ha dicho que la buscaba desde hacía varios días. Seguramente sabrá cosas que yo ignoro.

—No sé nada que usted no sepa ya.

—¿Y qué sabe? Supongamos que lo que dice es cierto. Cuando menos se plantea preguntas, ¿no?

—Pues sí. Cuando salió de casa de sus padres llevaba una minifalda negra y una blusa blanca, y la han encontrado con un vestido árabe tradicional. Segunda cuestión: hacía por lo menos seis, siete días incluso, que había desaparecido, pero usted le ha dicho a Matthews que ha estado muy poco tiempo en el agua. Así que la gran zambullida se remonta seguramente a anoche. ¿Qué estuvo haciendo Yasmina durante los últimos días y dónde estuvo?

Blake guardó silencio. Parecía curiosamente abstraído, pero, al mismo tiempo, profundos surcos cruzaban su frente, como si le atormentaran grandes preocupaciones o como si luchara consigo mismo. Además, estaba triturando la cerilla con los dientes.

—¿Piensa investigar a fondo sobre la pequeña, coronel Blake?

—No le permito dudarlo.

—Mil disculpas. ¿Puedo hacerle otra pregunta?

—Me gustan las preguntas. Lo que no me gusta es responderlas. Pero siempre puede intentarlo...

—Bajo la ropa, ¿qué llevaba?

—Bragas y sujetador.

—¿Y qué más?

—Secreto de sumario, como dicen en su país.

—¿Y si intercambiamos información?

—Creía que no tenía usted nada de que informarme.

—Se me puede ocurrir algo...

—Lo lamento, Frenchie, no estamos en el zoco. No se regatea a costa de una cría ahogada. Se está realizando una investigación, de modo que tiene la obligación de comunicarme todo, ¿me oye?, todo lo que sepa. Lo dice la ley incluso aquí. Y es una obligación moral incluso aquí. Pero yo no pienso contarle nada de nada.

—¡Estamos entre polis, Blake!

—¡De ningún modo! Usted es poli y yo soy militar. Y no me llamo Blake, sino coronel Blake.

—Bien, coronel Blake. Pero no he entendido bien si obtuvo el grado en el ejército británico o en las gloriosas Fuerzas de Defensa del emirato, que nunca han perdido una sola batalla.

Esperé a que reaccionara; un sobresalto, una mueca, un sonrojo incluso, aunque no fuera perceptible debido a su piel bronceada, o hasta cobriza. Le había lanzado un insulto: las Fuerzas de Defensa del emirato no habían perdido nunca una batalla porque nunca habían librado ninguna. Simplemente se limitó a mover la cabeza durante dos o tres segundos, como si una contrariedad más grave, más seria, le preocupara. Yo tenía ganas de enfrentarme a él, porque pertenecía al CID y porque me sentaría bien olvidar, aunque fuera por un breve momento, el cuerpo de la pequeña hallado bajo el puente. Pero no entendía por qué él se mostraba igual de agresivo conmigo.

Al final me respondió:

—Se está haciendo el listillo, Frenchie, porque todavía se siente intocable. Incluso después de lo que le ha pasado a su jardinero. Pero un día, si continúa así, perderá a su protector. Y entonces ya veremos si...

—Blake..., perdón, coronel Blake, su jefe ya me ha dicho todo eso. El problema es que ustedes, los oficiales británicos, nunca han sabido funcionar sin un modelo. Sin embargo, su monarquía se desmorona y carecen de un gran hombre presentable. Relea a sus grandes hombres del pasado en vez de servir a pequeñas causas miserables fingiendo creer en ellas. Mire, tuvieron a ese genial primer ministro llamado Disraeli en la época de la reina Victoria. Escribía novelas de éxito y fue campeón de boxeo. Con él, el imperio jamás fue tan grande, esplendoroso y próspero. ¿Conoce su lema? «La vida es demasiado breve para ser pequeña.» Piense en ello, co-ro-nel Blake.

El oficial me siguió hasta mi coche. Escupió al suelo lo que quedaba de la cerilla.

—Lárguese, Frenchie. Y ahórreme sus citas de mierda. Es peor que nosotros. Como usted mismo ha sugerido, sólo está aquí por el dinero y porque tiene problemas con la justicia en su país. Y aunque le haga gracia, yo creo en la misión que tengo que cumplir aquí.

Blake se dirigió a su coche. Ya estaba dentro del Chevrolet, y cuando bajé el cristal, me preguntó:

—¿Va a investigar?

—¿Usted qué cree?

—Ya veremos hasta dónde llega, Frenchie, y si tiene cojones para llegar hasta el final. Si fracasa, será porque es un miserable, porque a pesar de todo le voy a ayudar: es como si una manada hubiera atacado a la pobre cría. Tenía el cuerpo lleno de marcas de golpes, cardenales y mordeduras, sobre todo en los pechos, como si la hubieran atacado jabalíes primero, y luego hienas. Se han divertido de lo lindo con ella, créame. Pero yo no le he contado nada. Y sigo pensando que no llegará hasta el final porque no es más que un policía francés de mierda que está acabado.

—Gracias, Blake. Mejore un poco más los insultos y se convertirá en un caballero.

No me apetecía en absoluto regresar a Manama. Enfilé el gran puente que llevaba a Arabia Saudí sin pensar demasiado a dónde me dirigía. Unos diez kilómetros después llegaba a la frontera. Estuve a punto de dar media vuelta, pero de pronto supe a dónde tenía que ir. Le enseñé la placa a un policía del emirato, que se inclinó exageradamente, luego a un agente secreto de paisano, esta vez un saudí, que se puso en posición de firmes. Con una seña indicó a sus hombres que abrieran la barrera, lo cual me permitió adelantar a la larga hilera de vehículos que esperaban para pasar el control. Había varios conductores en apuros. Habrían pasado la noche empinando el codo, y ahora los polis saudíes les hacían abrir la boca para olerles el aliento. Si llevaban dinero, podrían arreglar las cosas. En caso contrario, iban a disfrutar de unos cuantos días en las cárceles del reino y, si eran inmigrantes, del látigo de sus verdugos. Esto mismo le había sucedido a un filipino que había comprado bombones en el emirato sin saber que estaban rellenos de licor. Había recibido treinta golpes de castigo.

Después de dejar atrás la ciudad petrolífera de Dharan, seguí durante un cuarto de hora por una autopista. Luego me desvié para tomar una carretera en bastante buen estado que se adentraba en un desierto plano y pedregoso. Al cabo de veinte kilómetros llegué a las proximidades de un campamento compuesto de tres grandes tiendas modernas de color beis dispuestas en torno a un redil y un pozo. También había dos casas de adobe de color ocre. Detuve el Chevrolet en seco y se levantó una polvareda. Abdalah, que había oído la frenada, salió de una de las tiendas para venir a mi encuentro. Era un jordano de unos cuarenta años, alto y demacrado, con una larga cicatriz que le surcaba la mejilla. Llevaba una *disdacha* gris descosida bajo un brazo e iba descalzo. Quiso besarme el hombro en muestra de respeto, pero yo le tendí la mano. Su inglés era de lo más rudimentario, pero conseguía hacerse entender.

—Tome café y *Majd al Chams* venir.

Un palafrenero paquistaní, apenas un adolescente, se acercó, y Abdalah lo envió a traer a *Majd al Chams*, que pastaba en un prado mantenido sin reparar en gastos, donde había una decena de caballos. Pertenecían a Uahad, un joven príncipe saudí que los tenía para fardar y por el prestigio de poseerlos, y que nunca los montaba. Y Abdalah los cuidaba. Había sido el caballerizo mayor de un príncipe saudí de la familia real. Pero había caído en desgracia por una razón que yo ignoraba. Esto le obligó a ocuparse de los caballos de un príncipe de un linaje inferior y a vivir exiliado en un territorio lindante con el Neyd.

Yo había sacado a Uahad de un asunto feo un año antes. En el curso de una borrachera en Manama, se había dejado embaucar por dos putas ucranianas que lo emborracharon hasta que quedó inconsciente y luego le mangaron todo el dinero que llevaba, los documentos, el inevitable Rolex de oro y diamantes y, lo más grave, una carta confidencial del rey, que debía entregar a un religioso egipcio que estaba de paso en el archipiélago. No me costó mucho encontrar a las dos chicas y luego el pasaporte, el reloj, la misiva y el dinero que quedaba. También procuré que el asunto no se divulgara y, sobre todo, que no llegara a oídos del soberano saudí. Después de aquello me consideró su amigo y siempre quería agasajarme con regalos. Acabé por ceder y acepté a *Majd al Chams*.

Majd al Chams: Gloria del Sol.

El semental no habría estado a gusto en cualquier centro ecuestre del emirato de los Dos Mares. Así que había preferido dejarlo allí y pagarle a Abdalah una mensualidad e iba una o dos veces por semana a montarlo. En el campamento sólo había de manera permanente algunos criados de Uahad. Como cualquier príncipe saudí, aunque fuera de segundo rango, debía poseer una magnífica mansión en Riad, otra en Yeda con vistas al mar Rojo, un apartamento de cuatrocientos metros cuadrados en el lujoso distrito XVI de París o en algún sitio elegante de Londres, otro en Nueva York, una vivienda de paso en Marbella, un parque automovilístico de unos diez coches de lujo, entre los que no podían faltar el inevitable Mercedes 600 y el BMW Z1, pero también tiendas y un campamento para demostrar que había guardado una relación estrecha con el desierto. Y allí es donde *Majd al Chams* había crecido. Lo habían cuidado unos hombres que amaban a los caballos, aunque su calidad de sirvientes les prohibiera montarlos. Mientras lo preparaban, me tumbé sobre una alfombra de colores chillones de la inmensa tienda para invitados desprovista de mobiliario. Un sirviente negro me trajo café al cardamomo. Me encendí un cigarrillo y traté de no pensar demasiado.

Tras tomarme el café, fui a buscar las botas, el pantalón y la cazadora que siempre guardaba en el maletero del Chevrolet. A continuación me vestí. Minutos más tarde, *Gloria del Sol* estaba delante de la tienda.

Un tal Ibn Rachid de Kairouan dijo, hacia el año 1060, que entre los árabes había tres ocasiones para congratularse. El nacimiento de un varón, el surgimiento de un poeta en la tribu y la venida al mundo de un potro. Al ver el pelaje zaino tostado del semental, con reflejos suaves, la crin y la cola de un negro ligeramente azulado como la antracita, el largo cuello que le servía de contrapeso, el pecho amplio y abierto, el relieve prominente de los músculos, la geografía de los nervios que se estremecían sin cesar, como ráfagas de viento sobre un estanque, permitiendo una reacción inmediata ante el menor peligro, y el testuz tan particular del caballo árabe, ligeramente ensanchado, que recuerda el hipocampo, se comprendía por qué. En realidad, me importaba un comino Ibn Rachid de Kairouan, al que había convocado en mi pensamiento únicamente para olvidar lo que me había dicho Blake, quien había hablado de jabalíes, de hienas...

Abdalah y el palafrenero sujetaron a *Majd al Chams* para que lo montara.

—El *tauz*, Abdalah, ¿cuándo volverá?

El jordano levantó ambas manos para decir que era la voluntad de Dios. Le repetí la pregunta y al final me respondió:

—No venir. Ahora no. Esta noche o mañana tal vez.

Al montar, sin querer me enganché la mano derecha en la correa de la que pendía el estribo, y la herida de las falanges se me abrió otra vez. Con un gesto le indiqué a Abdalah que no se inquietara cuando se fijó en la sangre que brotaba.

Instantes después estaba solo. *Majd al Chams* se arrancó a galopar, pisando con gran ansia la arena dura que cubría la meseta de granito. Al mirar atrás, las tiendas quedaban muy lejos y me di cuenta de que había entrado en otro mundo. El terreno era plano, monótono, casi exento de vegetación y uniformemente gris. No había nada que permitiera orientarse, salvo el débil sol velado y una estela rosácea en el cielo, hacia el oeste. Era un mundo vacío, el mundo del vacío. Y el del silencio.

Aunque sólo hacía unos minutos que *Majd al Chams* galopaba, habían pasado siglos e ignoraba si nos dirigíamos al futuro, el pasado o la nada. El martilleo de los cascos resonaba con tal fuerza que causaba la impresión de abrir la tierra y que de ella fuera a brotar la verdad. Las imágenes golpeaban mi cabeza al ritmo de la carrera. Las rehuía, pero no era posible dejarlas atrás. Pasaron varios minutos más y, de los cascos del semental, surgió la embriaguez, trepó por las patas, se apoderó de las riendas, del vientre, del corazón, y alcanzó la cabeza. El momento se prolongó, hasta que el caballo empezó a dar los primeros signos de fatiga. Entonces *Majd al Chams* galopó a paso ligero, e intenté orientarme con respecto al sol medio muerto de aquella mañana, que apenas abrasaba.

Aún nos hizo falta casi una hora para llegar hasta un minúsculo palmeral que los hombres habían abandonado por completo cuando el petróleo había brotado más hacia el este, y que las arenas habían asfixiado. Los pozos se habían agotado y las palmeras estaban enterradas hasta la mitad. Vacilé en desmontar por temor a que el semental aprovechara para escapar y volver al campamento.

Al final me decidí. Al percibir mi inquietud, y por primera vez desde que habíamos cambiado de siglo y de mundo, *Majd al Chams* dio signos de nerviosismo. Até las riendas a un tronco seco y me alejé. Sentado al borde del antiguo palmeral, descansé un buen rato, dejando que el semental expresara con patadas contra el suelo su deseo de volver al campamento. Después me levanté, me puse de cara al viento y apreté lo más fuerte posible las falanges que aún estaban infectadas. Si había hienas cerca, percibirían el olor de la sangre, que las embriagaría. Seguirían el rastro hasta allí, y las vería con la misma claridad que en el sueño que había tenido al amanecer. Estaba dispuesto a esperarlas el tiempo que hiciera falta.

Los relinchos de *Majd al Chams* me arrancaron de mi somnolencia. Me había tumbado en la arena bajo una palmera que no estaba muerta del todo, cerca de unas planchas a medio pudrir que tapaban un viejo pozo. Me erguí sobre un codo y miré a mi alrededor. Necesité unos momentos para distinguirlas en la inmensidad vacía que rodeaba el palmeral inerte. Siempre iban en grupo, y conté siete, que avanzaban con prudencia en dirección al antiguo oasis. Eran grises, poco más oscuras que la arena del desierto. No tardaron en aproximarse dibujando grandes círculos. Eran menos grandes que sus primas de Etiopía, que, tan pronto la sequía menguaba su territorio de caza, osaban enfrentarse a los leones, con los que libraban memorables batallas. Con todo, éstas eran más que capaces de acabar con un hombre agotado o enfermo. Y sin duda, de llevarse un niño y despedazarlo.

A pesar de los relinchos temerosos de *Majd al Chams*, no se decidían a adentrarse en el palmeral. Seguramente percibían mi presencia, lo cual las hacía retroceder en cada avance. Una se adelantó para explorar hasta los primeros matorrales de espinos que bordeaban el palmeral y luego volvió sobre sus pasos. Pese a preferir la carroña, los relinchos atemorizados del caballo debían de abrirles el apetito hasta enloquecerlas. Durante una misión en África las había alimentado y conocía bien la fuerza extraordinaria de sus mandíbulas y la sacudida que te daba el brazo cuando arrancaban la carne que les tendías.

Seguía inmóvil. Me limitaba a mirarlas correr y brincar, intentando comprender cómo se entendían entre ellas y cómo tanteaban el peligro que yo representaba. También oía cómo lanzaban al aire su risa infantil y demoníaca. Un proverbio somalí decía que «lo mejor de la hiena es su risa». Me preguntaba qué sería lo peor. En casi todos los países donde había hienas, su nombre se asociaba a algo perverso o diabólico.

Cada una revelaba una personalidad. Unas eran más cobardes, otras más atrevidas, y no había dos que corrieran o rieran de la misma forma. Cuando ya no soporté los relinchos de pavor que lanzaba *Majd al Chams*, no fui capaz de esperar a que se acercaran más. Saqué el arma que traía conmigo y apunté a la hiena más próxima, que estaba parada. La Beretta era demasiado imprecisa para tener la menor posibilidad de alcanzarla. La bala pasó a más de un metro del animal. El disparo dispersó de inmediato a la jauría.

Diez minutos después, el desierto volvía a ser ese lugar vacío, intensa e inmensamente vacío, del mundo. Pero había encontrado las fuerzas que necesitaba para cazar otra tribu de hienas, esas que se ocultaban acaso en los palacios, acaso en otra parte, y llevaban máscaras para no ser reconocidas.

7

Eran las siete de la tarde cuando regresé a Manama. Como había predicho Abdalah, el *tauz* aún no se había vuelto a levantar y las tiendas estaban abarrotadas de inmigrantes que aprovechaban la calma para hacer la compra. Llegué a mi despacho, en la torre de la calle Tijara. Había avisado a Joseph de que estaba a punto de llegar y le había pedido que me preparara café.

Y el café se lo estaba tomando Jehan. Me aguardaba pacientemente en la sala de espera, sentada en un gran sillón de cuero oscuro. La saludé al cruzar la sala, fingiendo que no la había reconocido y que no había reparado en su belleza. Me devolvió el saludo y sus ojos me miraron fijamente. La mirada duró el tiempo necesario para percibir lo jodido que estaba; es decir, duró bastante más de lo que las madres del lugar recomendaban a sus hijas. Me miró la cara, parpadeó; los hombros, que al parecer le gustaron; la barriga, y me recorrió todo el cuerpo con la vista, para apreciarlo. Yo sabía de antemano que se preguntaba si yo estaría a la altura del trabajo que pensaba confiarme y cuya naturaleza yo ya adivinaba.

La hice esperar varios minutos, el tiempo de hacer varias llamadas. La primera fue para mi hija y tuve la suerte de encontrarla en casa. Al llamarla, el corazón me había empezado a latir con una celeridad inhabitual y respiraba agitadamente. Sin embargo, la conversación transcurrió sin incidentes y, excepcionalmente, Ysé hasta tenía buenas notas que anunciarme. La segunda llamada fue para Sounaïma, que tardó en aceptar que pasara por el Sheraton a verla a primera hora de la noche. Luego, a través de la línea interna, llamé a Joseph, que me informó de que la chica se había presentado sin siquiera anunciar su visita por teléfono. Sólo había dicho que quería hablar conmigo sin falta y que me esperaría el tiempo que hiciera falta. Encendí un cigarrillo y la hice pasar.

Como había dicho Imad, no era una belleza arrebatadora, aunque casi todo en ella rozara la perfección. Quizá porque había en ella algo demasiado decente y reservado, una ausencia de sensualidad, aun cuando tenía una boca carnosa, de labios llenos y bien definidos. Los ojos, de un negro profundo, enmarcaban una nariz finísima, probablemente retocada, y brillaban como perlas; las cejas recordaban las curvas de ciertas dunas de arena que el viento tarda siglos en dibujar. Los cabellos, muy oscuros, no tenían el volumen de las melenas típicas de las actrices egipcias. Era de baja estatura. Su cuerpo, cubierto bajo una túnica de seda prolongada en una capucha, se dejaba entrever poco, pero el pecho no parecía opulento. Lo que también seducía era la finura casi mágica de sus muñecas y la sensación de fragilidad que emanaba de todo su ser. Había en ella algo de la niña que se resiste a devenir mujer, y comprendí por qué había inflamado a los varones del Golfo. Tenia treinta y pocos años, pero el maquillaje algo recargado la envejecía ligeramente.

Nos observamos un instante y confirmé una vez más que las apariencias podían engañar y que la joven desconocía la timidez. Su mirada era franca, directa. Parecía leal, aunque solía equivocarme cuando de mujeres se trataba. La invité a tomar asiento señalándole un sillón. Fue la primera en hablar; lo hizo con una voz muy suave y en un inglés algo vacilante, con un pronunciado acento. Al mismo tiempo, y de forma inesperada, sus ojos se empañaron.

—No estoy segura de que usted sea el hombre que necesito. Ni estoy segura tampoco de que ese hombre exista... al menos en este país.

No tenía nada que replicar a aquello. Esperé que continuara. Discretamente, apretando con el pie, puse en marcha la grabadora.

—Ya sabe que esta mañana encontraron el cadáver de una chica. La que le habían pedido que buscara, ¿verdad?

—Exacto.

—Seguramente ya era demasiado tarde cuando le confiaron la misión. Quizá pensó que se trataba de una fuga de enamorados y se lo tomó con calma. ¿Me equivoco?

—No tengo que responder sus preguntas. Usted no es mi clienta, y yo sólo tengo que rendir cuentas a la persona que me encargó la investigación.

—Eschrat tenía que haber estado aquí conmigo, pero la pena la ha destrozado por completo y no ha podido venir. ¿Sabe que yo era amiga de Yasmina?

—Me enteré. Se vieron el año pasado en El Cairo.

Parecía sorprendida de que lo supiera y su mirada se turbó.

—¿Sabe quién soy?

Asentí con la cabeza.

—Aquellas cartas me conmovieron —prosiguió—. Empezó a escribirme en un momento muy difícil para mí. Quizá sepa que tuve que interrumpir mi carrera a causa de una grave enfermedad. Se dijeron muchas cosas falsas sobre mí durante los dos años en que no pude trabajar. Incluso llegaron a asegurar que tenía el, el...

—El sida.

—Sí. Cuando se es actriz, se despierta mucha envidia. Aprovecharon mi ausencia para hacerme todo el mal que pudieron...

—No es de extrañar.

—En esas circunstancias, las cartas de Yasmina fueron un gran consuelo. Por eso accedí a verla cuando volví a El Cairo tras mi estancia en una clínica inglesa. Y me habría encantado ayudarla a ser actriz. Estoy segura de que tenía talento.

—¿Y ahora?

—Quiero saber qué le sucedió. Por eso hoy me he puesto en contacto con Eschrat, después de oír la noticia en la radio. Me ha contado que le había encargado buscar a su hermana.

—¿Qué ha dicho la radio?

—Que la habían encontrado ahogada en el río. Nada más. Pero daban a entender que había saltado del puente y que se había suicidado. Eschrat no se lo ha creído ni por un momento. ¡Y yo tampoco!

—¿Por qué?

—Porque a Yasmina le gustaba demasiado la vida, porque tenía ambiciones, porque quería casarse y tener hijos, porque quería demasiado a su hermana para querer hacerle daño. Y por muchas otras razones.

Las lágrimas se deslizaron lentamente por las mejillas de Jehan mientras hablaba. Sacó un minúsculo pañuelo bordado de un magnífico bolso rojo de piel que debía de haberle costado veinte años de salario de un inmigrante indio. Esperé un minuto escaso a que la actriz se secara los ojos con delicadeza. A continuación le hice la pregunta que me obsesionaba desde hacía unos momentos.

—Usted no ha venido aquí por Yasmina, ¿verdad?

—Estoy aquí por otra razón. Pero sí que tenía intención de verme con ella. Por desgracia, ya había desaparecido cuando la llamé. En todo caso, su móvil no daba señal.

—¿Cuándo fue la primera vez que la llamó?

—Hace cuatro o cinco días, no lo sé exactamente. Ayer llamé al domicilio de su familia y contestó su hermana. Fue entonces cuando me enteré de su desaparición.

—Eschrat no me ha dicho nada de su llamada.

—Porque llamé después. Acababa de hablar con usted.

—¿Y por qué le habló de mí?

—Estaba muy angustiada. Tenía una inmensa necesidad de confiar en alguien. Como no tiene mucho dinero, le propuse hacerme cargo de sus honorarios. Al final la convencí de que aceptara.

—Entonces, ¿no vio a Yasmina desde que llegó?

—No, desde luego que no. Llegué pocos días antes de que...

—Y si no vino para encontrarse con Yasmina, ¿puedo preguntarle qué la ha traído hasta aquí?

La pregunta la turbó. Eso me gustó. Desde que había empezado la conversación, Jehan se había mostrado demasiado segura de sí misma. La pena, por poco que fuera sincera, debía hacerla dudar más. Esta vez, se tomó el tiempo necesario para responder. Y lo hizo en un tono algo agresivo.

—He venido por motivos personales.

—¿Motivos personales? Eso no significa nada.

—Aquí tengo a un amigo.

—¿Y?

—Ocupa un cargo político importante y, además, está casado. Por eso estoy aquí de incógnito.

Nos volvimos a mirar un largo momento, hasta que ella bajó los ojos. No pude leer nada en ellos. Tampoco me contaría nada de la terrible aventura que le había sobrevenido y que guardaba en secreto. Ni de los verdaderos motivos de su visita al archipiélago, ni de la naturaleza exacta de los vínculos que la unían a la muchacha muerta.

—Quiero saber qué le ha ocurrido a Yasmina. A partir de hoy, yo soy quien le contrata. Le pagaré... cualquier suma que me pida.

—Va demasiado deprisa. Yo no he dicho que vaya a aceptar.

—Me decepcionaría mucho si se negara a hacerlo. Y usted no parece de los que se quedan a medias cuando...

Jehan había cambiado de tono súbitamente. La pena había dado paso a una nota de autoridad teñida de una pizca de seducción casi magnética. Hasta el momento, nada debía de haberle permitido dudar de su capacidad para doblegar a los hombres. Conté hasta veinte antes de responderle:

—Continuaré investigando, pero por mi cuenta. No necesito el dinero. La mantendré al corriente. ¿Tiene un teléfono donde pueda localizarla?

De repente pareció muy molesta.

—Yo le llamaré —dijo para acabar.

Un minuto después se había marchado sin dejarme tiempo apenas para acompañarla hasta el ascensor. Entró en el ascensor tras un fugaz apretón de manos. Era como si de pronto hubiera recordado que tenía el coche mal aparcado, y corriera el riesgo de tener que ir a buscarlo al depósito. Además, de manera mecánica había sacado las llaves de un vehículo. Eso me hizo pensar en lo que me había contado Homayun, el jardinero del British Council, que creía haber visto a Yasmina subirse a un cupé rojo, conducido tal vez por una mujer.

¿Habría venido Jehan a verme con ese mismo coche? Seguramente no, pero tendría que asegurarme, y me habían faltado reflejos al no correr tras ella. También cabía la posibilidad de que el viejo paquistaní se hubiera equivocado. O de que la conductora fuera otra mujer.

Llamé a Joseph y le pedí que al día siguiente se diera un discreto paseo por las cercanías del hotel Ambassador en busca de un cupé rojo y de una mujer que se pareciera a la que me había visitado. Me respondió algo que no entendí. Pero, por la cara que puso, estaba encantado de que se le confiara un trabajo como aquél.

Ahora el tiempo estaba de mi parte. El príncipe heredero no regresaría hasta dentro de un mes de Estados Unidos. Saqué de un cajón una botella de Glenlivet que marcaba 57,6 grados. Mientras bebía, escuché varias veces la conversación con Jehan, que había grabado en la cinta. Nada de lo que decía sonaba falso, pero nada sonaba auténtico tampoco. Su pena parecía sincera, pero tenía que desconfiar de mis impresiones. A continuación llamé a Matthews. Me anunció que no habría autopsia.

—Como ya suponía, la familia se ha negado por razones religiosas. El cuerpo de la difunta presenta huellas de golpes, pero parecen anteriores a su muerte; quién sabe, puede incluso que sean anteriores a la desaparición. Quizás el padre le pegara para impedirle salir. Esto podría explicar que se escapara de casa.

—¿Me toma el pelo, Matthews? ¿Y qué ha hecho durante los seis días anteriores a la gran zambullida? ¿Por qué merodeaba de noche cerca de un puente? ¿Y quién le ha dado la ropa que vestía y dónde está la que llevaba puesta al salir de casa? ¿Tiene una explicación para todo esto?

—¡Cálmese! Ya se lo he dicho: que no haya autopsia no significa que no vaya a haber investigación. El coronel Blake se encargará. Es un excelente investigador. Sabrá demostrar si la chica se suicidó o no. Por el momento sabemos que no sabía nadar. Tampoco es nada extraño, porque las chicas chiitas de aquí no se bañan nunca en el mar...

—No se canse, Matthews. Malgasta saliva y lo lamento por usted: sé muy bien que a los escoceses no les gusta dilapidar sus bienes.

Colgué y, de manera inesperada, me cayó encima un peso enorme. Me sentía abatido por completo, tan molido física como moralmente, y tenía la sensación de tener veinte años más. Me dieron ganas de vomitar. Me acerqué con dificultad a la ventana con la esperanza de respirar la brisa marina, pero la ciudad volvía a estar tomada por una niebla húmeda y sucia, que los faros de los coches atravesaban, levantando remolinos de finas partículas de polvo.

A mis pies, la ciudad ardía, pero ardía mal, mientras que la bruma mojaba con falsas lágrimas las luces que rezumaban las farolas. En las zonas a oscuras, no podía evitar buscar a las hienas de la noche, las mismas que habían acabado con Yasmina, como había dicho Blake, las mismas que le habían destrozado el cuerpo. Las pesadillas volvían y pasaban ante mis ojos sin que pudiera apartarlas. La fatiga y el alcohol me producían alucinaciones. Sacudí la cabeza con fuerza, pero persistían. Tenía miedo de arrastrarlas hasta el fin de mis días, como el grito del violador, que volvía a cruzar el aire una y otra vez para estallar contra una pared.

El teléfono sonó y me arrancó del mundo de las hienas. Joseph me pasó una llamada. Era Sounaïma.

—¿Todavía estás en el despacho? ¿Por qué has apagado el móvil?

—No lo sé. No me había dado cuenta. ¿Qué hora es?

—Por tu voz, diría que no estás muy bien. ¿Qué pasa?

—Nada. Estoy cansado, estoy depre, un poco triste, nada más.

—¡Ven ahora mismo! Y no bebas más de la cuenta.

En el bar del Sheraton, debido al *tauz* que volvía a amenazar a la ciudad, no había casi nadie. Al verme entrar, Sounaïma me sirvió un vaso de Macallan. Me senté en el sitio habitual, de cara al Golfo y las luces del bulevar.

—Tienes mal aspecto, ¿sabes? Se diría que has visto a un monstruo —me dijo en inglés, mirándome con inquietud.

—Sólo estoy hecho polvo.

—Con el alcohol no lo vas a arreglar.

—¡Déjame vivir!

Se hizo la ofendida y se fue a servir a uno de los escasos clientes. Cinco minutos después volvía a estar delante de mí.

—¿Te has enterado de lo de esa chica?

—¿Qué chica?

—Una chica que se fugó de casa y a la que han encontrado ahogada. En la radio, en la emisión en inglés, hablan de la noticia en cada boletín. Lo extraño es la manera en que el tipo presenta la información para dar a entender que se trata de un suicidio sin decir que es un suicidio.

—¿Por que dices que es extraño?

—Porque estamos en un país musulmán y el suicidio es un tema tabú, y más el de una adolescente. Si por él fuera, el locutor no hablaría del tema, ni siquiera con alusiones, porque ya lo habrían echado. Eso es que las autoridades le han pedido que lo haga. Y si lo han hecho, es que seguramente la chica no se ha suicidado. ¿No crees?

—Muy bien argumentado, Sounaïma.

Charlamos un rato. Luego esperé a que terminara su turno fumando, bebiendo, picoteando anacardos y mirando al mar y a la orilla orlada con las luces de las farolas de la vía rápida. Las hienas de la noche no aparecieron, pero yo sabía que un día u otro las haría salir. A las del día, las había atraído hasta mí. Y conseguiría hacer lo mismo con las que acechaban en las sombras.

Sounaïma acabó su turno hacia medianoche. Al final yo había accedido a que nos vieran salir juntos. En el ascensor la encontré radiante como pocas veces la había visto. Aquello no era buena señal; me sentía como si nunca hubiera caído tan bajo, ni siquiera cuando me habían echado de la policía francesa.

El *tauz* había reunido fuerzas. Se percibía a través de los faros del Chevrolet. Se estaba forjando un nuevo mundo, muy distinto de aquel al que me había adentrado aquella tarde en busca de las hienas del desierto.

Impulsadas por el viento, las fuerzas bárbaras venidas del vacío absoluto de la tierra invadían la espesa noche de enero. Todo se entremezclaba, se confundía, se nublaba. En la autopista, por el halo de una farola pasaba de vez en cuando un remolino de arena y lo retenía un instante, dándole el aspecto triste de un fantasma. Había que atravesar cortinas de niebla gris, a veces rojiza o parda, cuando el *tauz* iba cargado de las diversas clases de polvo que había recogido en su larga trayectoria. Y de pronto, como surgido de las profundas criptas del desierto y atrapado por los faros fugaces, todo un pueblo de almas muertas se adivinaba en el baile desordenado y frenético de los matorrales de espinos sobre el macadán. En las proximidades de las farolas me pareció divisar varias veces a las hienas de pelaje gris sucio agazapadas en la oscuridad de la noche, unas veces salvaje e inclemente, otras eléctrica. Buscaba sus ojos amarillos. Pero debían de escabullirse al oír el coche y regresar a las guaridas, las fosas de la noche y las fisuras del alma.

—¿No te encuentras bien? —me preguntó Sounaïma, inquieta, a quien no le había dirigido la palabra desde que habíamos subido al coche.

No le respondí.

Había que estar loco para no entender que existían varios mundos en combate. Esa noche, las hienas estaban en la ciudad, en sus aledaños, no sabía dónde, pero estaban ahí, ávidas, famélicas, prestas a cometer cualquier matanza. Habían aprovechado la tormenta para salir de su antro de lo más profundo del desierto y deslizarse en nuestro mundo.

—¿Seguro que estás bien? Dime algo.

—Estoy muy muy bien.

No, en realidad no estaba nada bien; además, había pasado de largo el desvío que llevaba a mi casa y había seguido recto hacia el gran puente. Sounaïma se dio cuenta y me pidió que diera media vuelta.

A la entrada de la urbanización, los guardias paquistaníes se habían refugiado en la garita. Y cuando salieron a comprobar quiénes eran los pasajeros del coche y a abrir luego la barrera, me pareció que estaban alertas. Quizá las hienas de la noche también rondaban por allí.

En el camino del garaje a la casa, pisamos la capa de polvo que cubría el suelo. Una vez dentro, Sounaïma quiso acostarse, mientras que yo preferí sentarme en un sillón, vaso en mano. Más tarde no conseguí hacerle el amor. En la oscuridad del cuarto, otros rostros se superponían al suyo. El de Yasmina. El de Jehan... En un momento dado, debí de adormecerme y, soñando en voz alta, debí de preguntar a la actriz dónde había guardado el coche rojo y si había dado con el camino en plena tormenta. La cuestión es que, estando medio dormido, oí a Sounaïma burlándose en voz baja.

—No se te va a empalmar pensando en coches o en tormentas, cariño.

Acabé por dormirme de verdad. Aunque no por mucho tiempo. A las cuatro de la madrugada me desperté. Cogí una botella de Chablis y dos copas de la cocina y fui a la habitación contigua para charlar con la Amante Ideal, que tampoco dormía. Volví a coger la Conde Hermanos para interpretar una soleá que había compuesto mi padre. No toqué mejor que la noche anterior. La Amante Ideal me aconsejó que fuera al puente, cosa que hice una hora después. Al llegar, aparqué más o menos en el mismo lugar donde había discutido con Blake. En el gran puente ya no circulaba nadie.

El *tauz* estaba desatado, y mi imaginación intentaba convencerme de que la inmensa obra de ingeniería temblaba un poco sobre sus cimientos. En realidad, las luces de la isla vacilaban en la niebla. Permanecí allí un buen rato, apoyado en la balaustrada con un cigarrillo apagado entre los labios. ¿Serían también las cinco y algo cuando saltó o la empujaron? Me puse a injuriar en voz alta a cuantos creía que pretendían sabotear la investigación.

—Blake, coronel cabrón, vas a sacar adelante tus putas investigaciones, gilipollas. Matthews, puto perro mercenario, vas a ordenar esa autopsia de mierda...

Me pregunté qué habría sentido al caer. Y si, una vez en aquella agua grasienta y pestilente por gasóleo, habría luchado para no hundirse enseguida.

Tras volver al coche, di media vuelta y tomé el enlace que me llevó a la carretera de la costa. Allí, un camino conducía a la cala donde el corredor matutino había hallado el cuerpo. El lugar estaba un poco más resguardado, tal vez por el puente, que debía de hacer pantalla frente al viento. El mar batía con suavidad en la orilla triste y manchada, como si le diera bofetadas desganadas. Cogí una linterna y me puse a registrar las inmediaciones de la cala sin saber qué estaba buscando, al tiempo que me preguntaba lo mismo una y otra vez: ¿Yasmina había saltado realmente? Y, si era así, ¿quién la había dejado en el puente o cómo había llegado hasta allí?

Esperar descubrir el menor indicio en plena oscuridad habría sido ridículo. En realidad, sólo quería impregnarme de la presencia del lugar, husmearlo como un animal o rozar un vestigio del paso de Yasmina. Acabé sentándome entre un charco de agua y una botella de plástico enterrada hasta la mitad, contra la que el viento soplaba. Allí esperé a que el sol acabara de salir.

Al final del amplio terreno se divisaba un sendero de arena blanda que serpenteaba entre pequeñas dunas bajas y grises que el viento alborotaba cuando soplaba muy fuerte. Era igual de asqueroso que el arenal. Como no sabía a dónde ir, lo seguí, aprovechando que el *tauz* daba una tregua. El camino me condujo hasta un palmeral, bajo el que se resguardaba una zona de barracas de contrachapado con tejados de cinc. Aprovechando la calma, una veintena de hombres habían salido y se afanaban en torno a dos infiernillos donde ardían trozos de madera y sobre los que habían colocado grandes teteras de aluminio. Alrededor del primer infiernillo se adivinaban inmigrantes del subcontinente indio, tamiles de la India o de Sri Lanka. Algo más lejos, delante del segundo, se distinguía un grupo de sijs, fácilmente reconocibles por las barbas y los turbantes de colores; no eran más de cinco o seis y debían de estar contratados para cuidar de los últimos rebaños de dromedarios de la isla.

No bien me vio el primer grupo, su instinto les dijo que era policía. Les vi llevarse la mano al bolsillo trasero de los pantalones y sacar el carnet plastificado que certificaba que estaban regularizados y tenían un empleo. Me aproximé, respondí a su saludo con otro y pregunté si alguno de ellos hablaba inglés. Un chico de unos veinte años, cabello negro y piel oscura levantó el brazo.

—¿Han recibido ya la visita de algún policía?

—Sí, un policía inglés venido. Hace preguntas. Enseña fotos de chica.

—Yo soy de otro departamento y estoy investigando el mismo asunto. También voy a interrogarles.

El muchacho tradujo para sus compañeros, que se contentaron con inclinar la cabeza.

—Ya saben que una chica ha muerto ahogada cerca de aquí. ¿Vieron u oyeron algo esa noche?

Los hombres de las barracas respondieron con gestos negativos.

—No, señor. Ellos no visto nada —confirmó el traductor.

—¿Y nadie vio en ningún momento a una chica, sola o acompañada, merodeando por aquí?

—No, señor.

Todos los hombres miraban al suelo de la misma forma o fijaban la vista en un punto imaginario en el espacio. Temían que les cargaran con la culpa de un asunto feo. Sólo había uno que no sabía dónde mirar. Era un tipo alto y famélico de piel clara, con las órbitas hundidas por el agotamiento y sin un solo diente. Era mucho mayor que sus compañeros. Me volví hacia él, le miré a los ojos, intentó desviar la mirada, y le solté:

—Tú, ¿viste algo?

Tras la traducción, el delgaducho alto volvió a hacer un gesto negativo. En sus ojos se reflejaba la angustia.

—Yo estoy seguro de que sí. Vas a venir conmigo a la policía. Dame tus papeles.

Entonces vi el miedo en su mirada. Perlas de sudor brotaron sobre su frente. Se dirigió con voz suplicante al traductor.

—No quiere ir a la comisaría. Lo contará todo, pero no quiere ir a la comisaría. Él mucho miedo de policías de aquí. Cogen sus papeles y despiden.

—No está regularizado, ¿es eso?

El traductor no respondió. Le pedí que dijera a los demás que se alejaran. Acto seguido, el tipo esquelético, que se llamaba Rajan, empezó a hablar.

Había visto a una chica. Pero hacía más de un año, una mañana, muy temprano. Huía verdaderamente aterrorizada. Estaba extenuada, completamente en las últimas. Había pedido que la escondieran en uno de los dormitorios durante unos días. No eran los mismos trabajadores que vivían allí en ese momento. Los antiguos tenían el contrato a punto de vencer. Hacía tres años que no iban a sus países y que no habían tocado a una mujer. Algunos habían aceptado que se quedara y que, a cambio de un jergón, pudieran aprovecharse de ella. Los que no estaban de acuerdo temían que la chica hubiera hecho algo grave y que la buscara la policía. Por último, otros decían que estaba mal abusar de su situación porque tenía... porque tenía...

—¿Porque tenía qué? —pregunté.

El traductor tuvo que hacer la pregunta varias veces antes de que Rajan respondiera al fin:

—Bebé. Tenía bebé.

—¿Había huido con un bebé? ¿Es eso? ¿Era de ella?

—Rajan dice que sí. Bebé muy pequeño. De unos días solamente.

—¿Cómo puede estar seguro?

—Vio a la chica dar leche.

—¿Y la chica? ¿No era de aquí?

—Rajan dice que chica es filipina.

—¿Se acuerda de la ropa que llevaba?

Rajan vaciló unos segundos antes de declarar que la recordaba con un largo vestido bordado y que iba descalza.

Al final, tras una larga discusión, los habitantes de las barracas se negaron a esconderla. Sólo le dieron agua y galletas, y luego la joven se marchó con su hijo. Al día siguiente por la mañana, tres hombres de paisano, tal vez polis o tal vez no, aparecieron para preguntarles si habían visto a la fugitiva. También registraron los dormitorios. En cuanto a quiénes eran aquellos hombres, Rajan no tenía ni idea. Él estaba trabajando cuando habían pasado por el campamento.

Di las gracias al traductor ofreciéndole mi paquete de cigarrillos y algunos billetes, y tranquilicé a su compatriota. Antes de irme, pregunté si podía entrar en una barraca. Sólo quería entrar en ese otro mundo que desconocía y quizás así descubrir las piezas que me faltaban del puzle para reconstruir las circunstancias de la desaparición de Yasmina.

Aquél era un mundo de absoluto hacinamiento. Literas y catres aquí y allá, apretados entre sí. Bajo sus camas, aquellos inmigrantes guardaban el exiguo equipaje que traían. De las paredes colgaban cuerdas de tender ropa sobrecargadas de calzoncillos y camisetas. Del techo pendía una sola bombilla para unas cuarenta personas. A partir del mes de abril debía de hacer un calor atroz en aquella barraca con tejado de láminas de cinc, sin aire acondicionado ni ventilador. Hice esta observación a algunos indios que me habían seguido, y se me quedaron mirando con recelo. De entrada, nadie se atrevió a responderme. Luego un hombrecillo de aspecto bonachón, de unos cuarenta años, con una pelambrera negra y grasienta, enjuto como una mina de lápiz y vestido con un jersey blanco y un pantalón corto verde, se decidió. Él también sabía un poco de inglés, y hablaba con voz gangosa.

—Amo no quiso. Nosotros comprar aparato para aire acondicionado y nosotros pagar electricidad, pero jefe dijo no. Nosotros querer de verdad, pero jefe dijo otra vez no, no y no. Nosotros decir a amo: Ok, *boss*, Ok, no problema, *boss*. Si no, jefe nos echa del trabajo y del país. Y nos hace pagar avión de vuelta a nuestra casa.

Seguí interrogando a aquel hombrecillo originario del nordeste de la India. Quería oír lo que ya sabía sobre la imaginación ilimitada del hombre cuando se trata de explotar al prójimo. Las orillas del Golfo siempre habían sido tierra de esclavos. Los de la actualidad ya no venían del este de África, sino del subcontinente indio, de Tailandia o de las Filipinas. Su suerte había mejorado porque, en teoría, venían por voluntad propia, tomaban el avión, ganaban algo de dinero, les ahorraban los latigazos y ya no los vendían en los mercados. Pero los nuevos amos, que ya no se llamaban esclavistas sino *sponsors**, ya no tenían más consideración por ellos que los de otras épocas. Su primer gesto, en cuanto desembarcaba un convoy de inmigrantes en un aeropuerto del Golfo, era sustraer el pasaporte a los recién llegados, privándoles de toda posibilidad de salir del país antes de que terminara el contrato y confiscando con ello cualquier posible sentimiento de libertad.

A continuación miraban a las chicas, separaban a las guapas de las feas, y a las primeras les daban trabajo en los bares y las tiendas de lujo. Claro está, era impensable hablar de dinero o de condiciones laborales. Los inmigrados al Golfo cobraban en general de tres a cuatro veces menos de lo que les habían prometido al contratarlos. Ahora bien, ese dinero que se recortaba de unos salarios irrisorios, multiplicado por varios millones de explotados, enriquecía a toda una fauna de carroñeros, entre los que cabía destacar a los captadores de clientes, los intermediarios, los *sponsors* y los policías de inmigración, que se sacaban una pasta por conceder un visado, un permiso de trabajo o una vivienda miserable. A los trabajadores se les retenía el ingreso de los tres primeros meses de trabajo para remunerar a los *sponsors*.

En general, Nueva Delhi, Manila, Dhaka y Colombo no rechistaban ante el trato que se daba a sus súbditos. Cuando no eran cómplices, fingían ignorancia.

El hombrecillo enjuto me contó todo esto sin que percibiera en su voz el menor sentimiento de indignación. Para él era el orden natural de las cosas. Se interrumpió cuando oímos el ruido de un camión. El grupo entero que me rodeaba se apresuró a salir, apiñándose. Nadie cerró la puerta con llave, y entonces reparé en que no había cerradura. En las maletas de plástico *made in China* que se amontonaban bajo las camas, seguramente no habría gran cosa que

---

* En el sentido inglés del término. Persona u organismo que avala ante las autoridades la estancia y el trabajo de un extranjero o de una empresa extranjera.

birlar. Aparte de algunas cadenas de alta fidelidad portátiles de la peor calidad. Lo poco que ganaban aquellos hombres de las barracas, lo enviaban cuanto antes a sus familias.

Echado sobre un catre que no se volcó cuando me dejé caer en él, pensaba en la chica que había pasado por el campamento furtivamente. Me preguntaba qué habría sido de ella y el niño. También trataba de imaginarme de qué huiría y quiénes eran los hombres que iban en su busca. Y me preguntaba si su historia tendría alguna relación con la de Yasmina, que había muerto a un kilómetro de allí.

Tenía otra pregunta sin respuesta: si le hubieran permitido esconderse unos días en aquellos dormitorios, ¿cuántos hombres habrían querido poner precio a aquel asilo incierto, cobrándolo directamente de su vientre?

Hacia las ocho de la mañana volví a la playa. Había otro coche al lado del mío, un cupé Aston Martin. Blake no estaba lejos. Me lo encontré sentado en el capó de mi Chevrolet, mordisqueando una cerilla.

—Deje en paz ese coche, coronel, que no le ha hecho nada.

—Esto no es un coche, es un chicle con cuatro ruedas y un envoltorio cromado. ¿Cómo puede conducir un chisme tan poca cosa?

No tenía ganas de responderle. Aún tenía en la cabeza la imagen de la chica a la fuga con su hijo en brazos. Pero Blake no quería dejarme en paz.

—Un chisme tan poca cosa le pega a un pito fofo, ¿no?

—Veo, coronel Blake, que está usted mejor informado sobre mi intimidad que de lo demás. ¿Se lo ha contado su mujer?

Blake no tenía sentido del humor. Además, decían que su mujer, a la que yo nunca había visto, era muy guapa y que la pareja tenía problemas. Rompió la cerilla entre los dientes y se mostró despreciativo.

—¿Y si hablamos mejor de su amiguita del Sheraton, Frenchie? En una época tenía curiosas compañías.

—No todo el mundo puede frecuentar coroneles escoceses.

A Blake se le pasó el enfado tan pronto como se había irritado. Bajó del capó de mi coche, buscó en su bolsillo otra cerilla que torturar y dijo:

—Viene de las barracas. ¿Se ha enterado de algo por allí?

—De nada en absoluto. ¿Y usted?

—La chica no puso los pies ahí. Lo que puede decirse es que llegó, probablemente en plena noche, a pie o en un coche que la dejó en el puente. Luego, en un momento u otro, saltó.

—O la tiraron por la barandilla.

—No se puede saber. Sea como sea, murió ahogada. Hemos realizado un examen rápido al cadáver antes de devolverlo a la familia. Dado que el agua estaba bastante fría, el rígor mortis no permite establecer con certeza la hora de la muerte. Digamos que murió entre medianoche y las tres de la madrugada.

—¿Y qué más? El vestido, ¿se sabe de dónde venía?

—Es una prenda muy corriente que llevan las mujeres en casa, no para salir. El tipo de vestido que puede comprarse en el zoco de Manama, en una tienda o en un supermercado.

—Coronel Blake, no somos precisamente colegas para que me crea todo lo que me suelta. Si me atiende, es para partirme la cara por las revelaciones sobre su mujer, o para sacarme información. ¿Me equivoco?

Fingió no haber oído la trola sobre su esposa. Simplemente soltó:

—El vestido podría proceder también de un hospital o de un centro de asistencia médica. Es la clase de trapos que suelen dar a los enfermos.

—¿Un establecimiento privado o público?

—El vestido era de la mejor calidad, Frenchie. Así que más bien privado.

—¿Es todo?

—¿Se burla de mí otra vez? ¿Acaso usted me ha facilitado la menor información?

—Los policías franceses son inútiles, todo el mundo lo sabe, Blake.

—Coronel Blake, si no es mucho pedir, cabrón de policía francés.

Apenas había acabado la frase, se volvió sobre sus talones y subió al cupé, que arrancó enseguida con un lindo ruido de motor, y me dejó colgado en aquel arenal corroído por la contaminación y los residuos. Al fin y al cabo, no era mal tipo, ese Blake. Aunque había que tener en cuenta un detalle: con él, más valía no reencarnarse en cerilla.

Poco más tarde estaba de regreso en la urbanización. Sounaïma estaba desayunando en el salón. Tenía cara de haber dormido bien. Aun así, en su mirada había tormenta y se desató en cuanto me senté frente a ella.

—En primer lugar, podrías darme un beso y preguntarme qué tal estoy —me dijo para empezar.

—¿Y luego?

—Decirme con quién estuviste bebiendo vino blanco y para quién tocaste la guitarra anoche en la habitación de al lado.

Debí de haberme olvidado cerrar con llave el despacho.

—Para nadie.

—¡Mentiroso! Hay dos vasos y os oí hablar desde el cuarto. Estoy segura de que era una mujer. Aún se huele su perfume.

—Es una vieja amiga.

—¡Explícate!

¿Qué le iba a explicar? ¿Que la Amante Ideal resumía los fracasos de mi mediocre vida sentimental? ¿Que poseía todas las cualidades y ninguno de los defectos de las mujeres que había conocido? ¿Que además escuchaba todas mis confidencias sin rechistar? ¿Que me daba consejos las noches que iba a verla con unos cuantos whiskys de más, que me consolaba en caso de necesidad y que jamás me hacía reproches sobre mi estilo de vida?

Sounaïma seguramente no me habría creído. Así que le conté otra cosa. Ni cierta del todo ni falsa del todo.

—A veces, para sacar adelante una investigación, necesito dirigirme a alguien. Tengo que hacerlo, podría decirse que es una manía, y sé que chincha…

El Paraíso de las Perdedoras

—¿Chincha? ¿No es una especie de... parásito que hay en las camas?

—Sí, los chinches son chupasangres... Pero lo mío es una especie de parásito nervioso. No sé cómo se dice en inglés.

—Continúa...

—Hay quien pide consejo a su mujer o a un amigo. Yo me dirijo a una especie de fantasma y, a veces, mientras hablo con él, todo se aclara.

Sounaïma puso cara de recelo. Por suerte sonó el teléfono. Era Joseph. Tan contento como un gato que ha cazado a su primer ratón. Debido a su espantoso acento, tuve que hacerle repetir varias veces cada frase.

—Fue vista una señora en un cupé rojo que daba vueltas al hotel. Tal vez era la señorita Jehan.

—¿Cuándo?

—Tal vez hace dos semanas o diez días.

—Bravo, Joseph. ¿Cómo te has enterado de todo esto?

—Hay dos indios de Kerala a los que acaban de contratar como vigilantes del hotel. Sólo he tenido que preguntarles.

—¿Con discreción?

—Sí, sir.

—¿Saben quién es esta señora?

—No. Sólo la vieron un momento en el aparcamiento. Pero nunca dentro del hotel. A menos que hubiera entrado cuando no estaban de servicio. Lo que les llamó la atención es que el coche era muy bonito, por eso todavía se acuerdan. Pero no vieron bien a la conductora. Tal vez llevaba un pañuelo. Y ellos no pueden saber si era la señorita Jehan. Son indios como yo: no entienden el árabe y no han visto sus películas.

—¿No sabrán de qué marca era el coche?

—No, sir. Sólo han dicho que era un coche bonito, como tantos otros en este país.

—Buen trabajo, Joseph. Luego, cuando pase por la oficina, me lo contarás todo.

Colgué. Sounaïma parecía estar saboreando el café.

—¿No vas a llegar tarde al trabajo? —le pregunté.

—¿Quién es esa pelandusca para la que tocas la guitarra por las noches en tu despacho? Quiero que me respondas...

8

Después del desayuno dejé a Sounaïma en su apartamento, luego me dirigí a la sala de deportes de los oficiales de las Fuerzas de Defensa. A esas horas no había casi nadie. Hice varios centenares de abdominales, seguidos de varias decenas de flexiones antes de vendarme con cuidado la mano herida y ponerme los guantes. Me ejercité un buen rato con el saco de boxeo, al principio de manera violenta y desordenada, pues la ira que me embargaba me impedía encontrar el ritmo; pero luego encontré cierto equilibrio cuando golpeaba. Cuando el cansancio hizo mella, conseguí alcanzar una suerte de paz precaria. Al principio era yo quien golpeaba a voleo. Al final, el saco volvía a ser el saco y no el rostro ensangrentado de un canalla desconocido. Me obligué a seguir ejercitándome unos veinte minutos suplementarios para alcanzar el máximo agotamiento, hasta que ya no pudiera levantar los puños, hasta que los músculos de los hombros y los brazos me quemaran, hasta que en mi cabeza, todas las casillas, tanto las llenas como las vacías, sólo aspiraran a una cosa: descansar.

Había decidido no beber más o, más bien, beber menos, dejar de fumar, al menos progresivamente, e incluso empezar un régimen de adelgazamiento. Había fracasado en salvar a una chica y no iba a recuperarme fácilmente. Ahora tenía que descubrir los motivos por los que había desaparecido y se había ahogado, y eso no podía hacerse sin una transformación completa, era el único modo de no dejarse llevar por el estrépito diabólico de los remordimientos. Me duché y me dirigí a la cafetería, pero no fui capaz de decidirme a pedir un té. Me tomé un café solo sin azúcar.

Para llegar al despacho tuve que bordear la Cornisa. Junto al lugar donde Eschrat y yo nos habíamos encontrado había un aparcamiento. Detuve el coche y caminé a lo largo de la orilla gris y desierta.

Los viejos males regresaron de sopetón: había perdido tiempo; no me había dado suficiente caña; había llevado la investigación como un aficionado. ¡Puta mierda! Si mi hija hubiera desaparecido y el poli encargado de encontrarla se hubiera colgado como yo lo había hecho, ¿acaso no habría merecido ese hijo de perra que le partieran la cara? Me di cuenta de que no hacía más que darle vueltas y que no avanzaba nada en la investigación.

Quise encender un cigarrillo y tuve que intentarlo tres veces por el viento que soplaba a rachas. A mediodía dispersó las llamadas a la oración de los muecines, dando la impresión de que bandas de golfos se lanzaban insultos y amenazas a distancia. Caminé hasta el terraplén que se hundía como un pico de cuervo en las aguas laqueadas del Golfo.

Ese día el cielo estaba muy gris, como si tuviera que alimentar a regimientos de nubarrones, salpicado de alguna que otra palidez extraña que tendía al malva. Era un tiempo raro. Era como si algo se estuviera gestando, acaso una tempestad. Al levantar la cabeza, también se descubrían los desgarros de una claridad deslumbradora que revelaban que el sol, el aterrador sol del Golfo, preparaba una emboscada, presto a irradiar el archipiélago, a aplastar la tierra y a los hombres en cuanto el *tauz* retirara las últimas legiones de pesada arena.

Me senté en el mismo lugar de la última vez, cerca del bosquecillo de troncos de hormigón que permitían a la tierra ganarle terreno al mar. Las varillas de metal parecían haber crecido desde la última vez. Miré al mar para intentar reflexionar.

Tenía la impresión de que todos me mentían. Jehan mentía; no sabía por qué, pero mentía al decir que había llegado poco antes de la desaparición de Yasmina. Matthews también mentía, lo cual no era nada extraño, ya que pertenecía a la orden de los grandes embusteros, esos que practican la mentira de Estado, orden a la cual yo mismo había pertenecido durante dos mandatos presidenciales. Y Blake, ¿mentía Blake? No estaba del todo seguro, pero se guardaba lo que sabía y soltaba retazos de información cuando le convenía.

Contemplé el mar un buen rato, siguiendo el curso de cada olita hacia la orilla, como si una de ellas fuera a traer consigo la verdad. Pero no fue así. De hecho, todavía no tenía ninguna pista, aparte de aquel cupé de color rojo de una marca no identificada. Y no era trabajo fácil. Cierto que en el emirato no había tantos habitantes y muchos eran chiitas pobres e inmigrantes miserables. Pero no faltaban los ricos, y buena parte de ellos eran aficionados a los buenos coches y los colores vistosos.

Un rayo de sol consiguió colarse a través del espesor gris del cielo, haciendo relucir como el terciopelo las capas de petróleo estancado en la superficie del agua. También iluminó los edificios blancos que me rodeaban, en particular la gran ese del hotel Sheraton. Luego se posó sobre un edificio muy alto, mucho más lejos. Era el Ambassador, el hotel donde Jehan había reservado una habitación.

De pronto me pregunté si no me habría convertido en un policía inepto. Ni un instante me había detenido a pensar en los motivos por los que Jehan había elegido ese hotel. Según Babak, no había ido al Sheraton para no arriesgarse a que la reconocieran. Pero dentro de la misma categoría, la de los grandes palacios, había bastante donde elegir. ¿Se había decidido por el Ambassador por casualidad o porque allí tenía conocidos? ¿Porque estaba bien situado y era práctico para verse con su misterioso amigo? ¿Porque estaba cerca del British Council donde estudiaba Yasmina? ¿O por una razón distinta?

Hacía poco que había llegado al despacho cuando Babak me llamó. Bajo el pretexto de ver a Jehan, había intentado sonsacar información a su amigo, el director del hotel, pero no había sido nada fácil. Éste casi había enmudecido, como si ahora temiera hablar.

—Para que lo dejara tranquilo, sólo me ha confiado que Jehan ha cogido, en efecto, una habitación en el Ambassador, pero que nunca viene. No ha dormido allí ni una sola noche. Mi colega también dice que ya no está seguro de haberla visto.

—Eso parece imposible. Acabo de enterarme de que uno de los empleados del hotel la vio en el aparcamiento. A menos que se hayan equivocado y se trate de otra mujer.

—Lo sorprendente es que mi amigo, el director, se haya molestado cuando le pregunté por Jehan, que ahora se contradiga y parezca que se arrepienta de haberme informado de su llegada. Quizá Jehan haya cambiado de parecer en el último momento, justo antes de entrar en el hotel. A un empleado al que también he preguntado le ha parecido verla en el aparcamiento al volante de un magnífico cupé rojo. Pero no estaba seguro de si era ella realmente, porque llevaba un pañuelo.

—Unos vigilantes le han contado más o menos lo mismo a Joseph. ¿Para qué necesita esa habitación si no la ocupa?

—Ni idea. Pero he obtenido una información que podría interesarle. Jehan ya no está registrada en el hotel. Pagó la cuenta ayer por la mañana. Lo hizo por teléfono, facilitando el número de la tarjeta de crédito.

Esa mañana, el joven chiita hablaba francés casi como un catedrático, y proseguimos la conversación en esa lengua.

—¿Sabes a quién pertenece el Ambassador? Supongo que a un miembro de la familia del emir, ¿no?

—Qué va. Es propiedad de un príncipe saudí.

—¿Quién?

—El príncipe Moktar.

—¿El príncipe Moktar? ¿El número dos de los servicios secretos saudíes?

—No lo sé. No conozco bien el organigrama del poder saudí.

—En todo caso, Babak, gracias por el soplo.

—La muerte de esa chica le ha afectado mucho.

—¿Por qué lo dices?

—Porque hay algo que debería haber verificado y no lo hizo.

—¿El qué?

—El visado.

—¿El visado de Jehan?

—Exacto. Una extranjera que viaja sola no puede entrar en el emirato sin visado. O bien se lo ha conseguido el hotel en calidad de *sponsor*, o bien alguien suficientemente importante.

—¿Y me estás diciendo que no ha sido el hotel?

—Sí. Mi colega, el director, me lo dio a entender en la primera ocasión que nos vimos. Hoy ha fingido que no se acordaba de ese detalle.

—Babak, los periodistas no me gustan mucho, pero contigo hago una excepción.

Cuando colgó, llamé a los servicios de seguridad del aeropuerto por la línea especial y les pedí que buscaran el formulario de entrada de Jehan, así como la fecha exacta de su llegada. Un funcionario me prometió que me llamaría en diez minutos. Mientras esperaba, me abandoné a pensamientos tristes. Me había convertido en un investigador inútil, con los reflejos embotados y el cerebro quemado por el alcohol y la amargura. Aun así, conseguí no abrir el cajón del despacho donde guardaba la botella de Glenlivet.

Fui hasta el baño para mirarme en el espejo, y lo que vi no fue alentador: ojos inyectados en sangre, tez amarilla de hepático, ojeras profundas como valijas de correo y estriadas con arruguillas rojizas, y mejillas hinchadas y blandas como esponjas.

Sonó el teléfono y volví al despacho. Dos minutos después ya no me hacía falta buscar el cupé rojo. Habían concedido el visado a Jehan a petición del Criminal Investigation Directorate. No merecía la pena preguntar cuál de los policías del CID había hecho la gestión. Sólo podía ser un poli al que yo conocía, un poli que conducía un cupé de color rojo.

Había tenido ese coche ante mis ojos más de una vez y no había hecho la relación.

¿Qué lazos podían unir a Blake y Jehan? ¿Eran amigos, amantes, o simplemente maquinaban algo juntos? Él investigaba la muerte de Yasmina, y ella me había encargado el mismo trabajo. Y además él mismo me había proporcionado la escasa información que me había permitido avanzar. De repente, ya no podía quedarme allí parado. Tenía que salir, tenía que volver a aquel lugar junto al puente. Tenía la impresión de que Jehan o Blake se reunirían conmigo allí de un momento a otro, que los dos poseían un secreto demasiado grave y querrían deshacerse de él. Antes de salir llamé a mi antiguo lugar de trabajo en París. Allí no era santo de la devoción de nadie, pero había conservado algún que otro viejo colega, como el comandante Duquesne.

—¿Así que sigues a sueldo de esos grandes emires forrados de pasta, compañero? —me dijo a modo de saludo.

—Más que nunca. ¿Y tú? ¿Sigues a las órdenes de los pequeños marqueses empolvados de la República?

—Empolvados y cagados, compañero. Siguen cagándose de miedo, tendrías que verlos. Además, nos han metido a ex alumnos de la escuela de administración en puestos administrativos, algo que a esos calvorotas les chifla. Tú no te has relacionado mucho con ellos, pero te aseguro que son lo máximo del canguelo. Pero no voy a aguantar mucho más. Me queda muy poco para jubilarme. Y luego, ¡a vivir la vida, joder! ¿Crees que habría curro para mí ahí en las aguas turbias del Golfo? Cuando te fuiste, me dijiste que ahí se gana buena pasta.

—Así es, pero no sé yo si dentro de poco me parecerá demasiado caliente.

—Oye, compañero, aquí ya tienes bastantes líos. No te calientes mucho la cabeza por ahí.

—¡No te preocupes! ¿Me puedes hacer un favor?

—Si está dentro de mis competencias...

—Sí que lo está. Quisiera saber qué dicen los archivos del Centro sobre un tal coronel Gregory Blake, un ex miembro del SAS. Y sobre el príncipe saudí Moktar.

—Hecho. Llámame dentro de un rato.

Apenas había dejado el auricular cuando Joseph me pasó otra llamada. Era Robert Bouquerot. Me anunciaba que la entrega del parné se haría dentro de tres días. Yo sólo tendría que ir al puente, al otro lado del puesto fronterizo. Me preguntó si ya había abierto una cuenta en un banco extranjero y le mentí respondiéndole que sí. Era gracioso oír al diputado susurrar como si creyera que hablando en voz baja iba a evitar que oídos fisgones nos oyeran. Parecía un niño confiando a un amiguito que tiene chuletas para el examen. Me limité a responder que iría al lugar acordado, sin añadir una palabra más.

Me tomé el tiempo de fumarme un cigarrillo antes de salir del despacho. Fuera el cielo seguía estando del mismo gris opaco y así permanecería el resto del día. En la autopista a Budaya casi no había circulación salvo por algunas camionetas japonesas o coreanas que oscilaban un poco con los embates del viento.

Al acercarme al puente, detuve el coche no lejos de la playa en la que habían hallado el cuerpo de Yasmina. La cala seguía manchada de charcos de gasoil y alquitrán espeso que se pegaba a las patas de los martinetes cuando se posaban para buscar pitanza. Fui andando hasta las barracas. Las coces que el viento daba hacían gemir y chirriar las puertas mal ajustadas y los tejados de zinc y chapa. En el campamento no había nadie, ni siquiera un enfermo. Sus ocupantes no habían vuelto aún de trabajar. Seguí andando por un camino hendido por rodadas, abierto por los camiones que venían a buscarlos cada día. Debía de ser el mismo camino que habría seguido la joven madre a la fuga. ¿De dónde venía? El único testigo había contado que la chica había llegado completamente extenuada. Eso no significaba nada. Podía haber caminado durante mucho tiempo, o haber corrido como una loca una distancia corta con el niño en brazos. El agotamiento también podía deberse al parto reciente.

Más que nunca, tenía la impresión de que una parte de la verdad se encontraba no muy lejos de las barracas. Yasmina había muerto ahogada en una cala cercana y otra chica, con un niño, había acudido hasta allí buscando refugio. Lo más extraño era que ambas llevaban el mismo tipo de vestido, un vestido con los que visten a las pacientes de hospitales o de una clínica.

Algo más allá, el sendero formaba un recodo y desembocaba en un camino alquitranado que conducía a la autopista de Budaya. Pequeñas dunas de arena grisácea, vagamente redondeadas por los vientos, conformaban lo esencial del paisaje. Caminé una buena media hora hasta un palmeral sepultado por la arena, al borde del cual aparecían otras barracas de inmigrantes, más apiñadas que las anteriores. Allí tampoco había un alma. A lo largo del camino, senderos sucios y precarios conducían a todas las direcciones. La chica podía haber tomado cualquiera. Di media vuelta. De regreso me crucé con un rebaño de unos veinte camellos, que estaban pastoreando dos sijs altos y esqueléticos con impresionantes barbas negras. Intenté hacerles preguntas en inglés, pero no me entendieron. Simplemente me hicieron señas amistosas con aquellos brazos largos y delgados antes de desternillarse de risa por una razón que escapaba a mi comprensión; tal vez porque era la primera vez que veían a un occidental a pie por su territorio.

La noche acabó de caer cuando llegué a la playa. En esta ocasión Blake no me esperaba, como yo había imaginado. Me senté en la arena y llamé al comandante Duquesne, en París. Éste me facilitó la información que había encontrado sobre el pasado del oficial británico y el príncipe saudí.

El primero se había labrado una excelente carrera militar, sobre todo durante la guerra de las Malvinas y durante la primera guerra del Golfo a raíz de la invasión de Kuwait por Sadam Husein. Al frente de un comando del SAS, se había lanzado en paracaídas al otro lado de las líneas enemigas para cumplir misiones temerarias de los servicios secretos. Tan pronto había regresado al regimiento, le pidieron que se reenganchara como oficial de enlace para la división francesa Daguet cuando ésta se adentró en lo profundo del territorio iraquí. Tras ser trasladado a un puesto administrativo en Inglaterra, prefirió dimitir y unirse a Matthews. ¿Lo hizo por la aventura o por el dinero que prometía el puesto? En el emirato corría el rumor de que su costoso Aston Martin DB7 era una especie de compensación: conducía el coche de James Bond porque ya no podía dárselas de James Bond.

En cuanto al príncipe Moktar, la información era más fragmentada. Como no pertenecía a la alta esfera de dirigentes del reino, debía sus funciones actuales al especial celo con el que había puesto fin a las redes de oposición en el este de Arabia Saudí, una región petrolífera habitada mayoritariamente por chiitas y de la cual el emirato de los Dos Mares era una prolongación. Desde este triunfo, los analistas estimaban que el poder saudí le había encargado organizar la infiltración de las redes de Al Qaeda en el reino y que también había cumplido con éxito esta nueva misión. Se le describía como un hombre cruel y desprovisto de escrúpulos, al que le gustaba el trabajo sucio, las intrigas de la policía corrupta y hacer torturar a los oponentes, en ocasiones hasta la muerte. En suma, odiaba a los chiitas, a los que veía como traidores y siervos de Irán y, peor aún, como herejes.

Me fumé un cigarrillo mientras reflexionaba sobre lo que me había dicho Duquesne y la noche terminaba de caer sobre el mar. Cuando se hizo tan oscuro que ya no se distinguía la franja de espuma de las olas, volví a tomar el camino que conducía al puente. Allí, frente a la costa que apenas se recortaba y el viento que lanzaba una lluvia fría mezclada con arena, apoyé los codos sobre la gruesa balaustrada metálica y esperé a que la circulación se apaciguara paulatinamente a mis espaldas. Al poco, ya sólo pasaba algún que otro camión que aceleraba en dirección al reino de las arenas. Los rugidos se prolongaban mucho rato antes de tragárselos la noche.

Pasó una larga hora. El silencio se hizo tan profundo como la oscuridad y me ocultó su presencia. Su olor me advirtió que estaba allí, a mi lado. Un olor penetrante de sudor, y otro exageradamente intenso, como si alguien hubiera utilizado una pastilla de jabón para restregar, como una piedra pómez, su cuerpo durante horas, para cepillarlo hasta el hueso. El segundo olor parecía querer borrar el primero sin conseguirlo.

Esperé a que me hablara sin volver la cabeza en ningún momento por miedo a que se desvaneciera si la miraba. Esto tomó su tiempo. Luego murmuró unas palabras en una lengua que no supe distinguir; palabras que un camión, al pasar rugiendo con toda la potencia de su motor, se llevó en el mismo instante en que las pronunció. Cuando el vehículo pesado se alejó, dejando tras de sí el ruido y los repugnantes escupitajos de diésel, ella ya se había ido. Pero ahora yo ya sabía el lugar exacto en el que la habían tirado al pozo sin fondo de la noche. A menos que ella misma se hubiera precipitado en él.

Cogí el coche y di media vuelta en el puente. No era demasiado tarde para ir a buscar a Blake.

9

Había peinado todos los bares y discotecas de la isla que Blake podía frecuentar. Un barman le había servido un whisky en el Fiddler's Green, el *pub* irlandés del Diplomat Hotel. También lo habían visto en el Warbler, un bar cuyos sillones de cuero atraían a gente de su edad. Iba a desistir de buscarlo cuando me acordé del 123, un lugar donde quizá tenía una posibilidad de encontrarlo.

Volví a tomar la carretera del Rey Faisal, di la vuelta al Holiday Inn y tomé la carretera del Vieux-Palais en dirección al barrio diplomático. De noche, a lo largo de la Cornisa, las luces de la ciudad eran correas de fuego que navegaban sobre las aguas negras del Golfo, marcándolas con estelas de sangre y oro. Allí todo había crecido demasiado deprisa, las torres de perforación, los bancos, los palacios y, por último, los rascacielos y los monumentos. Si se cavaba bajo el hormigón, se hallaban los vestigios de antiquísimas civilizaciones que adoraban a dioses extraños y pequeños, bárbaros y villanos. En la actualidad, bajo la violenta llamarada de las luces, ya sólo se adoraba a una única divinidad, el ídolo de grandes ojos verdes, la hermosa diosa dólar, madre de todas las putas del mundo, ante la cual incluso los celosos adeptos de Alá debían postrarse para que trajera dorados y mármoles a sus mezquitas. La ciudad de Manama ardía con todos sus fuegos cual megalópolis, cual antorcha en la noche, cual horno en el infierno, cual hierro incandescente sobre la piel en carne viva de un esclavo.

El 123 estaba en la planta 12 de una torre que contaba con unas cuantas más. Llamé a la puerta y me abrieron de buena gana. Era un apartamento de tres piezas convertido en bar privado. En la primera estaba la barra de falsa caoba, tras la cual operaba una inglesa pelirroja de mediana edad con más gordura que hermosura, cuya pesada delantera, ceñida en una camiseta de tirantes violeta, necesitaba con urgencia, tras años de caída libre, un paracaídas. En la segunda sala había un billar americano alrededor del cual se increpaban unos cuantos sajones colorados, rechonchos, zopencos y atiborrados de cortezas de tocino, que jamás habían oído hablar de la existencia del agua mineral. En la tercera estaban Blake con su cerilla, clavada como siempre entre los dientes, y otros dos *brits*, comandantes del CID, escoceses reclutados personalmente por Matthews. Tallados con granito de las islas Orkay, a aquellos dos mercenarios debían de gustarles los grandes espacios cuando se paseaban con el habano en el pico, la caza de la perdiz cuando ésta caía cocida en sus platos, y los paisajes de turba cuando ésta perfumaba sus whiskys. Hacía pocos meses que habían llegado, lo cual explicaba por qué no nos habíamos encontrado todavía. Aun así, me parecía haberlos visto ya, cuando menos divisado, acaso en uno de los tantos cócteles que daban ritmo a la vida de los expatriados occidentales. Con todo, eran reconocibles. Ambos tenían cuerpos de luchador de feria, cabezas de leñador coronadas de cabellos rojizos, narices largas como para limpiar lentejas, una cresta de pelos respingones en el caso del primero, una espesa pelambrera hirsuta el segundo, y sus chaquetas de *tweed*, con vaqueros uno, con pantalón de terciopelo el otro, les sentaban como un esmoquin sobre el lomo de un macho cabrío.

Los dos escoceses y Blake callaron al unísono cuando invadí su intimidad.

—Que no cunda el pánico, que yo pago la próxima —dije, sentándome en el último sillón libre.

No se rieron. Yo tampoco, porque no me hacía gracia invitarles a una copa. Blake hizo un gran esfuerzo por acelerar las presentaciones.

—Morvan Caminos, policía caído en desgracia, ahora se llana Laurent Grenadier para hacerse olvidar, espía franchute al servicio del príncipe heredero —resumió, señalándome con un índice grueso como un secuoya californiano.

—Grrenadier, Grrenadier, ¿significa que lanza grranadas? —ironizó uno de los comandantes en un francés impreciso.

El Paraíso de las Perdedoras

Por estúpido que fuera, el comentario me pilló desprevenido y me hizo replicar de un modo igual de estúpido, además de pretencioso.

—Me conformo con coger las granadas cuando están maduras.

Lo dije ilustrando con mis manos la forma sensual y carnosa de estas frutas de la familia de las litráceas.

Sólo que el azar hizo que las cosas salieran mal. Al tiempo que mis manos grandes y abiertas subían esbozando el movimiento giratorio de coger la seductora granada, bajaban los pechos en caída libre de la patrona con camiseta de tirantes violeta al inclinarse sobre la mesa baja para renovar las consumiciones de los tres *brits*. A esto siguió lo peor, una colisión entre mi mano derecha y su pecho izquierdo, o lo mejor, un breve reencuentro entre dos fuentes de tibieza para nuestras respectivas extremidades.

—¡Oh! —exclamó ella.

—*Fucking shiiiit!!!* —gritó el primer comandante, sobre cuya chaqueta de *tweed* acababan de volcarse las generosas dosis de whisky que a la patrona se le habían caído de la bandeja.

Nadie dio crédito a mi torpeza. Al contrario, los *brits* vieron en ella un gesto furiosamente fuera de lugar.

El comandante empapado de *scotch*, que debía de estar colado por la pelirroja, proyectó su puño de granito contra mi mentón. Me caí del sillón y me incorporé a cuatro patas. No tuve ocasión de levantarme: la punta de su zapato ya se dirigía a mi estómago. El golpe fue brusco y de las profundidades del esófago me subió una mezcla de bilis y jugos que me abrasaron la garganta y la nariz. Me desmoroné sobre el suelo. Al instante, el otro comandante me pegó una patada del cuarenta y cuatro en las costillas, no muy lejos del sitio donde ya me había dado Sounaïma. Aquellos dos brutos lo dejaron ahí. Oí cómo Blake les ordenaba que se calmaran y añadía luego dos o tres palabras que no entendí. Me ayudó a levantarme y a estirarme en un sofá de auténtico cuero falso.

—*Bloody fucking Frenchie*, pareces una granada aplastada —Se rió.

Pero su risa sonaba falsa.

A continuación, fue como si no hubiera pasado nada, como si la somanta no hubiera sido más que una acogida algo bruta que daban a todo recién llegado, una suerte de rito iniciático o una novatada antes de compartir un buen whisky añejo. Además, la rubia trajo cuatro, que Blake hizo poner a su cuenta, así como una toalla húmeda con la que ella misma me limpió el mentón y los labios. El comandante MacLeod parecía arrepentido de haberme golpeado en el suelo. Su colega, el comandante Greene, se miraba con un vago gesto de disgusto la chaqueta de *tweed*, que goteaba alcohol. Blake, por su parte, sonreía al vacío, queriendo fingir que todo iba bien. En realidad, aquellos tipos estaban demasiado nerviosos, incluso crispados. Aun cuando a sus ojos fuera un sucio policía francés que había ido a zamparse el rico bollo del Golfo en sus propias narices, no merecía semejante trato. Habían *overreacted*, como se dice en inglés, y yo me preguntaba por qué.

El calor del Talisker me hizo bien. El alcohol me desinfectó la garganta y me limpió las neuronas, que se accionaron al instante. Enseguida recordé dónde y cuándo había visto a los dos matones. Fue el día en que se encontró el cuerpo de Yasmina. Eran los que iban y venían por la orilla de la cala bajo el puente del Rey Fahd en busca de improbables indicios.

No sabía que estuviera en tan buen compañía. Apuré el vaso y me levanté.

—Supongo que dejaremos las presentaciones para la próxima. ¡Salud, señores!

Los dos comandantes me respondieron moviendo la cabeza, y Blake alzando el mentón. La patrona del 123, que había vuelto detrás de la barra, volvió la cabeza oportunamente hacia las botellas cuando crucé la sala. Una vez en el pasillo, delante del ascensor, esperé a que Blake saliera. No tardó.

—Tenemos que hablar, Frenchie.

—Cuando quieras, donde quieras, Blake.

—En el puente, dentro de una hora.

—Se hará muy tarde. Tu mujer se va a creer que tienes un *love affair*.

—¿Me estás buscando las cosquillas?

—Todavía no, pero ya lo haré, tarde o temprano, co-ro-nel Blake.

Tras volver al Chevrolet, maté el tiempo dando vueltas por la ciudad.

Ya era la una de la madrugada. El viento había amainado. La mayor parte de las calles estaban completamente vacías, como si el desierto lo hubiera saqueado todo. Sólo había perdonado a la multitud muda de farolas cuyos haces enrojecían un cielo cerrado a las estrellas. Demasiadas luces en los barrios buenos, e insuficientes en los demás, los más pobres, que estaban aislados en las tinieblas.

Aquello me hizo pensar en Jehan. Ella había conocido la época de los luminosos proyectores cinematográficos y la del largo túnel, la del largo silencio. Ahora se hallaba entre dos farolas, entre dos proyectores, oculta en el anonimato, pero cerca de los palacios donde podían reconocerla, dejándose ver un día, haciéndose invisible otro, mostrándose para desaparecer mejor.

A la hora concertada llegué al gran puente, donde ya no circulaba ningún coche. El cupé Aston Martin me esperaba. Aparqué al lado y bajé. Blake estaba apoyado con los codos sobre la balaustrada, a unos diez metros del lugar donde yo había estado unas horas antes.

—No la tiraron desde esta parte del puente. Fue algo más lejos, justo entre esas dos farolas.

—¿Tú qué sabes, capullo?

—Lo sé.

Se rió con sorna.

—Te crees más listo, Frenchie, pero no has progresado mucho, ¿verdad?

—Para eso he venido, Blake. Para que me ayudes a avanzar.

—Ya.

—Ya, ¿qué?

—Te equivocas por completo al obstinarte en creer que la lanzaron desde el puente. Ella misma se tiró. Ella misma se metió en esa agua asquerosa, señor Morvan Caminos, alias Laurent Grenadier.

—¿Por qué debería creerte, Blake?

—Cabrón testarudo, sabes perfectamente que quiero verte avanzar en tu investigación de mierda.

—Eso es lo que me inquieta. Significa que no puedes hacer tu trabajo con libertad.

—Piensa lo que quieras, Frenchie, me la trae floja, me la trae flojísima.

—¿Qué más puedes revelarme?

—Se han analizado las fibras de la ropa y las prendas interiores que llevaba.

—¿Y qué se ha sacado en claro?

—Que es ropa de hospital o de clínica.

—Eso ya me lo habías dicho. ¿De qué clínica se trata, Blake?

Desde que habíamos empezado a hablar, el oficial británico no había vuelto la cabeza ni una sola vez hacia mí. Con los codos apoyados sobre el barandal, se limitaba a mirar al vacío de la noche, donde las estrellas seguían empeñadas en esconderse. En esta ocasión, antes de soltar lo que sabía, se irguió y me escrutó con la mirada. A la luz de una farola, en sus ojos danzaban extraños resplandores.

—¿Cuánto tiempo hace que curras aquí, Frenchie?

—Unos dos años.

—Entonces no conoces gran cosa de este país. Aun así, sabes que hay fuerzas de policías que no existen, como la que se llevó a tu jardinero o esa que te han encargado organizar. Si hay policías que no existen, por fuerza tiene que haber cárceles que tampoco existen. Y lo mismo sucede con montones de otras cosas: bancos, palacios, casinos, palizas, bares de travestis o playas que supuestamente no existen. Incluso hay habitantes que tampoco existen, eso ya lo sabes, e incluso tienes un colega periodista en esa situación. ¿Por qué no va a haber, pues, clínicas que no existen?

El Paraíso de las Perdedoras 145

—¿Las hay?
—Al menos hay una. Búscala, Frenchie.
—¿Y cómo se llama?
—¡Puto cretino! Si no existe, no tiene nombre.
—Pero...
—Aun así tiene un nombre. Que no es oficial, claro. Las pocas personas que sospechan de su posible existencia la llaman El Paraíso de las Perdedoras.
—¿Cómo?
—El Paraíso de las Perdedoras.
—Suena a nombre de burdel.
—Nada que ver...
—¿Y sabes dónde...?
—No lo sé, Frenchie. No lo sé.
—¿Crees que Jehan podría saberlo?

Blake acusó el golpe. Las luces que titilaban en sus ojos se volvieron auténticos destellos. Sus labios formaron un rictus y sus mandíbulas se accionaron como trituradoras. Me escupió la cerilla a la cara.

—No te equivoques de investigación, Frenchie. Sólo quieres saber por qué una chica llamada Yasmina se ha ahogado.

Fingí una sonrisa.

—¿Es un consejo o una amenaza?
—Ocupas una posición muy débil, eso al menos lo sabes, ¿no, Frenchie? Tu única baza es un príncipe heredero, y eso es poco. En la partida sólo juega la gente del emirato...

Estuve a punto de preguntarle si los principales jugadores eran el príncipe Moktar y su pandilla, pero conseguí contenerme. Necesitaría todas mis cartas, y haber desvelado aunque sólo fuera una habría sido un error.

Blake fue el primero en irse, después de haber destrozado otra cerilla. No se tomó la molestia de despedirse.

El zumbido del Aston Martin se había desvanecido hacía veinte minutos. Sólo se oían las olillas al rozar los pilares del puente. Noté una leve corriente de aire y, casi al mismo tiempo, percibí un olor de jabón mezclado con los de sal y sudor, que me indicó que ella volvía a estar a mi lado con los ojos fijos en la oscuridad de la noche. Esta vez no dijo nada, pero no me importó. Yo aún sentía cómo el miedo se extendía por toda su piel, sentía cómo se incrustaba en lo profundo de su cuerpo, cómo palpitaba en cada entresijo de su alma, cómo llenaba sus ojos, cómo hinchaba su voz, tomada todavía por la capa de cristal de la adolescencia, hasta el último momento, cuando las profundidades heladas de la noche la habían aspirado, ahogando el último grito de sus lágrimas negras.

Regresé a la ciudad.

Eran las tres de la madrugada cuando llamé a la puerta del apartamento de Sounaïma. Debía de estar durmiendo profundamente, porque tenía los párpados caídos hasta cerrar sus grandes ojos, y todo su cuerpo, envuelto en un pijama a rayas demasiado grande, desprendía el olor insípido del sueño.

—¿Por qué me olisqueas así? —me preguntó en inglés.

Musité cualquier cosa para evitar responderle.

—¿A qué has venido? ¿A beber, a follar o a caerte redondo en mi cama sin tocarme siquiera?

—Tenía ganas de verte, Sounaïma.

—¿Y no podías avisarme que venías? Me he pasado el día entero esperando a que llamaras.

—Mis más sinceras disculpas.

—Con eso no basta. ¿Por qué vienes tan tarde?

—Por el trabajo.

—¿Por quién me tomas? Por una criada que lo hace todo, por una puta que les hace favores a los polis o por una valiente chica fácil a la que te puedes tirar cuando te apetece?

—¡Estás loca!

—Sí, loca por echar a perder mi vida contigo, Morvan. Ni siquiera te pido que me quieras, sólo que me tengas un poco de respeto, ¿es demasiado pedir?

—Escucha, Sounaïma...

—Quiero saber de qué cama vienes.
—¿Qué?
—Apestas al sudor de otra.
—Estás completamente loca.
—Eso ya lo has dicho. ¿De dónde vienes?
—De ninguna parte.
—No escurras el bulto. ¡Quiero saber de dónde vienes!
—Del gran puente, el que une la isla con Arabia Saudí.
—¿Y qué buscabas allí?
—El Paraíso de las Perdedoras.

Su mirada se crispó. Un velo pasó por sus ojos, algo cerrados todavía por el sueño. Quiso hacerme otra pregunta, pero me adelanté.

—Parece que eso te dice algo.
—No busques ese lugar. No existe. Es un rumor, una especie de leyenda.
—¡Ah! ¿Y qué dice la leyenda?
—Yo no sé nada.
—¡Vamos, Sounaïma! Ahórrame tiempo. Sabes muy bien que acabaré descubriendo lo que busco.
—Antes de que lo descubras, ellos te encontrarán.
—¿Quiénes son ellos?

Fingió reflexionar para no responder, y luego hizo otra pregunta.

—¿Es por la chica a la que encontraron ahogada? ¿Por eso buscas ese... ese lugar?
—Exacto.
—Vas mal encaminado. Habría tenido que ser extranjera, una chica como yo, para ir a parar allí. Era de aquí, ¿verdad?
—Sí.
—Bien, créeme, no puede ser que encerraran a esa chica en ese sitio.
—¿Que la encerraran? ¿Qué es, una prisión?
—En realidad, no. Es complicado de explicar.
—Pues vas a intentar hacerlo igualmente.

—No, no quiero. Es muy peligroso, demasiado peligroso.

—¡Qué se le va hacer! Gracias por tu ayuda, Sounaïma. Hasta la próxima.

Le di la espalda, contando con que me llamara o me alcanzara en la escalera. Pero no lo hizo. Una vez delante del coche, no tuve otra elección que marcharme. Cinco minutos después, cuando ya iba por la autopista de camino a mi casa, sonó el móvil. La voz de Sounaïma era grave y tensa:

—Vuelve, iremos a ver a alguien que conoce ese sitio.

10

Sentada a mi lado en el Chevrolet, Sounaïma fumaba nerviosa. Se había puesto unos vaqueros y un amplio jersey gris que le tapaba el cuello. Llevaba el pelo envuelto en un pañuelo oscuro que le cubría la frente. Yo mismo notaba el miedo que la iba invadiendo como una savia maléfica.

Cuando había pasado a recogerla, había salido disparada del edificio y se había lanzado al interior del vehículo.

—¿Te das cuenta de que hago esto porque te amo? —me soltó poco después.

No respondí; me limité a esperar que el semáforo ante el que estábamos parados se pusiera en verde para sumirnos en la noche.

—¿No quieres responderme? —insistió, esta vez en francés.

—No tengo muchas ganas de hablar, Sounaïma.

—¡Como siempre que algo te molesta! Morvan, tú me utilizas, pero no tienes ninguna consideración conmigo. Te gusto o, más bien, te gusta mi cuerpo, pero no me quieres. Ni siquiera un poquito. Y cuando te marches de aquí, no me llevarás contigo y jamás volverás a dar señales de vida. Ni siquiera has pensado nunca en llevarme contigo a Francia cuando se hayan arreglado las cosas.

—Tú no sabes nada.

—¡Oh! Sí. Sí que sé. Nunca te atreverás a presentarme a tu hija. ¿Y querrás tener un hijo conmigo?

—Soy demasiado viejo, Sounaïma.

—¿Demasiado viejo? Entonces eres demasiado viejo para meterte en esta historia. Y todavía estás a tiempo de dar media vuelta.

Seguía sin tener nada que decirle. Por suerte no insistió.

Pasamos por largas avenidas desiertas. Algo más tarde, Sounaïma me indicó dónde parar. Una luz se encendió poco después en la segunda planta de un edificio pequeño que se parecía al de ella. Esperé una media hora interminable fumando cigarrillo tras cigarrillo. Al final ella volvió a aparecer.

—Sé cómo ir hasta allí. No ha sido fácil convencerla —dijo volviendo a subir al Chevrolet con un papel cuadriculado en la mano.

—¿Puedo preguntarte a quién has ido a ver?

—Como te he conducido hasta aquí, tienes los medios para saber quién es. Simplemente espero que tengas la elegancia de no utilizarlos. Esa chica trabajó unos meses allí y está aterrorizada...

—¿Es una chica de tu país?

—Sí. Somos del mismo barrio y llegamos aquí juntas, a través del mismo *sponsor*. No era lo bastante guapa para trabajar en un bar. Sólo le ofrecieron un trabajo temporal. Después trabajó aquí y allá, e incluso durante mucho tiempo para un príncipe de aquí. Como él confiaba en ella, cuando ya no la quiso en su cama, la hizo contratar en el sitio donde...

—Y...

—Y nada más, Morvan. Ha accedido a indicarme cómo ir porque una vez la saqué de un apuro. Pero si intentas ir a verla, la expones a una muerte segura...

Después de pasar Budaya abandonamos la autopista y sus luces frías, lo cual nos permitió sumergirnos del todo en la noche. Avanzamos por una carretera estrecha y brumosa donde los faros hacían aparecer de vez en cuando a los fantasmas habituales de la imaginación, una sombra que corría, un animal que huía, una palmera erguida como una torre de vigilancia apuntando al cielo oscuro. Nos habíamos desviado un poco antes del enlace que llevaba al gran puente, del que se divisaban las luces que se sucedían hasta perderse en el reino de las profundas tinieblas.

Con los ojos fijos sobre el papel, Sounaïma ya no levantaba la cabeza. Me hizo girar a la derecha en una carretera más estrecha y sinuosa y otra vez a la derecha en un cruce. Poco después tuve que dar media vuelta porque ella creía que se había equivocado. Volvimos por la misma carretera estrecha y durante un cuarto de hora, en

El Paraíso de las Perdedoras 151

la noche empolvada de arena y restos de estrellas, buscamos la angosta carretera que conducía al El Paraíso de las Perdedoras.

Al final la encontró. Nos metimos entre dos altos muros de bambúes. Tras recorrer dos kilómetros a baja velocidad, Sounaïma me pidió que parara.

—No puede estar muy lejos. Más vale seguir a pie.

El miedo se le notaba en la voz y había vuelto a ceñirse el pañuelo a la cara. Encontramos una senda entre dos bosquecillos para esconder el coche. Tan pronto bajamos, el viento, que pasaba silbando de una forma lúgubre sobre el sendero, nos lanzó ráfagas de arena que nos hicieron cerrar los ojos. Caminamos sin decir nada y durante unos diez minutos en medio de la noche cerrada.

Al fin llegamos a otro desvío. Un caminito cubierto de grava flanqueado por setos seguía hacia la izquierda.

—Está al final de este camino, creo —dijo con una voz que apenas si era audible—. Pero mi amiga me ha advertido que no podemos ir más allá.

—¿Por qué?

—Nos toparemos con una verja. Y puede que haya guardias vigilando.

—¿Guardias? ¿Guardias para qué?

—Para impedir que las chicas se escapen.

—Más bien parece una cárcel. No una clínica…

—Es ambas cosas.

—¿Qué?

—No te lo puedo explicar. Ven, volvamos al coche.

—Ni hablar. Quiero indagar. Soy policía y me encargo de la seguridad del príncipe heredero. Tengo derecho a meter la nariz donde quiera…

—Ni tú te crees lo que estás diciendo. Se te paga por ocuparte de la protección de un hombre, no por hurgar en las entrañas del país. Y sabes muy bien que hay zonas que te están prohibidas, líneas rojas que no puedes cruzar. Si quieres volver aquí, peor para ti, yo ya te he avisado. Pero no lo harás esta noche. Yo no quiero que me vean cerca de este sitio. Ya me arriesgo a tener problemas graves por haberte traído hasta aquí.

Estaba muerta de miedo, le castañeaban los dientes y todo su cuerpo temblaba. No insistí. A los pocos minutos habíamos vuelto al Chevrolet.

—Ahora me vas a decir qué pasa en esa clínica.

—No, Morvan. Tendrás que averiguarlo tú solo. Lo que he hecho por ti esta noche es lo máximo que puedo hacer. Por tu culpa, ahora, tendré miedo cada vez que vea sentarse en el bar del Sheraton a un hombre que no conozca.

—¿No crees que exageras?

No respondió y puso la calefacción del coche al máximo, pero siguió temblado durante un buen rato. Al volver a la autopista de Budaya, conté mentalmente los kilómetros que separaban la clínica del gran puente. Unos cuatro o cinco. Por tanto, era imposible que Yasmina hubiera recorrido el camino a pie la noche que se ahogó. Empecé a creer en la posibilidad del suicidio.

Acabamos la noche en mi casa. En cuanto se acostó, Sounaïma se durmió entre mis brazos con un sueño nervioso e inquieto.

A la mañana siguiente, al llegar al despacho Joseph me anunció que Jehan me esperaba.

Abrí la puerta despacio y la entreví una fracción de segundo en una postura que la hacía parecer una niña a la que han echado del paraíso de la infancia. Estaba acurrucada en uno de los grandes sillones, con la mirada puesta sobre las rodillas, que había subido a la altura del mentón en una posición casi fetal. Parecía minúscula y abrumada por el peso de la vida. Dirigía la vista al mar, de un gris sucio que reflejaba el cielo. Sobre la mesa, junto al sillón, había un té que le había servido Joseph y que ella no había tocado.

Al oírme entrar se puso de pie, agitó la cabeza para atusarse la cabellera y me tendió la mano con un movimiento seco y mecánico. Llevaba un sencillo pantalón negro y una túnica púrpura ligeramente escotada, además de una capa, que había echado sobre otro sillón. Sus ojos seguían siendo igual de inmensos, pero tenía la mirada apagada, como el mar y el cielo tras el ventanal del despacho, y del color negro de la noche anterior, sin luna ni verdaderas estrellas.

—¿Ha averiguado algo? —me preguntó de pronto, como para impedirme que la mirara más, con su inglés arrullador.

—He dado con una pista. Pero no sé adónde me llevará.

—¿Qué ha descubierto?

—Es una pista que he intentado reconstruir. Empieza en el gran puente, allí donde Yasmina se tiró al agua...

—No se suicidó. La tiraron del puente...

Me abstuve de responderle que un tal Blake, voraz comedor de cerillas donde los hubiera, pensaba exactamente lo contrario.

—Si lo prefiere...

—¿Y sabe por qué?

—Todavía no, pero creo que sé dónde pasó los últimos días de su vida...

Como sabía que Jehan no jugaba limpio, vacilé en avanzar sobre ese terreno, pero ya había hablado demasiado. Y tuve que proseguir.

—Probablemente en una clínica-cárcel no muy lejos del puente.

—¿Una clínica-cárcel? Pero ¿por qué? ¿Qué hacía allí? ¿Estaba...?

—¿... retenida? Sin ninguna duda.

—¿Y usted sabe dónde está ese sitio?

—Anoche me acerqué por allí. Pero no llegué a entrar.

—¿Por qué? Su condición de policía...

Pensé en lo que me había dicho Sounaïma cuando le había dado el mismo argumento.

—¡Venga ya! No voy a descubrirle a usted, una celebridad egipcia, que el margen de maniobra de un policía extranjero es de lo más limitado cuando los intereses de un príncipe o del emirato, que viene a ser lo mismo, están en juego.

—¿Quiere decir que la muerte de Yasmina está relacionada con los intereses del Estado?

—Es posible.

—Pero ¿cómo una niña de dieciséis años como Yasmina iba a representar una amenaza? Si ni siquiera le interesaba la política.

—Eso es lo que trato de averiguar.

Jehan parecía sincera al hacer las preguntas. Y había mucha emoción en su voz al pronunciar el nombre de la adolescente. Pero era actriz, una actriz que trabajaba en el mundo del cine egipcio, donde había que saber mentir si se quería sobrevivir. La invité a desayunar. Aceptó, pero al parecer no le entusiasmó.

Tomamos el ascensor sin decir palabra, sin apartar la vista del suelo hasta el garaje. Una vez en el coche, rodeé la Cornisa siguiendo un itinerario complicado para que no adivinara dónde la conducía. Cuando el elevado edificio del hotel Ambassador se alzó ante nosotros de pronto y me dispuse a salir de la avenida para entrar en el aparcamiento, Jehan reaccionó con violencia.

—¿Por qué me trae aquí?

—Por el restaurante con vistas panorámicas de la ultima planta. Y porque no se desayuna nada mal...

—No, no quiero ir. No quiero, le digo que...

—¡No grite! Tranquilícese. Iremos a desayunar a otra parte...

—¿Por qué me ha traído a este hotel?

Se había puesto histérica, y sus ojos negros reflejaban destellos de locura. Detuve el coche.

—Creía que le gustaría.

—¡Embustero! ¡Maldito embustero!

Pronunció los siguientes insultos en árabe, así que no los entendí. Un momento después, ya había salido del Chevrolet sin cerrar la puerta y corría hacia la Cornisa. Estuve a punto de echar a correr tras ella, pero, por miedo a que se pusiera a gritar, me abstuve de hacerlo.

Aparqué el coche y entré en el hotel. En éste, los arquitectos también habían sufrido un golpe de calor. Ya en el vestíbulo se rayaba la insolación con lámparas colgantes como soles de cristal grueso, luces de neón que ardían en el techo y paredes que derramaban luces, al igual que los cuadrados y sólidos pilares de capiteles dóricos y dorados. Todo era rutilante, centelleante, desde el mostrador de la recepción al inmenso piano de cola, e incluso la cabellera de la rubia que interpretaba *Stary, Stary Night* a primera hora de la tarde. Pedí que un botones me llevara al despacho del director.

Éste era un indio guapo, de nombre Chandar Raï. Era alto y delgado y tenía unos cuarenta años, el cabello canoso, la piel clara, la nariz fina y un mentón que le favorecía; iba muy elegante a pesar de los gemelos bastante vistosos. Su apretón de manos fue firme y su mirada franca. La jugada no iba a ser fácil. Me abstuve de concretar que conocía a Babak.

Miró un largo instante la placa de policía y me preguntó:

—¿Es usted miembro del CID?

—No exactamente. Formo a la policía del príncipe heredero, pero trabajo, por supuesto, en estrecha colaboración con el CID.

—¡Muy bien! Estoy a su disposición.

Pidió café para ambos. Me tomé tiempo para encenderme un Chesterfield y hablar del *tauz* que llenaba de arena la ciudad, para luego preguntarle, de repente, si una actriz egipcia llamada Jehan se alojaba en su hotel. De pronto quedó desconcertado, vaciló y al fin respondió:

—No conozco a todos los clientes del hotel.

—¿Sí o no?

—Si me hace esa pregunta, es porque ya conoce la respuesta. ¿No es así?

—Señor Chandar Raï, yo hago las preguntas y usted las responde.

—Sí, creo que reservó una habitación para unos diez días.

—¿Lo cree, o está seguro?

—Digamos que estoy seguro.

—Lléveme a su habitación.

—Pero creo que se marchó ayer, o anteayer.

—Entonces sabe sin sombra de duda que tenía una habitación aquí.

—Sí, pero… me habla de ella como si hubiera cometido actos reprensibles. ¿Le ha sucedido…?

—Veamos la habitación que ocupó.

—Era una suite. Una suite como cualquier otra. Ya se ha limpiado. No encontrará nada que...

—Puede ser, pero aun así vayamos. Y quiero ver la de Jehan. No otra.

Llamó a la recepción para que le indicaran —como si lo ignorara— el número de la suite de la actriz. A continuación tomamos el ascensor hasta la penúltima planta.

—¿Encima está el restaurante panorámico?

—¡En efecto! Así es.

Había dudado un segundo de más en responder. Y añadí:

—¿Sólo el restaurante?

—A decir verdad, también están las dependencias del príncipe Moktar, el propietario del hotel.

—¿El príncipe se aloja en el hotel en este momento?

—No lo sé. Va y viene. Ya sabe que tiene un cargo difícil en Arabia Saudí y viene sobre todo los fines de semana. Pero no puedo saber con exactitud cuándo viene y cuándo se va. Tiene un ascensor privado que conduce directamente a sus dependencias; está en el otro extremo del vestíbulo.

—Pero cuando viene el príncipe, supongo que pedirá comida y bebida, ¿no?

—Sí, pero para todo eso se dirige a otro responsable.

Habíamos llegado a la puerta de la suite. Un empleado nos esperaba con la llave.

La sala era vasta como un campo de batalla. La cama circular medía de seis a siete metros de diámetro. Había tres salones, una barra americana, una sala repleta de cojines, mesas bajas marroquíes y narguiles, dos cuartos de baño con un inmenso *jacuzzi* en cada uno. Descorrí las espesas cortinas rojas del gran ventanal y descubrí la ciudad gris a mis pies, el mar de un verde muy pálido, ligeramente alborotado por el viento.

El director puso fin a mi contemplación, que debió de durar varios minutos.

—¿Podemos bajar ya? Tengo mucho trabajo y...

—Baje usted. Yo voy a quedarme un momento.

Se quedó allí plantado, en medio de la habitación, mirándose con vaguedad unos zapatos demasiado lustrosos. De pronto me irritó, y más cuando acababa de descubrir tras una pesada colgadura de terciopelo burdeos un ascensor privado con código de acceso.

—Supongo que conduce directamente a las dependencias del príncipe Moktar.

El guapo indio no respondió nada, fingiendo no haberme oído. La cólera me invadió. Había olvidado hacía un rato que era amigo de Babak.

—¡Oye! Entiendo que defiendas los intereses del dueño del hotel, que te da trabajo, y es normal. Pero, ¿sabes?, después de un rato ya estoy harto de tus medias verdades o medias mentiras. Respóndeme correctamente o ten el valor de callar.

—No voy a responder a sus preguntas.

—Muy bien, te voy a trincar por ocultación de información vital para la seguridad del Estado. Cuando bajemos, tendrás dos minutos para recoger tus cosas.

—Usted no puede…. No tiene nada que reprocharme…

—¿Y eso supone un problema?

Una mueca le cruzó la cara, que se le había descompuesto desde hacía un momento. Sacó su móvil y se puso a marcar ostensiblemente un número. Le arranqué el aparato de las manos y lo estampé contra la pared. Le di un puñetazo sin vacilar.

—Sigue con ese numerito y verás lo malo que puedo ser.

En ese momento, Chandar Raï tenía miedo de verdad. De la comisura de sus labios manaba sangre. Se armó de un poco de valor para atreverse a soltar un intento de comentario irónico.

—Pensaba que los policías extranjeros se comportaban de manera diferente. Sobre todo los que vienen del país de la justicia y los derechos humanos.

—No te esfuerces, que no estamos en París.

—No soy más que un indio, eso es lo que piensa, ¿verdad? Que se nos puede pegar con cualquier pretexto. Bueno, ¡pues pégueme si le gusta!

—Lo haré, tengo tiempo de sobra.

Lo agarré por el brazo y lo arrastré hasta la puerta del ascensor.

—Marca el código; subiremos a saludar al príncipe...

—No sé cuál es. Le juro que sólo él conoce el código.

—Imagino que no es la primera vez que Jehan reserva una habitación en este hotel. ¿Las otras veces también se alojó en esta habitación?

—Sí.

—¿Cuántas veces ha venido al archipiélago?

—Tres en total.

—¿Ves? Hace unos minutos fingías que apenas la conocías. Ahora dime, ¿Jehan y Moktar se acuestan juntos?

—Es una actriz egipcia...

—¿Y eso qué quiere decir?

—Me ha comprendido perfectamente.

Estuve a punto de pegarle otra vez, pero me contuve. Sentía cómo el diablo volvía a deslizar hormigas rojas en mis puños.

—¿Por qué? ¿Crees que eso no pasa con las actrices indias?

—No, sí, no... no lo sé.

—Así que Jehan viene de Egipto para verse con su amante, que viene de Arabia Saudí. Sólo que esta vez, para su tercer encuentro, la actriz no pasa ni una sola noche en su palacio. ¿Qué explicación tiene eso?

—No lo sé...

Le di un revés que le hizo tropezar. Lo agarré por la espesa cabellera y le golpeé la cabeza tres veces contra la puerta del ascensor. Hice bastante más ruido que daño.

—Bueno, cuenta...

—No, no puedo. Péngueme cuanto quiera, pero no le diré más.

—Como quieras, Chandar Raï. Pero volveré. Todos los días si hace falta, volveré para seguir con esta charla.

—No le diré nada más.

—Te repites. Pero piensa: a veces descargar la conciencia alivia. Hasta pronto, Chandar Raï.

—¿No me lleva detenido?

—Esta vez no; aún no he desayunado. Pero la siguiente, nos divertiremos juntos...

Lo dejé plantado en medio de la suite y salí al pasillo. Cogí el ascensor público y subí al último piso. Al empujar la puerta salí a un amplio vestíbulo. A la izquierda se abrían las grandes puertas acristaladas del restaurante panorámico. A la derecha, detrás de un letrero que decía «Privado» en árabe y en inglés, arrancaba un largo pasillo tapizado con una espesa moqueta roja, que probablemente conducía a las dependencias del príncipe Moktar. Llegué hasta una puerta sólida de doble batiente con aldabas chapadas en oro. Debajo, el ojo de una cámara me miraba fijamente. Di media vuelta y volví al ascensor.

Ahora presentía que había ocurrido algo terrible en el Ambassador. Aún tenía en la cabeza el grito de Jehan al acercarnos al hotel. ¿Qué había podido pasar allí para provocarle tal pavor? ¿Y por qué había reservado los últimos días en el mismo hotel una suite en la que no se alojaba? Mirara en la dirección que mirara, me hallaba en un atolladero. Sólo me quedaba volver a merodear por los aledaños de la misteriosa clínica.

Pasé por casa a buscar una pipa. Vacilé entre una Beretta de nueve milímetros y la vieja Magnum 357, que impresionaba más y causaba más estragos. Pero la Beretta se ocultaba mejor bajo la chaqueta y, gracias al *holster*, podía sacarla con mayor rapidez. Luego tomé la autopista de Budaya. En pleno día, el itinerario era mucho menos complicado. Encontré fácilmente el camino que Sounaïma me había indicado, la estrecha carretera que se abría paso entre hileras de bambúes y el sendero donde habíamos escondido el coche. Reduje la velocidad y seguí hasta el cruce donde empezaba el caminito de grava. Debido al espeso seto no se podía aparcar sin obstruir el paso. Aun así, paré el Chevrolet, abrí el capó e hice rugir el motor como en los momentos previos a arrancar en un *rally*.

No tardaron en aparecer en el retrovisor exterior. Dos hombres altos y delgados como destornilladores, vestidos con *disdachas* grises, largas hasta media pantorrilla, *keffiehs* a cuadros rojos y blancos sin cordón que bajaban hasta la frente, y barbas inmensas, espesas y negras que no se afeitaban jamás. Habríase dicho que no tenían edad, pero rondarían algo menos de la treintena. Cada uno llevaba, colgado descuidadamente a la espalda como si fuera de juguete, un Kalashnikov con la culata de madera, a pesar de que llevar armas entre civiles estaba formalmente prohibido en el emirato. Ambos tenían narices alargadas de zorro, los ojos hundidos en las órbitas y bocas afiladas como navajas de afeitar, que hicieron una mueca tan pronto me vieron sentado al volante. Murmuraron unas palabras en árabe. Bajé del coche y les hice frente con una sonrisa.

—*Salam aleikum.*

Fingieron que no me habían entendido. Sus ojos, duros y fríos como el sílex, me miraban fijamente, y sus dedos se habían crispado sobre el cañón de los fusiles. El más alto levantó de súbito un brazo para darme a entender que me marchara enseguida. Me esforcé en sonreír más que antes y les señalé el capó abierto.

—*Problem, problem.*

Se consultaron con la mirada, preguntándose seguramente quién era yo y qué coño hacía allí. Notaron que no era un simple expatriado que curraba en la banca o el petróleo, que se había perdido durante un paseo. Habían detectado el tufo a policía. A sus ojos debía de apestar a depravación, a podredumbre, del mismo modo que ellos exhalaban un hedor de pureza, de esa pureza aterradora en nombre de la cual todo está permitido: la tortura, el asesinato, la exterminación, la aniquilación de cuanto no era igual de puro que ellos. Intercambiaron unas frases en una lengua de sonoridad áspera. Sólo pillé la palabra *kafir*, que significa «infiel» en árabe. Poco después, el más alto se retiró haciendo restallar los zapatos viejos contra el asfalto, y el otro me hizo una seña para indicar que no me moviera. Dos minutos después, el primero regresó con un bajito barbudo, orondo y con nariz de cuervo, vestido también con *keffieh* y *disdacha*, en su caso una marrón, que dejaba al descubierto dos pantorrillas rechonchas, torcidas y peludas. Éste graznó unas palabras en inglés agitando un índice rollizo y amenazador.

—*You, who you?*

Di a conocer mi calidad de policía, pero mentí al asegurar que trabajaba para el CID. Exhibí mi placa sin permitir que le pusiera encima los dedos, que eran como salchichas velludas. Intentó leerla.

—*You, what do here?*

Con palabras lo más simples posible, le aseguré que me había perdido y que tenía problemas de tipo mecánico con el coche, cosa que el zumbido suave del motor desmentía. El gordezuelo buscaba la frase para formular la siguiente pregunta. Lo hizo señalándome con el índice morcillón, como si éste fuera una pipa. El poli era yo, pero a él se la traía completamente floja. Su actitud hizo saltar la tapa que trataba de contener la cólera que borboteaba en mí desde hacía un rato. El diablo iba a salir de su marmita.

—¡Ahora me toca a mí! A ver, ¿tú quién eres, pedazo de cuervo?

Diciendo esto le había enganchado el dedo adiposo y me contenía para no rompérselo. Los otros dos se acercaron levantando los Kalashnikovs, prestos a golpearme, e incluso a matarme. A los pocos segundos, el odio ya era nuestra lengua común. Había surgido de ninguna parte. Cada uno había visto y percibido en el otro el color y el olor del enemigo.

Retorciendo de lo lindo el dedo del enano patán, lo hice pivotar hasta que formó un escudo entre yo y los dos grandes barbudos. La Beretta había aparecido en mi mano derecha y se había instalado con naturalidad sobre su sien. Ya me sentía más cómodo para discutir.

—*Guns down* —les ordené.

Los dos «fanáticos de Dios» no me entendieron. Por suerte, los chillidos del barbudo rechoncho fueron más eficaces. Cuando los Kalashnikovs estuvieron en el suelo, decidí aprovechar la situación. Empujé al interior del Chevrolet a mi rehén aterrado, bajo la amenaza de la Beretta en todo momento. No le fue fácil entrar, ya que la *disdacha* le entorpecía las piernas. Con el culo al aire, se repantigó en el asiento del pasajero. Bajo la mirada asesina de los dos esbirros, el arranque fue algo torpe. La caja de cambios automática facilitó la fuga. Un minuto después, volvía a respirar.

No sabía a dónde conducía la pequeña carretera. Tras varios kilómetros llegué a un cruce. Orientándome con el sol, que atravesaba con los últimos rayos sanguíneos las nubes de polvo en suspensión, giré a la izquierda y desemboqué en una carretera más ancha que me acercó a Budaya. Luego fui a la playa. Llegué en un momento en que el crepúsculo caía sobre el archipiélago con el resplandor de un meteorito.

Detuve el Caprice en el puente e hice salir al cuervo, que estaba cada vez más asustado. Del maletero saqué una linterna, una cuerda y una navaja Bowie de hoja larga. Hice avanzar a mi rehén bajo la obra de ingeniería, hasta el pilar más próximo a la cala a la que Yasmina había caído.

Hice lo posible por que la cuerda le mordiera bien la piel. Sobre nuestras cabezas, los camiones de gran tonelaje gruñían, haciendo temblar la noche que empezaba a caer. La oscuridad ya era absoluta, así que no había riesgo de que nadie molestara. Me esforcé por hablarle lo más despacio posible en un inglés simplificado al máximo.

—Vamos a jugar. *Easy game!* Yo hago las preguntas. Si respondes, bien. Si no respondes, pierdes puntos. ¿Listo? ¿Cómo te llamas?

—Salaheddine.

—Bien, Salah. ¿Vienes del reino?

No respondió, pero asintió con la cabeza.

—¿Trabajas en el emirato?

—No.

—¿No? ¿Entonces qué haces aquí?

—Aquí, amigos. Con amigos.

—Respuesta incorrecta, Salah.

Cogí la Bowie y empecé a cortar la *disdacha* de arriba abajo, partiendo del cuello, cuya larga barba cubría.

—No, no. Trabajar para el príncipe.

—¿Qué príncipe, Salah?

Para cuando mencionó a Moktar, ya le había cortado un buen trozo de tela. Bajo la luz de la linterna frontal, veía sus ojos girando como canicas enloquecidas en el fondo de las órbitas. Había comprendido que estaba dispuesto a ponerlo en pelotas y abandonarlo tal cual, cosa que para él equivalía al infierno.

No tuve tiempo de hacerle otra pregunta. Empezó a sonar el móvil. Era el número de Blake. Me alejé unos metros para atender la llamada. Jamás le habría creído capaz de bramar de modo semejante.

—Frenchie, maldito cabrón, estás completamente chiflado. Suéltalo inmediatamente.

—Calma, Blake. Calma.

—Suéltalo enseguida o estás jodido.

—Ni hablar. Estoy a punto de sacarle...

—Es sólo un miserable empleaducho que está jodido. No dirá nada que te permita averiguar algo.

—¿Significa eso, Blake, que tú sabes algo?

—Sólo en parte. Suéltalo y te contaré todo lo que sé.

—No pienso hacerlo si está implicado en cualquier cosa que tenga que ver con la muerte de Yasmina.

—Yo no sé, Frenchie, si ése está implicado o no. Pero ése nos importa un comino. Va a hacer falta ir más arriba de ese miserable. Y tú te has pasado de la raya llevándote a ese maldito bastardo.

—Ya que me he pasado, seguiré adelante, coronel Blake. No creo que pueda echar marcha atrás.

—Matthews todavía puede arreglarlo todo, Frenchie.

—No tengo ganas de deberle nada, por poco que sea. Además, ya no confío en él.

—¡No digas gilipolleces! ¿Es que no entiendes que estamos todos metidos en el mismo asunto y que sólo podemos tumbar a esos cabrones si lo intentamos juntos?

—Todavía no sé de qué cabrones se trata, coronel Blake.

—Te lo voy a decir, Frenchie. Te lo juro por todos los santos de Escocia. Libera al barbudo e iré a verte ahora mismo a tu despacho.

—Ok, coronel Blake. Estaré ahí en cuarenta minutos. De aquí a entonces, no intentes hacerme una canallada.

Antes de irme, dediqué unos diez minutos a interrogar al cuervo barbudo. Tuve que cortar un poco de tela antes de que se volviera locuaz. Al final, el miedo a verse en pelotas le desató la lengua del todo, aunque su inglés no mejoró. No obstante, averigüé que unas veinte chicas, todas ellas asiáticas, se alojaban en la clínica, pero sin derecho a salir. Unos quince guardias, todos saudíes, las vigilaban, pero no tenían permitido acercarse a ellas. Había además dos médicos y cuatro enfermeras, también asiáticas. Y él, el cuervo villano, ejercía de administrador.

TERCERA PARTE

11

Manama era una ciudad de policías.

Debido a su situación geográfica y política, a las estrategias nacionales e internacionales, al petróleo, a las guerras pasadas, presentes y futuras, a los terroristas de toda calaña y toda clase de barbas y, ahora, al aumento del poder de Al Qaeda en la región, la capital del emirato se había convertido en un gran zoológico donde estaban representadas todas las especies de la purria policial: los policías ordinarios de uniforme; los que iban de paisano; la privada; la especial; los grandes profesionales pagados a precio de oro; los militares que no estaban en activo que cobraban una miseria; los disfrazados de abeto de Navidad; los suboficiales con uniformes bordados, condecorados y abigarrados, a los que se veía sobre todo en los desfiles; los mercenarios de color ceniciento o con trajes confeccionados a medida en Saville Row (Londres); los surafricanos abotargados que empezaban a tantear el mercado; los veteranos de las fuerzas especiales norteamericanas y polacas contratados por la firma Blackwater, que pretendía ser la mejor en protección personal; los invisibles; los espías y los espías dobles; los ocasionales; los viles soplones que informaban una vez por semana; los «poceros», que ayudaban a hablar a éstos; los «cortahuevos», que actuaban en los sótanos... Unos propinaban palizas sin causar demasiados estragos, y otros curraban «al modo marroquí» y después decían que el sospechoso había muerto accidentalmente de una ruptura de aneurisma..., como de costumbre. También estaban los que jugaban a dos o tres bandas. Sin contar con la tribu de analistas cegatos, con toda clase de gafas sobre la nariz, cristales gruesos, monturas de concha o de titanio, pero todos con algo en común: ser miopes, présbitas o hipermétropes cuando se trataba de prever la próxima crisis.

Un maldito zoológico. Y toda esta fauna, a excepción de los

«soplones» y los «polizontes», es decir, de los espías que dependían de las embajadas, sólo reconocía a un domador. Éste, sin embargo, por experto domador que fuera, empequeñecía lo más que podía para que nadie le viera cuando se presentaba en mi despacho.

Me había estado esperando en un Range Rover blindado de cristales ahumados, aparcado junto al edificio. Blake lo acompañaba. Se reunieron conmigo en el momento de subir al ascensor. Quizá fuera por la mala iluminación, pero Matthews tenía un aspecto más pálido que nunca, con arrugas que resaltaban los pliegues hercinianos de su frente y las mejillas ajadas como el cuello de un elefante viejo. Blake me chuleaba menos que de costumbre y ni siquiera concedió una pausa a su degustación furibunda de cerillas. Me saludaron con un breve movimiento de cabeza.

Les invité a entrar en mi despacho y saqué la botella de Glenlivet. Matthews esbozó una mueca para indicar que no quería, y Blake, que seguramente era capaz de mamar hasta quedarse tieso incluso en sueños, se sintió obligado a rehusar. Tanto mejor, ya que me habría repugnado que se hubieran bebido mi buen *scotch*. Me cuidé de llenarme el vaso lentamente hasta arriba, encenderme un Chesterfield y poner las zancas cual largas eran sobre la mesa, mientras el jefe del Criminal Investigation Directorate y su ayudante inspeccionaban la sala con gestos de ratas hipócritas.

—¿Qué pasa, tíos? ¿Ya no os acordáis de si habíais puesto micros?

No respondieron. Tenían el aspecto preocupado de dos serafines a los que Belcebú les ha birlado las aureolas y no saben cómo se lo comunicarán al arcángel Gabriel. Yo los miraba mientras bebía, preocupado a mi vez por los destellos asesinos que percibía en los ojos de Blake cada vez que, con estudiada ostentación, yo mojaba los labios en el líquido ámbar. Había en su mirada tal ansia de trincarse mi vaso, que tenía las pupilas empapadas de whisky. De pronto, Matthews abrió fuego. Era de gran calibre. Y su acento escocés disparaba balas que silbaban como las de los *westerns* de Sam Peckinpah.

—Ya estoy harto de sus malditos modales, señor Caminos. ¿Quién se ha creído que es? ¿Un tosco *cowboy* francés que se dedica a pegar palizas a los demás, a secuestrarlos y a hacer lo que quiere, como quiere? Esto no es Marsella. Ni es usted un actor en un *western* a la bullabesa. Ha ido demasiado lejos. Es cierto que todavía no ha caído, pero ya se ha convertido en lo que en Sicilia llaman un muerto que camina.

A Blake le pareció oportuno meter baza:

—Y no has conseguido nada. Sólo has alarmado al adversario. Ahora están en guardia. Y tú corres el riesgo de tomar pronto un avión de regreso a casa. El príncipe heredero no siempre podrá protegerte bajo el ala a un chiflado como tú. No tardará en hartarse...

—Pero tú no, ¿eh, Blake? Me ha parecido tener la impresión de que no estabas descontento del todo con la investigación que llevaba. Si no, ¿a qué vienen nuestros encuentros amorosos en el puente?

Matthews cortó a su ayudante, presto a responder:

—Nosotros no vemos las cosas del mismo modo que usted. Usted quería saber a toda costa qué le había ocurrido a esa chica, a...

—Yasmina.

—Eso, Yasmina. Y como mis atribuciones no me permiten controlar a la policía de su jefe, el príncipe Mahmud, cosa que lamento, como ya le habré dicho, le dejé hacer. No esperaba una actitud tan brutal, tan irresponsable, tan...

—¡Matthews, basta! Me ha dejado currar porque usted no podía avanzar a cara descubierta. A su narigón escocés se le ve venir de aquí a La Meca. Usted se dijo: vamos a ver qué encuentra este capullo francés. Es verdad, aquí se lo pueden permitir todo bajo el pretexto de garantizar la seguridad del emir. Todo, excepto aquello que el propio emir no puede permitirse. Y si el emir, a quien poco le importa la muerte de una cría, y menos de una cría chiita, no quiere que esta investigación llegue a ninguna parte, no llegará. Pero ustedes, por motivos que aún no he entendido muy bien, quieren a un francotirador en el asunto.

Matthews volvió su largo cuello de avestruz desplumado hacia Blake, que estaba destrozando con frenesí otra cerilla. El ayudante asintió con la cabeza, lo cual venía a decir que los dos *brits* pronto iban a poner algunas cartas sobre la mesa. Fuera como fuere, tenía luz verde de su jefe para hablarme de ello. Aunque no lo hizo enseguida, ya que Matthews añadió:

—Le ruego que prosiga su pertinente análisis...

—Lo único que el emir y su policía todopoderosa no pueden permitirse es oponerse a los intereses de su gran vecino. Lo diré de otro modo: aquí los saudíes pueden hacer lo que quieran. Hasta sembrar el caos. Tienen impunidad absoluta. Y los policías, vengan de donde vengan, tanto extranjeros como locales, cierran los ojos. Llegarían a sacárselos para no ver...

Blake me interrumpió, escupiendo trozos de cerilla.

—No, maldito cabrón, si nos sacáramos los ojos como dices no te habríamos dejado proseguir tu investigación. Y, desde luego, no te habríamos ayudado. Pero tú, tú te has comportado como un chalado furibundo. Pues sí, puede ser que los servicios de seguridad saudíes estén implicados en la muerte de la chica. Y lo que queríamos era que les siguieras la pista, pero con discreción y cuidado. Pero te ha faltado tiempo para aventar la mierda por todas partes.

A Blake, furibundo, se le agolpaba la sangre en las mejillas y la frente, pero la tez de su jefe, en cambio, se había vuelto completamente pálida, como si toda la sangre se hubiera retirado, mientras que su narizota se alargaba aumentando un punto o un par de tamaño. Y tenía su razón: su ayudante acababa de airear que los saudíes estaban metidos en la muerte de Yasmina.

—Amigos —respondí—, no estoy seguro de si lo he entendido. ¿Qué esperan de mí exactamente? ¿Que informe al príncipe heredero para que haga presión sobre el emir y que le diga: «Su Alteza, ¿podemos limar un poco los colmillos a sus primos lejanos, los saudíes, ya que se han pasado de la raya? Están detrás de la muerte de un súbdito suyo, una muchacha inocente y de buena familia. Le suplico, Su Alteza, que haga algo, pues su buen pueblo corre el riesgo de tomárselo a mal»? ¿Y creen que lo que príncipe sople al oído sordete del viejo emir bastará para hacerle reaccionar? ¿Que será una sacudida capaz de levantarle el corazón arrugado?

Esta vez me respondió Matthews.

—Señor Caminos, tiene razón en una cosa: en que es verdad que los saudíes llevan la batuta aquí. Este emirato fue el primer país del Golfo en tener crudo, y ha sido el primero en dejar de tenerlo. Si no hay crudo, no hay dinero. Desde hace diez años Riad financia, subvenciona, subsana los déficits presupuestarios. Mi paga y la del coronel Blake provienen del dinero saudí, cierto. Y seguramente que su príncipe heredero tampoco tiene suficiente dinero en el bolsillo para permitirse un policía francés. De modo que está usted en la misma situación que nosotros: Arabia Saudí es quien le paga. Y no le paga mal, según tengo entendido... Pero mire, señor Caminos, no por ello tenemos que tolerar el crimen en el archipiélago....

—Eso no son más que palabras, Matthews, ¡porque usted tampoco puede castigarlo!

—Pero queremos prevenirlo. Esa chica... Yasmina... era de una familia... chiita. Usted sabe que aquí la comunidad chiita es mayoritaria y siempre está dispuesta a sublevarse bajo el pretexto de que está oprimida por un emir suní.

—Y además...

—Usted sabe que esos mismos chiitas son radicalmente hostiles hacia los saudíes.

—Por supuesto.

—Bien. Si los agitadores de la comunidad chiita, en resumidas cuentas, los islamistas chiitas y algunos comunistas, se enteraran de lo que le ha pasado a esta chica, que los saudíes están detrás de esta mala pasada y que nuestro emir está obligado a dejar hacer, ya se imagina que...

—... que su tarea no resultaría nada fácil, que podría incubarse una nueva insurrección chiita, que ustedes tendrían que aplastarla cuando se gesta o sofocarla luego en la calle, lo cual implica sacar a la luz unos cuantos cadáveres. Y que eso sería malo para el futuro turístico del archipiélago.

—Sí, y eso es exactamente lo que quiero evitar. Por esto, estimado policía francés, quiero que los dirigentes del emirato tomen conciencia de la gravedad del problema para que hablen de ello con sus homólogos saudíes y podamos evitar esta especie... de accidente en el futuro. Así que le aconsejo que ponga al corriente al príncipe heredero en cuanto vuelva del extranjero.

—¿Y la población, si he comprendido bien, tendrá que ignorar quiénes son los hijos de puta que empujaron a Yasmina para que se ahogara en la cloaca fétida del Golfo?

—Podríamos decirlo así. No queremos que vuelvan a surgir los problemas que tanto nos ha costado dominar estos últimos años. De lo contrario, usted ya sabe qué pasará. Se derramará mucha sangre. Y sangre de inocentes...

—Le entiendo perfectamente, Matthews. Por supuesto, si hubiera saltado del puente una criada filipina, una mecanógrafa india o una cocinera bengalí, no habría habido tal investigación, ¿verdad?

Matthews ya se había levantado, y Blake y su cerilla lo siguieron como su sombra. Iba a repetir la pregunta, cuando me respondió:

—No me pida la luna, señor Caminos. Al menos intentamos evitar lo peor. Cada año, en Arabia Saudí desaparecen decenas, puede que cientos, de jóvenes sirvientas asiáticas. Algunas son asesinadas, torturadas por pura barbarie, y no digamos las otras miles a las que les pegan y a las que violan. ¿Quién se preocupa de ellas? Desde luego, sus gobiernos no, ni sus embajadas, que no pueden abrir la boca por miedo a sufrir represalias económicas inmediatas. Y no recuerdo que su propio gobierno, ese para el cual trabajó usted con tanto celo, haya expresado nunca la menor reserva sobre la situación de lo que usted seguramente llama derechos humanos, palabras totalmente ridículas en estas tierras. ¿Recuerda acaso el primer país que su antiguo jefe, el difunto presidente François Mitterrand, visitó tras su elección? ¿Sí? Entonces, todo está dicho. Nos entendemos, ¿verdad?

—No esté tan seguro, señor Matthews.

—Escuche lo último que tengo que decirle, señor Caminos. Hay palabras que puede utilizar en Europa, pero que aquí son desagradables, que aquí apestan. Puede emplear el término democracia, pero no significa nada: hoy en día, todo el mundo se cree democrático. O la palabra libertad, pues es un concepto impreciso, impalpable. Pero los derechos humanos son palabras que no podemos pronunciar. Aquí está Alá y su representante en esta tierra, que es el emir. Los fieles de uno son los súbditos del otro. A los ojos de Dios, usted no tiene derechos, solamente deberes. Del mismo modo ocurre con el emir, que vela por sus súbditos inspirado por Alá. Reivindicar derechos va en contra de la voluntad del emir y, por tanto, de la del Todopoderoso. Es inconveniente, injurioso y sacrílego, trae maldiciones, infortunios... y, más aún, conduce al desorden, a la sedición, a la rebelión... En consecuencia hay represión, por la que no tengo especial inclinación...

—No sabía que el Todopoderoso, como dice usted, necesita polis infieles que lo secunden.

—Ironice cuanto quiera, estimado policía francés. Si viviera en Europa, le aseguro que no comulgaría con todas esas pamplinas. Pero estamos en el Golfo. Tengo una misión y me honro de la confianza que el emir ha depositado en mi persona para cumplirla. Como él mismo representa al Creador en estas tierras, mis hombres y yo encarnamos a su policía y hacemos posible que se cumplan sus designios por el bien de su amadísimo pueblo. Sin el emir, aquí sólo habría caos y una gran miseria; en el fondo, usted bien lo sabe. Y los intereses de nuestros queridos y viejos países europeos también estarían en grave peligro. Así que...

—¿Así que qué?

—Así que las cosas deben hacerse al ritmo pausado del Golfo. No hay que precipitar nada. Hay injusticia, sí. Sufrimientos, cierto. Pero quienes quieren derrocar al emir son capaces de algo mucho peor, lo sabe tan bien como yo. Matarán, llenarán las cárceles, impondrán el fanatismo absoluto, castigarán con dureza a los jugadores, a los bebedores, a los amantes, todo eso que aquí permitimos. Sólo podemos oponernos a sus terribles designios. Mala suerte para los jóvenes extraviados a los que el destino ha hecho caer en malas manos. Es una lástima y lo lamento.

—Matthews, debería darle vergüenza ese sermón, pero usted desconoce ese sentimiento. Yo puedo resumírselo en una frase: la investigación de la muerte de Yasmina termina aquí. A propósito, ¿cuánto tiempo tengo para preparar las maletas?

—¡Oh! Creo que si llegamos a un entendimiento, lo arreglaré de modo que apacigüe los rencores que ha provocado esta tarde. Vamos, señor Caminos, si se queda podrá seguir aprovechando su pequeña actividad dorada. ¿Debería decir su jubilación dorada? ¿Le conviene mi propuesta?

—Pensaré en ella…

—No se demore, se lo ruego. Los hombres a los que hoy ha tratado con tanta rudeza exigen venganza, ya se lo imagina, ¿verdad? Quieren su pellejo y tienen el brazo muy largo. No podré mantenerlos a distancia por mucho tiempo, y menos su protector, el príncipe heredero, ya que todavía no es lo bastante poderoso. Hasta pronto, estimado policía francés.

Instantes después, los dos *brits* habían desaparecido. Reparé en que Blake no había vuelto a levantar la vista desde su última intervención. Rehuía mirarme, como si algo lo atormentara. Era un policía astuto, y si había puesto en tela de juicio tan directamente a los servicios de seguridad saudíes, no podía haber sido por descuido.

Fuera, la noche de arena ahogaba a la ciudad. El *tauz*, tras adormecerse un tiempo, había regresado con fuerza. Filtraba las luces, las apagaba o las hacía temblar como la llama de una vela para oscurecer la poca verdad que acababa de asomar sobre el lodo que la tormenta arrojaba sobre la investigación. Tuve ganas de volver al gran puente, de encontrarme otra vez a Yasmina, de escuchar su silencio, de respirar su ausencia, de descifrar la última huella de su paso. Pero ya no tenía valor para moverme, ni siquiera para ir a ver a Sounaïma. El humo de los Chesterfield espesaba el aire confinado del despacho e intenté interpretar las volutas que dibujaban siluetas de fantasmas, de cuerpos dislocados y archipiélagos desaparecidos. ¿Cómo había acabado Yasmina en El Paraíso de las Perdedoras? ¿Quién la había conducido allí y para qué tenían sometidas a la veintitantas internas que se alojaban allí, probablemente contra su voluntad? ¿Había tenido alguna relación con el príncipe Moktar? ¿Y qué papel había desempeñado éste?

Tomé una hoja de papel y escribí unos cuantos nombres. Yasmina era amiga de Jehan, que había tenido una relación con Moktar, lo cual podía deducirse por el ascensor que iba de su suite a las dependencias del príncipe. Para complicarlo todo, la actriz egipcia conocía a Blake, que le había prestado su precioso coche, pero el saudí no parecía gustarle nada. A continuación anoté los tres lugares en torno a los cuales se había desarrollado el drama: la clínica secreta, el gran puente y el British Council, último lugar donde habían visto a Yasmina con vida. Añadí el hotel Ambassador, donde la actriz se había alojado. Jehan estaba en el mismo centro del drama. Pero, curiosamente, me había contratado para aclarar la muerte de Yasmina. Con ella debía encontrarme antes que nada. Llamé a la policía del aeropuerto y me confirmaron que no había salido del emirato. Luego volví a coger la hoja. Si Jehan había sentido pavor de ir al Ambassador para desayunar era porque allí tenía que haber sucedido algo espantoso. ¿Se trataría de un hecho de la misma naturaleza que el que había llevado a Yasmina a saltar del puente?

El teléfono me sobresaltó. Era Bouquerot, el diputado gaullista. Como la vez anterior, su voz apenas si era audible. Esta vez parecía un niño gordo confesando que había aprovechado el recreo para papearse la merienda de todos sus compañeros. Me informó que el dinero estaba listo, que sería entregado al día siguiente a primera hora de la tarde en la frontera y que se pondrían en contacto conmigo por la noche. No bien colgó, volvió a sonar el teléfono. Esta vez era Ysé.

—Hola, estrellita mía.

—¿Cómo estás?

—Muy bien. Me gusta que me llames.

—No sé por qué, pero estaba preocupada por ti. Te encontré una voz rara la última vez que me llamaste. En serio, estoy harta de que no estés aquí. ¿Cuándo volverás, so bruto?

—En cuanto pueda, pero ya sabes que me arriesgo a tener ciertos inconvenientes cuando vuelva...

—¿La misma historia de siempre, de las escuchas telefónicas?

—La misma.

—¿Tan grave es lo que hiciste? A mí no me lo parece. A veces, cuando me llamas, mamá intenta escuchar lo que dices descolgando el auricular del salón. No está bien lo que hace, pero no querría que fuera a la cárcel por eso.

—¿Hablamos de otra cosa, estrellita?

—Vale, tío duro. Para las vacaciones de verano, ¿querrías llevarme a Japón? Allí tienen profesores superbuenos.

—¿Profesores superbuenos de qué?

—De karate, por supuesto. Te recuerdo, porque es evidente que se te ha olvidado, que ayer tuve el examen de cinturón marrón, que lo aprobé y que ahora me tienes que hacer un bonito regalo.

—¡Caramba! Se me había olvidado...

—Ahora ya puedes decir mierda, que ya tengo la edad. Bueno, tienes que venir para que podamos combatir. Estoy segura de que ahora te tumbo.

—Vaya, estrellita, te encuentro muy segura de ti misma.

Seguimos hablando un buen rato. La última vez que la había llamado, había tenido que sacarle las palabras con sacacorchos. En cambio, hoy ella me había llamado a mí y desbordaba entusiasmo. Los *katas* de karate, los profes carrozas del colegio, los amigos en plena crisis de acné, las amigas ñoñas, las tonterías de la televisión..., había pasado por todo. Al colgar me quedé como nuevo. Minutos más tarde conducía el Caprice Classic camino del Ambassador.

Las avenidas ya estaban desiertas. En la carretera de la Cornisa, el viento había vuelto a empeorar. Con la arena traía también partículas de agua, mezclaba aquélla con éstas y las exudaba con un sudor ruin hecho de grandes gotas de barro que acribillaban las carrocerías y los parabrisas de los coches, y los *chalwar kamiz* claros de los inmigrantes, los únicos que desafiaban a la noche bajo la tormenta y que, ahora, corrían bajo el azote de las ráfagas. Conducía despacio, esquivando las pesadas ramas rotas de las palmeras, que los faros convertían en orugas gigantes; aún me embargaba la misma certidumbre irracional, ilusoria inquebrantable, angustiosa también, de la locura que me hacía creer que la tempestad ocultaba la verdad y ofrecía refugio a las hienas de la noche.

El Ambassador apareció ante mí de pronto, cual continente negro envuelto en tinieblas, cubierto de guirnaldas luminosas que recorrían toda la fachada para atraer a sus bares a la tribu errante de almas perdidas. Durante el tiempo que me tomó bajar del coche, cruzar el aparcamiento corriendo y llegar al gran vestíbulo, el barro que parecía caer de las estrellas convirtió mi traje en una piel de leopardo. Primero fui a llamar al despacho de Chandar Raï, pero nadie respondió y la puerta estaba cerrada con llave. Lo encontré en el bar de la planta baja. Estaba sentado en un rincón, allí donde la barra hacía un recodo, frente al gran espejo con un gin-tonic. Me senté en el taburete más próximo, cogí la carta, que no ofrecía menos de cuarenta whiskys de malta pura y pedí a la camarera asiática un Bladnoch 1975 con aroma de limón verde. Al oírme pedir la copa, Chandar Raï se volvió hacia mí y me reconoció. Se puso lívido.

—Usted... usted... usted me persigue.

—En absoluto, Chandar. He venido a invitarte a una copa.

Le pedí otro gin-tonic. No se atrevió a rechazarlo. Visto que no había conseguido nada con las amenazas, sólo me quedaba marcarme un farol para intentar hacerle hablar.

—Te mereces esta copa. Gracias a ti, he avanzado mucho en la investigación. Ahora creo que ya he averiguado qué pasó en tu hotel.

—Yo no sé nada.

—¡No me digas! ¿Quieres que te lo cuente?

—No.

—Vamos, si lo ignoraras de verdad mostrarías más curiosidad. Al fin y al cabo, eres el director del Ambassador. No sé cómo se te pudo pasar por alto, ¿no, Chandar?

—El hotel y las dependencias del príncipe no tienen nada que ver.

—¿Con eso quieres decir que pasó en las dependencias del príncipe?

—Creía que ya lo sabía.

—No conozco todos los detalles, Chandar. Pero prosigue, me encantaría conocer tu versión.

Había empezado a sudar y no apartaba los ojos del vaso.

—¿Tienes miedo del gran Moktar? Peor para ti. Porque vendré a interrogarte todos los días, me las arreglaré para que él lo sepa y que crea que eres un chivato. ¿Qué hará entonces contigo? ¿Te pondrá de patitas en la calle, te devolverá a la India, te cortará la lengua?

—Es usted un auténtico hijo de puta.

—Soy policía, Chandar. Me encanta meter la nariz en la basura. Y tu hotel huele peor que un vertedero.

—No es mi hotel. Yo sólo soy el director.

—Deja de gritar, que te están mirando.

Sin darse cuenta, había subido el tono, atrayendo la atención de las camareras y de algunos hombres de negocios occidentales. Empecé a sacarme de los bolsillos fajos de billetes de cincuenta dólares, que dejé ostensiblemente sobre la barra y me dispuse a contarlos.

—Dos mil dólares para empezar, ¿te va bien?

—Pero ¿por qué? Si no le he contado nada...

—¡Chitón! Habla más bajo. Entonces, ¿dos mil? ¿Quieres más? ¿Sabes?, está bien pagado para lo poco que me has contado...

—No, se lo ruego... Guarde todo eso enseguida. Le contaré todo lo que sé. Pero aquí no.

Fingí que había sacado el dinero para pagar sus gin-tonics y mi whisky. A continuación salimos al aparcamiento bajo el castañazo del viento, que nos acribillaba con lluvia y fango. Hacía frío, y el calor del coche nos sentó bien. En cuanto nos sentamos, tomamos la autopista que conducía a la costa. No tuve que esperar mucho tiempo antes de que empezara a hablar. Él lo necesitaba. Aunque sólo fuera para justificarse.

—Usted me juzga mal. Deje que le cuente primero lo que ocurrió hace unos días.

—Te escucho.

—Tomo el coche cada día para venir a trabajar. La semana pasada se averió y tuve que tomar un autobús. Casi no había nadie y no me di cuenta: me senté delante, en uno de los asientos reservados a las mujeres. En una parada se subió una mujer gorda vestida con una *abaya* negra. Me vio y se puso a gritar. Me insultó llamándome indio asqueroso; utilizó palabras mucho peores. Entiendo el árabe y lo que decía era verdaderamente ultrajante. Y todo porque me había sentado en el sitio equivocado. Le quise explicar que no lo había hecho a propósito y que me sentaría al fondo del autobús. Pero no me escuchaba. Yo iba con traje, corbata y camisa blanca, pero daba igual. Era una pobre mujer de los barrios chiitas, fea, obesa e inculta, pero para ella yo no era más que un perro indio apestoso que había ensuciado el asiento. Preferí bajar del autobús para no oírla gritar más.

—¿Por qué me cuentas esto?

—Porque usted no conoce bien este país. Aquí, cada uno debe mantenerse en su lugar: los hombres, las mujeres, los extranjeros, la familia real, los cortesanos, los sunitas, los chiitas, los comerciantes, los pobres... Es parecido a las castas de la India. A cada uno se le otorga una casilla de la que nunca debe salir. Aquí, un indio es un indio, y que sea educado o rico no cambia mucho las cosas. Ya puedo tener todo el dinero del mundo, que nunca podré comprar la menor pulgada de terreno, la menor propiedad, ni un garaje siquiera. Y por mucho que dirija un gran hotel, pueden meterme en cualquier momento en el primer avión con cualquier excusa. No supone ningún problema: hay miles de indios y no indios igual de cualificados haciendo cola para ocupar mi lugar. Así que, cuando en el hotel ocurre algo que no concierne al personal expatriado, no veo nada ni oigo nada. Todo lo que tenga que ver con la gente de aquí no me concierne... Tengo esposa y tres hijos en mi país.

No tenía nada que decirle al respecto. El coche volaba por los bulevares desiertos. Se oía jadear al viento, que continuaba lanzándonos golpes de fango que los limpiaparabrisas extendían concienzudamente sobre el parabrisas.

—Lo lamento, Chandar. Voy a llevarte de vuelta al hotel.

—No, es demasiado tarde. Ahora que ya nos han visto juntos dos veces, ya da igual que hable o que no hable. De todas maneras, lo que voy a contarle no le permitirá emprender ninguna acción contra el príncipe Moktar, sea la que sea. Nadie puede hacer nada contra él...

La historia que me contó empezaba en las telenovelas egipcias en las que la estrella era Jehan. Su gracia, su levedad, esa manera única de moverse, de bailar, de vestir de inocencia sus amoríos, habían levantado pasiones en el Golfo. Todo aquello ya me lo había contado Imad. Chandar me reveló que el príncipe Moktar también había sucumbido a su encanto. Había mandado que contactaran con ella en El Cairo para invitarla al emirato. Ella no había querido saber nada al respecto. Al menos, hasta que él puso un precio. Chandar creía saber que ella había exigido un millón de dólares por pasar una noche, una sola noche, con él. Recordaba su llegada al hotel, donde Moktar había hecho reservar la suite real que yo había visitado. Habían cenado a solas en las dependencias del príncipe. El indio también recordaba el millar de rosas que había importado de Europa en un avión especial, los floreros que habían encargado con urgencia en Praga y los manjares excepcionales que se habían preparado, movilizando para ello a buena parte de la cocina.

—Y luego bailó para el príncipe. Pero en mitad de la noche, cuando él quiso meterla en su cama, ella lo envió a paseo. Dicen que Jehan incluso lo hizo con dureza. Tomó el ascensor para volver a su suite. Desde allí llamó a la recepción para que fueran a recoger su equipaje. Poco después se marchó en taxi al aeropuerto.

Habíamos llegado a los alrededores del hotel Sheraton, cuya inmensa ese fulgurante llegaba a atravesar la niebla de polvo que velaba las demás luces, las de las estrellas y las de miles de farolas que avanzaban a nuestro encuentro como un ejército ciego. Una cuestión me atormentaba.

—¿Jehan se quedó el dinero?

—Sin ninguna duda. Debió de cobrar la suma en una cuenta de El Cairo antes de venir aquí.

—¿Seguro que no lo devolvió?

Chandar se echó a reír. Una risa que sonaba triste y falsa. Yo insistí:

—No lo devolvió. Sin embargo, volvió...

—Sí, es la segunda parte de la historia. La más espantosa.

A medida que relataba la historia, la voz del indio se fue volviendo más ronca. Como si un lejano pesar resurgiera a la superficie.

Tras la huida de Jehan, el príncipe no se dejó ver durante unos días. Chandar sólo lo había visto brevemente antes de regresar a Riad. Parecía despavorido. Sospechaba que la historia se había difundido en el hotel y se sentía profundamente humillado, sobre todo después de la fastuosa recepción que había organizado. Sin embargo, regresó a Manama seis meses después con unos quince beduinos del Neyd de su guardia personal. Y unos días después, Jehan reapareció a su vez, como si nada hubiera sucedido. En esta ocasión, se volvieron a encargar un millar de rosas en Europa y se movilizó a todo el hotel por su llegada, desde los botones a las camareras. La explicación de Chandar era que Moktar se había puesto en contacto con ella otra vez, que había habido una segunda transacción, de un importe mucho más elevado. Y que, en esta ocasión, la actriz tal vez se había dejado convencer de acabar en la cama del príncipe.

—La pobre había subestimado el poder que tenía sobre él. Es más, había subestimado la humillación a la que había sometido al príncipe la primera vez.

—¿Qué sucedió?

—Hacia las tres de la madrugada, justo después de que un camarero les subiera café, champán y demás bebidas alcohólicas, el príncipe llamó a sus hombres, que vagaban por todo el hotel y habían causado desde su llegada bastantes molestias a las camareras. Inmediatamente después, su chófer vino a recogerle. Apenas se le vio. Pero como no iba acompañado de la señorita Jehan, imagínese...

—No, Chandar, yo no imagino nada. ¿Qué pasó?

—Les ofreció a sus hombres a la señorita Jehan. Se quedaron con ella hasta el mediodía. Luego se marcharon.

—¿Y Jehan?

—No aparecía..., así que al final subí. Las dependencias estaban completamente arrasadas. Y la señorita Jehan estaba medio inconsciente, agonizando, completamente desnuda en un rincón de la habitación, entre vasos tirados y botellas rotas. Era como si unos animales salvajes le hubieran desgarrado sus hermosas ropas.

—¿Qué hiciste?

—Llamé enseguida al médico del hotel. Es un inglés, un antiguo médico militar, creo. Enseguida se puso en contacto con un amigo suyo, un oficial que trabaja para el CID. Viene de vez en cuando a tomarse una copa en el bar.

—¿Británico también?

—Sí. Él y el doctor se ocuparon de la señorita Jehan. En cuanto fue posible, organizaron su repatriación.

Lo siguiente, ya lo conocía: la desaparición de Jehan durante al menos dos años, el tiempo necesario para curarse en una clínica privada del Reino Unido. Ahora había regresado, y no era difícil adivinar por qué motivo.

—¿Y me confirmas que reservó hace unos quince días la misma suite en su hotel?

—Sí. Pero nadie la ha visto. Simplemente ha enviado un fax con el número de su tarjeta de crédito. Ha venido al emirato, sin duda. Unos empleados me han contado que no dejaba de dar vueltas alrededor del hotel en un coche rojo. Se la ha visto varias veces en el aparcamiento.

—¿Sola?

El Paraíso de las Perdedoras 183

—De hecho, no siempre. Unos guardias me han comentado que en una ocasión iba acompañada de una chica muy joven. Y que luego vieron a esa chica varias veces en el vestíbulo del hotel.

—¿Sin Jehan?

—Ya le he dicho que jamás volvió a poner los pies en el Ambassador.

—¿Y comunicaste al príncipe Moktar que Jehan había reservado habitación?

—¿Qué iba a hacer sino?

—Y también pusiste al corriente a uno de tus amigos, a un periodista que se llama Babak. ¿Por qué?

Se estremeció al descubrir que conocía su relación con el joven beduino, pero su respuesta me pareció sincera:

—Tenía mucho miedo por la señorita Jehan. Cuando le dije al príncipe que Jehan volvía a merodear por su hotel, no dijo nada. Simplemente me pidió que saliera. Y en cuanto cerré la puerta, le oí montar en cólera. Esta vez tenía miedo de que ordenara matarla. Informé a Babak por eso, para evitarlo. Pensé que si escribía un artículo donde mencionara su presencia aquí, la descubrirían y la repatriarían. Pero no escribió nada...

—Y Moktar se preguntaría por qué Jehan había regresado a la isla. Sospechó que preparaba algo contra él.

En ese momento, me faltaba descubrir por qué había regresado Jehan. Y qué papel había desempeñado en esto Yasmina.

Aproveché una glorieta para dar media vuelta. Poco después, de camino al hotel pero lejos todavía de éste, Chandar Raï insistió en bajar y seguir a pie. Al final me detuve. Antes de abrir la puerta se volvió hacia mí. Su voz no era más que un murmullo arrastrado de pena, de auténtica pena.

—Ha fingido que ya conocía la historia. Era mentira, cómo no.

—Era mentira, pero ya sospechaba algo así. Lo lamento, si te he puesto en apuros...

No tuve tiempo de acabar la frase ni de darle la mano. Ya había cerrado la puerta de un golpe. Vi cómo afrontaba la tormenta, el viento, el barro que manchaba, la arena que cegaba, las ramas que volaban bajo, contra un cielo negro. Parecía una sombra que flotaba, arrastrada por la espesa niebla.

No estaba lejos del Sheraton. Esperé en el aparcamiento a que Sounaïma acabara su turno.

Tenía miedo por ella. Si querían atacarme, ella era la presa ideal. Traté de convencerme de que no osarían tomarla con ella mientras yo estuviera al servicio del príncipe heredero. Al mismo tiempo, recordé que no habían vacilado en secuestrar a mi jardinero. Había estado a punto de llamar a Blake para pedirle dos o tres policías del CID a fin de asegurar una protección discreta. Al fin y al cabo, en lo tocante a este asunto estábamos más o menos en el mismo bando. Pero yo no quería deberle nada. Y mucho menos cuando algo me decía que dejaríamos de estar en el mismo bando dentro de poco.

Al fin Sounaïma salió. Envuelta en un impermeable demasiado corto y sin capucha para proteger su larga cabellera negra, que la tormenta echaba atrás dibujándole una cola, avanzaba por la acera con la cabeza hundida entre los hombros, como una silueta testaruda, pero no menos solitaria y frágil, amenazada por ese viento de guerra que traía barro y odio allá donde soplaba. Me acerqué con el coche y le abrí la puerta. Hizo amago de retroceder antes de reconocerme.

—Sube enseguida, antes de empaparte del todo.
—Me alegro de que me hayas venido a buscar.
—Vamos cenar al Weeping Tree.
—¿A qué viene tanta atención? ¿Ya no temes que nos vean juntos?

No tenía nada que responderle, y añadió:
—Sabes que tienes los días contados, ¿eh? Y a pesar de eso, no piensas renunciar a tu investigación.
—Era una cría, Sounaïma. No era mucho mayor que mi hija. Tengo que saber...
—Morvan, hagas lo que hagas, castigues a quien castigues, no recobrará la vida. Y no conseguirás seguir la pista hasta el final.

—Estoy cerca. Sólo tengo que saber qué se trama en El Paraíso de las Perdedoras: ¿qué sucede con las chicas que están dentro? ¿Quiénes son? ¿Por qué los vigilantes de la clínica son saudíes?

—Y cuentas conmigo para que te ayude. ¿Por eso me invitas a cenar?

—Sabes muy bien que no te obligaría nunca a nada.

Se encogió de hombros para darme a entender que había dicho un disparate.

—Ya imagino que no vas a amenazarme. Más bien vas a emplear otro registro. Intentarás despertar mi compasión repitiéndome cuánto han hecho sufrir a esa pobre chica, me repetirás que no hace falta que esto vuelva a producirse, intentarás hacerme sentir culpable... Oye, si tuvieras una probabilidad entre diez de conseguirlo, te ayudaría..., cosa que ya he hecho. Pero no es el caso, Morvan. Te destruirán antes de que llegues a ellos. Y aunque te quiera, no quiero compartir tu suerte. No quiero que me echen del país. En mi país, tengo una familia que cuenta conmigo.

—Dejemos de hablar de esto, Sounaïma. Vamos a cenar.

—¡No! Ahora soy yo la que no quiere que me vean contigo. Acompáñame a casa, por favor.

Me había convertido en un paria. No me quedaban más que tres o cuatro semanas de campar a mis anchas antes de que regresara el príncipe heredero. En cuanto le informaran de mis tejemanejes, era probable que me pidiera que me fuera. De aquí a entonces, no tenía ni un minuto que perder.

Al llegar al modesto edificio de Sounaïma, intenté convencerla otra vez:

—Dime al menos qué pasa en la clínica.

—Morvan, por favor.

—Sounaïma, tienes que contarme lo que sepas.

Soltó un largo suspiro y me miró con intensidad. Acaso la conmovió mi sinceridad. Incluso parecía sorprendida. Y al fin, cuando bajó la vista, empezó a hablar.

—Si en vez de frecuentar palacios, te interesaras más en la vida de la gente, sabrías hasta qué punto está desmembrada esta sociedad. El petróleo manó demasiado deprisa en el Golfo. Hubo demasiado dinero de golpe. Demasiado dinero significa demasiadas alteraciones para unos países donde su modo de vida había evolucionado poco durante siglos. Toda Asia empezó a desembarcar aquí para intentar aprovechar un poco ese dinero milagroso. Comenzaron a venir muchachas a millones, dispuestas a trabajar de lo que fuera para ganarse unos dólares con los que mantener a los familiares que se habían quedado en su país. Es mi caso, y no tuve alternativa. Y como venimos solas, sin padre, sin hermanos, sin marido, nos miran como a chicas fáciles, por no decir putas. A las que trabajan para familias, las cosas pueden irles bien o mal. No importa que las obliguen a trabajar día y noche, lo que les importa a ellas es que no les peguen.

—Todo eso ya lo sé, Sounaïma.

—No, Morvan, tú no sabes nada. Tú no sabes nada de la soledad de una joven asiática que no ha conocido nada aparte de su pueblo o su barrio y que de pronto se encuentra con que es una criada en un país del que lo ignora todo. Donde no tiene una sola amiga, ningún pariente, ninguna referencia. Donde no conoce ni la lengua, ni las costumbres. Donde le confiscan el pasaporte el día que llega. Y donde descubre que lo que la agencia de contratación le había prometido era aire, mentiras. Seguramente se figuraba que la tratarían mal, pero no hasta ese extremo. Seguramente esperaba trabajar duro, pero no hasta el extremo de que dejen de pagarle durante años. ¿Cómo dirías que se hace para no pagar a una chacha agobiada de trabajo y que está completamente perdida?

—Me imagino que...

—Tú, Morvan, te lo imaginas, pero yo lo sé... Lo sé porque le pasó a una chica de mi país que vino aquí al mismo tiempo que yo. Un día, la señora de la casa fingió que no encontraba sus joyas. Acusó sin más a la chacha de habérselas birlado. La amenazó con llamar a la policía, con ir a la cárcel, con pegarle y más cosas que podría decir. Y cuando la chica ya estaba lo bastante aterrorizada, su jefa le anunció que trabajaría quince años sin remuneración con el objeto de reembolsar las joyas desaparecidas. Y la pobre chica no pudo recurrir a nada. Ni siquiera podía escaparse porque no tenía dinero ni pasaporte. Si acudía a la policía, había muchas probabilidades de que no la creyeran. Y hay casos mucho peores. Casos de esclavismo absoluto. ¿Por qué crees que en el Golfo cada año cientos de asistentas intentan suicidarse? Ésa es la verdadera desesperación, la esclavitud moderna. ¿Y por qué nadie se atreve a denunciarlo? Porque no hay que disgustar a los emires del petróleo. Y además, esto pasa en un clima de pudibundez extraordinaria, mientras que las cintas porno circulan por todas partes. De ahí que haya una miseria sexual lamentable. Además, cuando nos piden, y digo «nos» porque yo formo parte del gran rebaño de criadas, que nos acostemos con el cabeza de familia o con sus hijos, porque hay que espabilarlos, ¿cómo vamos a negarnos?, sin contar con que no siempre tenemos elección. Si acudimos a la comisaría para quejarnos, corremos el riesgo de que los propios policías nos pasen por la piedra.

Se interrumpió y me miró con esa dureza que de vez en cuando transformaba su rostro y la hacía irreconocible. Un rictus recorría el borde de sus labios y un largo pliegue le atravesaba la frente.

—Tú juegas al príncipe azul y me echas en cara que haya tenido que doblegarme. No digas que no, porque lo sé. Y también me echas en cara que haya utilizado mi belleza para salvarme, es decir, para acabar como camarera en un bar de lujo donde los clientes acuden de vez en cuando a beber y a mirarme el culo.

—¿Todo esto tiene alguna relación con El Paraíso de las Perdedoras?

—Tiene relación, como dices. De vez en cuando, las chicas que se acuestan con hombres o a las que violan se quedan embarazadas. Éstas tampoco tienen suerte, porque abortar es imposible. Es totalmente tabú. ¿Te haces una idea de la razón de ser de esta clínica?

—¿Practican abortos clandestinos?

—¿Tú deliras? Aquí, las chicas no pueden abortar, salvo las ricas, que van a Londres o a Ámsterdam. Además, en el raro caso de que el padre del niño quisiera reconocerlo, no podría bajo pena de infligir la ley que castiga las relaciones sexuales ilícitas. Ahora escúchame bien: la chica tampoco tiene derecho a quedarse el niño. No le pertenece. Todas las sociedades beduinas están fundadas sobre el derecho de la sangre. Y la sangre que corre por las venas del niño, dicen que es sangre árabe. Sangre árabe, y no asquerosa sangre filipina, india, esrilanquesa, tailandesa u otra distinta. Y esa sangre es sagrada si es de un varón. Lo cual significa que robarán el niño a la propia madre poco después de dar a luz. ¿De verdad quieres saber cómo ocurre?

—Sí.

—Cuando la chacha ya no puede esconder la barriga, la llevan a la clínica a la que yo te llevé. Allí le esperan unas semanas de felicidad. No bromeo: allí se beneficiará de unos cuidados con los que la pobre jamás habría soñado. Un verdadero paraíso aunque sea una cárcel, porque no puede salir de allí. Tras dar a luz se le entrega una suma de dinero como compensación, ¡y adiós! La expulsan. Y la meten en el primer avión con destino a su país.

—¿Y el niño?

—No sé qué hacen con él. Puede que lo den en adopción.

—No, aquí no existe la adopción.

—Entonces sólo se me ocurre que lo lleven al orfelinato. ¿Tienes más preguntas que hacerme?

Tenía más preguntas. La primera concernía a los guardas saudíes de la clínica: ¿qué coño pintaban allí? La segunda estaba relacionada con Yasmina: ¿por qué la habían encerrado antes de ahogarse, ella que no era inmigrante ni estaba embarazada? Sounaïma no tenía las respuestas. Ella pensaba que la llegada de los saudíes era reciente. Su amiga, que había trabajado hasta el año anterior en la clínica como comadrona, nunca había mencionado su presencia.

Luego Sounaïma me invitó a subir. Rehusé la invitación. Me sorprendió que no insistiera más. Aunque me soltó unas palabras que me dolieron.

—¿Sabes, Morvan? Puede que nos queden pocos momentos que pasar juntos, y cuando te expulsen o, lo que viene a ser lo mismo, cuando te pidan que te marches, no te sorprendas si no me ves en el aeropuerto.

De vuelta en la urbanización, fui a despertar a Marita, que dormía en su casa junto a la villa. Antes de abrirme la puerta, me hizo esperar unos minutos, lo cual no era habitual. Comprendí que no estaba sola.

—*Sir needs me?* —preguntó ella, entreabriendo la puerta.
—Tengo que ver a Tarek con urgencia. ¿Está ahí?
—No, sir. Tarek está en la casa de los jardineros.
—Creo que no, Marita.
—Sir, no está...
—Marita, tengo que ver a Tarek enseguida. Os espero a los dos en el salón.

Dos minutos más tarde, los dos estaban delante de mí. Parecían dos niños de coro a los que el cura hubiera sorprendido emborrachándose con el vino de misa. Si Marita estaba molesta, Tarek transpiraba vergüenza. Se le había oscurecido más la piel morena. Ambos miraban al suelo. A mi pesar había puesto al descubierto a una pareja. Habría reído de buena gana si no hubiera intuido que temían que pudiera divulgar su relación: una india hinduista con un paquistaní chiita con ideas islamistas no era cosa frecuente.

—Tarek, tengo que pedirte un favor. Necesito que me lleves hasta la gente con la que estás en contacto.

Marita tradujo como pudo. El jardinero dijo que no con la cabeza sin levantar los ojos.

—Tarek, es muy importante. Tienes que ayudarme. Y debes hacerlo ahora mismo. Busco a unos hombres muy malos que secuestran chicas, las encierran y les hacen daño. Estoy seguro de que tus amigos estarán dispuestos a darme información sobre ellos. Así podré impedir que esos hombres hagan cosas malas. ¿Sabes?, algunas de esas chicas vienen del país de Marita y del tuyo.

El jardinero seguía sin moverse. Marita le habló durante unos instantes. Él se limitaba a asentir con la cabeza y a repetir *atcha, atcha.* Pero parecía que mis argumentos seguían sin convencerle. Insistí.

—Tarek, el otro día acudí en tu ayuda. Ahora te toca a ti. No debes tener miedo, No haré ningún daño a tus amigos.

El joven paquistaní balbuceó unas palabras. Marita las tradujo.

—A sus amigos no les gustan los occidentales. Y menos a los que ayudan a los policías del emir.

—Ya lo sé, Tarek. Pero hay veces en que personas que no se gustan, y que incluso son enemigas, se entienden frente a un enemigo mucho más terrible todavía.

Sin Marita, seguramente no habría conseguido convencerle. Al final alzó la cabeza para murmurar que iba a avisar a los que yo quería ver y que volvería en una hora o dos. Le esperé en la habitación de la Amante Ideal, tomándome el café que Marita había preparado.

—¿Sabes?, siento que ya no me quedan fuerzas. De todas maneras, habrá que irse.

Como de costumbre, se tomó tiempo para responder.

—*Pues nos iremos. ¿Piensas llevarte a Sounaïma?*

—No lo sé.

—*Es hermosa, inteligente y... te quiere. Estoy segura que a tu hija le gustará.*

—¿Sabes qué me espera en Francia? Bastantes follones. No sé cómo se las arreglará Sounaïma si me hundo.

—*Habla bien francés. Se las apañará. En realidad, te buscas excusas para no irte con ella.*

—¿Qué te pasa? Normalmente estás celosa de las otras mujeres.

Seguimos discutiendo hasta que Marita llamó a la puerta. Tarek ya había vuelto. Nos marchamos algo más tarde al gran poblado chiita que empezaba no lejos de la urbanización.

Entrar en el poblado era entrar en otro mundo. Se adivinaba un laberinto de callejuelas, en cuyas entradas se amontonaba la basura. Aparte de la arteria principal, ninguna otra calle estaba pavimentada. El Chevrolet se coló a duras penas por una calle sinuosa. Las luces eran escasas. Tarek me hizo aparcar el coche en el interior de un patio y volvió a cerrar los pesados batientes de madera. Luego seguimos a pie, pisando una arena húmeda y pesada que se pegaba a los zapatos. Al poco ya no había ni una farola y, bajo la luna velada por la bruma polvorienta, tuvimos que avanzar a tientas. De repente noté una presencia a mis espaldas. Pese a la oscuridad, me pareció distinguir dos pasamontañas. Una voz dura soltó en un inglés rudimentario: «*You put this*».

Distinguí una mano que me tendía una venda negra. La coloqué sobre mis ojos sin chistar y luego me dejé guiar por Tarek. Aquello apenas duró unos diez minutos, pero tuve la impresión de haber andado una hora. Oí una puerta que se abría y me hicieron bajar la cabeza. Luego ascendí con dificultad por una escalera bastante empinada. Otra puerta rascó el suelo cundo la empujaron y tuve que volver a inclinar la cabeza. A continuación me quitaron la venda.

Estaba solo con un hombre en traje sentado en un rincón, que también llevaba pasamontañas. Como debía de tener una frente ancha de hidrocéfalo y un cuello largo y endeble, el pasamontañas le perfilaba una cabeza de serpiente de cascabel. A su lado, sobre unos libros, una lámpara de petróleo iluminaba una sala de suelo de tierra, salvo por unas alfombras de colores muy vivos. En las paredes, unas fotos recortadas de revistas representaban las ciudades santas chiitas de Nayaf y Kerbala en el actual Irak. Se distinguía también la cabeza cortada de Husein, el tercer imán histórico de los chiitas, su preferido, decapitado por los Omeyas, en Kerbala. La cabeza aparecía representada con ese gusto tan propio de la iconografía chiita, ensangrentada en la punta de una pica. Junto a la ilustración de la cabeza se extendía una galería de ayatolás de barba cenicienta o nevada. Parecía una exposición de Papá Noeles tristes, como si les hubieran birlado los carros, las campanas y los sacos de juguetes mientras descendían por una chimenea. Reconocí a algunos. Jomeini apenas si parecía más enfadado que de costumbre, con unas cejas espesas como relámpagos grises y una boca de labios finos. Los otros religiosos también parecían haber nacido antes de existir la sonrisa. La visión de aquella concurrencia de barbudos era tan alegre que daban ganas de afeitarse varias veces al día.

Colgado de una pared, un tapiz representaba a Alí, yerno y primo de Mahoma, y primero de los doce imanes fundadores del chiismo, con una palmera en segundo plano sobre un fondo de cielo azul y un gran león bonachón echado a sus pies como símbolo de su valor. Al igual que Husein y los otros once imanes, a excepción del último que, según contaban, había desaparecido misteriosamente en un subterráneo, también había perecido de muerte violenta, asesinado con una espada envenenada. Su rostro apacible era de una hermosura sorprendente, de una dulzura casi femenina, con grandes ojos carbonosos, maquillados, largas pestañas curvas, una cabellera espesa y una barba muy rizada para poder caracterizarlo con algo más de virilidad. Ni siquiera el sable de dos filos que tenía en la mano daba el pego. Era el único que me contemplaba con cierta benevolencia.

Cabeza de Serpiente también tenía una barba que sobresalía por debajo del pasamontañas. Su sombra, que la lámpara de petróleo proyectaba sobre la pared, recordaba una criatura quimérica de una mitología desconocida. El hombre se expresaba en un inglés áspero, teñido de un fuerte acento árabe, pero preciso. La voz era joven, sin una agresividad particular, un poco doctoral. Seguramente era laico. Quizás un estudiante o un joven profesor formado en Gran Bretaña o en alguna universidad occidental. Me había invitado de entrada a sentarme frente a él, pero no había respondido a mi *salam aleikum*. Su primera pregunta fue directa como un penalti.

—¿Es usted uno de los jefes de las fuerzas de represión?

—No exactamente. Estoy a cargo de formar a la guardia del príncipe heredero.

—¿Qué les enseña? ¿A espiar, a torturar, a hacer confesar a inocentes?

—No, mucho me temo que eso ya saben hacerlo ellos solos.

—¿Les enseña a matar?

—No conozco a muchos policías a los que no se adiestre para matar.

—Y puede que al hombre que un día me matará, lo habrá formado usted.

—Es poco probable. Hay muchos policías en la isla. El grupo del que yo me ocupo tiene la única función de proteger al príncipe...

—... que un día será emir. En ese momento, usted mandará sobre todos los policías del país.

—No. Mis días en su país están contados. Seguramente anularán mi contrato. Pero antes de irme, quiero poner fin a un tráfico indecente. Por eso he acudido a usted.

Los ojos tras el pasamontañas me miraron con gran intensidad. La voz adoptó una tonalidad más grave.

—No estoy seguro de haber entendido bien: usted, un jefe de policía, ¿osa pedirme ayuda?

—Sí. Ésa es la razón de mi visita...

—¿Usted sabe quiénes somos?

—Creo que sí: el Movimiento Islámico de Liberación del Emirato de los Dos Mares.

—Y un partido clandestino. ¿Por qué? Porque se nos persigue, porque se nos ha prohibido expresarnos, porque no hay elecciones libres a las que podríamos presentarnos y ganar con una mayoría aplastante. Y si este país no es libre e islámico, como quiere su población, es por culpa de los policías extranjeros, de los agentes a sueldo de las potencias imperialistas, de los mercenarios que trabajan en nombre de los norteamericanos, de los *brits* y de los sionistas para defender este régimen corrupto e impío. Por culpa de criminales como usted.

—No he venido para discutir de política. Simplemente sé que tenemos enemigos comunes. Por eso debemos trabajar juntos...

—Jamás...

Tendí la mano para señalar a Jomeini, que me miraba con ojos cada vez más furibundos. Aunque estuviera en un cartel, no hacía falta gran cosa para enfadarlo.

—¿Y él? Es su héroe, ¿no? ¿Acaso no sabe que para derrocar al sha se alió con los comunistas, los socialistas, los grupos de extrema izquierda, los intelectuales laicos y los liberales infieles a los que despreciaba? Fue así como venció a su enemigo principal, la monarquía Pahlavi y sus aliados norteamericanos, y cómo instauró algo más tarde una república islámica en Irán.

   Cabeza de Serpiente protestó pidiendo que guardara las formas, insinuando que estaba diciendo insensateces sacrílegas contra el difunto jefe de la Revolución Islámica de Irán. Momentos después, tomamos un café al cardamomo que trajo otro esbirro con pasamontañas, al que yo no había oído entrar. Le expliqué que estaba investigando la muerte de una joven chiita y que mis indagaciones me habían conducido hasta un misterioso establecimiento donde tenían cautivas a mujeres. Pero no le revelé todo lo que me había contado Sounaïma.

   —¿Puede decirme quiénes son esos desgraciados?

   —Nadie como los policías franceses para estar mal informados.

   Dejó pasar unos segundos y carraspeó como si quisiera esconder cierta molestia. Tosió una última vez y prosiguió:

   —¿Sabe que el emir tiene una guardia personal temible?

   —La Guardia Tribal.

   —Sólo que en realidad no es una guardia tribal. No puede tenerla. Él y su familia son beduinos originarios de Neyd, como sus primos lejanos saudíes. Usurpó el poder y, por tanto, no tiene ninguna base tribal en el archipiélago. El emir sólo puede contar con las grandes familias de comerciantes sunitas y con las que acompañaron a sus familiares cuando vinieron a apoderarse de mi país. Por esta razón, reclutó su guardia con huérfanos que aprendieron de muy jóvenes a servirle. Le rinden gran fidelidad. Una fidelidad absoluta, la misma que se tiene por un padre o por quien haga las veces de éste.

   El hombre del pasamontañas volvió a interrumpirse. Trataba de presentarme la historia de manera que se adecuara a su visión de las cosas, que mancillara cuanto fuera posible el régimen en el poder, al que odiaba y contra el que combatía.

   —¿Sabe qué es la *zina*?

   —Es el nombre que da el islam a las relaciones sexuales ilícitas.

—¿Se ha fijado en que algunos de los guardias del emir tienen los ojos rasgados?

—Sí, claro.

—¿Y aún no entiende por qué?

—¿Quiere decir que esos huérfanos son niños ilegítimos que fueron abandonados?

—Si esta sociedad fuera verdaderamente musulmana, no existiría toda esa promiscuidad sexual, ni esas chicas sin moral, algunas de ellas procedentes de países idólatras, que vienen a traer la perversión a nuestras familias. Muchas se exhiben sin velo, algunas llevan los brazos descubiertos y van con las piernas desnudas. No tienen intención de respetar nuestras tradiciones. Sólo quieren corrompernos, alejarnos de las enseñanzas del Profeta. Si se aplicara la ley islámica, si el velo fuera la norma para todas las mujeres, si...

Desgranó una buena colección de «si» que fingí escuchar. De nada servía contradecirle y le dejé terminar su diatriba. En parte, Matthews tenía razón cuando decía que aquellos que esperaban en la sombra el buen momento para tomar el poder no valían más que los reyezuelos que se habían apoderado de él. Poco a poco fue llegando a lo que yo quería saber: la pretendida Guardia Tribal reclutaba a muchos críos que habían sido separados de sus madres desde su nacimiento. Muy pronto, ingresaban en un internado militar del que sólo salían para servir al emir. Se convertían en sus soldados más fieles. En cierta manera, era la versión moderna de los jenízaros, cuyo reclutamiento durante el Imperio otomano consistía en arrancar a niños muy pequeños de las familias cristianas de los Balcanes para educarlos en los entornos turcos y musulmanes más estrictos de Anatolia para formar guerreros fanáticos. Grecia había vivido durante siglos bajo tal terror por los secuestros de niñitos, a los que incluso se disfrazaba de niñas desde que nacían.

Después de muchos rodeos, Cabeza de Serpiente llegó por fin a El Paraíso de las Perdedoras, que definió con una expresión mucho más fea: *Beit al Mumis*. La Casa de Putas.

—¿Por qué la vigilan saudíes?

—¡Porque nos han invadido! Porque controlan el país con la ayuda de policías británicos y soldados americanos y con la complicidad de este poder corrupto que lo ha malvendido todo.

Como los wahabitas saudíes habían profesado desde siempre un odio visceral a los chiitas, a los que consideraban heréticos, éstos habían terminado por devolvérselo. Pero la explicación que el jefe clandestino me planteaba no era demasiado convincente. Tenía que haber algo más.

—¿De verdad que no quiere ayudarme?

—¿A qué?

—A liberar a esas chicas. Necesito algunos hombres que me echen una mano.

—Cientos de los nuestros están en sus cárceles. Libérelos primero.

—Usted sabe muy bien que no tengo ese poder.

—¡Muy bien! Yo tampoco puedo hacer nada. El Movimiento Islámico necesita todas sus fuerzas para liberar a nuestro país de la tiranía y de la ocupación extranjera. No ganamos nada ayudándole. Esas chicas no son más que...

—Ya lo ha dicho antes. ¡Mala suerte! Ha sido un placer conocerle. Al menos he aprendido que el régimen con el que usted sueña no es mejor que el que quiere derrocar. Es probable incluso que sea peor. Lléveme a mi coche.

Me levanté con brusquedad, tirando al suelo la taza de café que no había terminado. Cogí la venda y me dirigí hacia la puerta.

—¡Espere!

Me volví.

Cabeza de Serpiente miraba fijamente el tapiz que representaba al imán Alí, que mantenía la hermosura y la serenidad sobre la pared agrietada, con el gran león a sus pies.

—El imán Alí dijo que todos los hombres tienen dos hermanos: uno es su hermano en la religión, el otro es su hermano en el mundo. Tarek dice que es usted un hombre bueno, que usted lo salvó y que usted se ha convertido en su hermano en el mundo. Nos ha pedido que le ayudemos. Pero ya le he dicho que no podemos. Somos fuertes, pero no lo bastante aún para luchar contra todos los que ocupan nuestro país.

—Gracias por su intención.

—Sin embargo, le daré una información que podrá serle útil. Hemos sabido que dentro de poco un *dhou* vendrá a recoger a estas mujeres.

—¿Qué? ¿Las expulsan en barco? Me habían dicho que las repatriaban a sus países en avión.

—Así era antes de que llegaran los wahabitas. Ellos controlan lo que usted llama «la clínica», y han sustituido a los policías del emir. Desde entonces, envían a las chicas por mar.

—¿Adónde? ¡Todas no viven en el mismo país!

—Puede que los wahabitas no las devuelvan realmente a sus países. No sé nada más. Ya se lo he dicho: son extranjeras que vienen aquí a corrompernos. El Movimiento Islámico no tiene por qué ocuparse de ellas. Sólo puedo decirle que el *dhou* que vendrá a buscarlas ya ha llegado. Está amarrado en el puerto. Es un barco paquistaní, el mismo que el de las otras veces. No tiene nombre. Está esperando a que la tormenta amaine para zarpar. La última vez embarcó a las chicas en la costa oeste.

—Gracias por la información.

—Hay un hombre que quizá pueda ayudarle. Es el hermano del emir, el príncipe Muqtadir, ese que tiene una barba roja…

—Lo conozco.

—Él también considera a los saudíes enemigos. Y su milicia está formada por temibles guerreros sij.

No sabía si debía saludar o no al hombre con cabeza de serpiente. Aunque me hubiera dado información valiosa, no tenía ganas de hacerlo. Me limité a dar las gracias al imán Alí, siempre benevolente en su pared, haciendo una seña con la cabeza. ¿Qué habría hecho el santo guerrero, cuya *Zulficar*, el nombre de su espada de doble filo, era tan célebre en el mundo chiita como *Durandal*, la del valeroso

Roldán? Dejé de darle vueltas, porque otra pregunta me vino a la cabeza. Se la hice antes de vendarme los ojos.

—¿El príncipe Moktar es quien controla este tráfico?

—¿Quién sino? Aquí, él está detrás de todos los asuntos feos de los wahabitas. Incluso tiene buenos contactos con los peores enemigos de los occidentales...

—¿Qué quiere decir?

—Ustedes controlan a todas las policías, tienen agentes en todas partes, espías en todas las capas de la sociedad, pero el olor del petróleo les embriaga, les hace olvidar a sus verdaderos enemigos. Buscan a la gente de Al Qaeda en las montañas afganas o en las zonas fronterizas con Pakistán. Seguramente están allí, pero también actúan aquí. Gracias a hombres como Moktar, que se entiende con ellos, se infiltran en todas partes. Están en los palacios que usted protege, están en el ejército, incluso están en la policía que intentan organizar.

—¿Le parece que le voy a creer?

—No importa que me crea o no. Nosotros llamamos a los países occidentales, y no sin razón, «el mundo de la arrogancia». Sus filósofos les han enseñado a dudar de lo que no se puede dudar: de Dios, de los profetas y del Libro. No les han enseñado a desconfiar de aquellos que nosotros, los árabes de Arabia Saudí y del Golfo, sabemos desde el principio de los tiempos que son nuestros peores enemigos: nuestros amigos. Porque no hay amistad posible en el desierto. Es un universo demasiado duro, demasiado despiadado. La familia, el clan y la tribu es cuanto hay. No hay lugar para la amistad. Y si existe entre dos familias, dos clanes o dos tribus, durará hasta que el pozo de agua común se seque o hasta que el pasto empiece a secarse. A partir de entonces no habrá otra salida que la guerra. Y no vacilaremos en aliarnos con los enemigos de nuestros amigos.

—No veo qué relación tiene esto con el príncipe Moktar.

—¡Porque su arrogancia le ciega! Para defender su trono y su petróleo, los emires del Golfo formaron alianzas con sus amigos occidentales. Pero si éstos son incapaces de defenderlos seriamente contra sus enemigos, contra Al Qaeda y Bin Laden, pueden intentar simpatizar con estos últimos. Es la política que siguió Moktar.

Cabeza de Serpiente me estaba diciendo que los puentes entre ciertas familias reinantes del golfo Pérsico y los grupos sunitas extremistas nunca se habían cortado. Cierto, combatían entre ellos, pero se ponían de acuerdo si era necesario, acordaban no perjudicarse demasiado o, en todo caso, convenían no poner en peligro aquello que ambos más necesitaban: el dinero, que a menudo guardaban en los mismos bancos. Y todo esto a espaldas de los «amigos» occidentales y de los chiitas, sus enemigos comunes.

Cabeza de Serpiente obtenía la información de Teherán. Y según él, las redes de Al Qaeda, aprovechando este margen de maniobra que les dejábamos, habían podido infiltrarse en casi todos los servicios secretos de los países del Golfo, entre ellos, el del emirato de los Dos Mares.

—¿Usted cree que Matthews no se habrá dado cuenta?

—No lo sé. Pero si duda de lo que yo le digo, pregúntese quiénes son los que secuestraron a nuestro hermano Tarek.

Recordé que el jefazo del CID había mencionado que extremistas sunitas próximos a la nebulosa de Al Qaeda habían conseguido infiltrarse en algunos cuerpos de policía del emirato.

—¿Seguro que era gente de Al Qaeda?

—Digamos que de esta esfera. Seguramente lo hicieron para hacerle saber que estaban ahí, dispuestos a atacar si los amenazaba. Pero reaccionó bien. Fue valiente y salvó a nuestro hermano de las garras de esas bestias. Es el único motivo por el que le doy toda esta información. Ahora debe marcharse.

12

Al regresar a la urbanización dejé primero a Tarek en la casa de los jardineros. Cuando estuve delante de mi casa, descubrí que la luz del salón estaba encendida. Vi el Aston Martin rojo aparcado un poco más lejos, detrás de una buganvilla. Blake me esperaba tumbado en el sofá. No se había tomado la molestia de quitarse los zapatos. Esta muestra de mala educación se confirmó cuando vi que había encontrado mi botella de Talisker y que ya había mamado considerablemente, aguando el whisky con grandes cubitos de hielo. Esto me confirmó a su vez la sospecha de que la gran familia de policías estaba en plena degeneración, pues ya ni siquiera la rama escocesa hacía distinciones entre la buena bebida y el alcohol de quemar.

—¿Ya le has pedido a Matthews permiso para salir hasta la medianoche, coronel Blake?

—Son las dos de la madrugada. ¿Qué coño puede estar haciendo en la calle un Frenchie de medio pelo?

—El trabajo que tú no garantizas, Blake. ¿Te crees que la solución al enigma está en el fondo de mi botella de *scotch*?

—No hay enigma. O, más bien, ya no lo hay.

—¡No me digas!

—No me busques las cosquillas. He venido como amigo. Quiero proponerte una jugada.

—Me inquietas.

—Me la trae floja, Frenchie. No quiero que se nos escape nada en este asunto, ¿estás conmigo?

—Para aliarme contigo, Blake, sólo puede tratarse de una mala jugada. Continúa…

—Yo sé, tú sabes, él sabe, nosotros sabemos… Sí, ya sabemos quién hace llover toda esta mierda sobre el emirato. Hasta un policía francés espabilado como tú ha descubierto que es el príncipe Moktar.

Pero ni tú, ni Matthews, ni yo tenemos los cojones de obligarle a comerse los suyos. Sé que has llegado hasta él. Y ahora, ¿a qué esperas?

—Un minuto, Blake.

—Coronel Blake, por favor.

—Vale, coronel Blake. Eso es mucha jeta: hace unas horas, entrabas en mi despacho para acusarme de haber ido demasiado lejos. Poco después, apareces por mi casa y, como te has puesto de mi whisky hasta el culo, me echas en cara que no haya llevado el asunto hasta el final.

—Frenchie, no hablo la misma lengua cuando estoy con Matthews. No me digas que no lo has entendido. Y lo que te echamos en cara es que te hayas descubierto. No hacía falta merodear por allí. Había que ir al grano. Es verdad que arremeter directamente contra Moktar habría afectado a la jugada, pero luego todo se habría acabado. Pero tú preferiste andarte con rodeos, y no es el método adecuado con un auténtico cabrón como él. Ahora tenemos que dejarnos de trampear. Tenemos que ocuparnos en serio de este tipo. Tenemos que...

—¿Has dicho «tenemos»?

—Sí, he dicho «tenemos». Pero tú serás el único que se dejará ver, porque a ti ya te han calado. Yo te ayudaré en lo que pueda y te cubriré el culo. Pero ni hablar de descubrirme. Tengo a Matthews encima, tengo a mi familia, que vive aquí, tengo...

—... una amante a la que tirarme, un cochazo que conducir, cerillas que zampar... Te entiendo, Bla..., coronel Blake. Y cuando haya llegado hasta Moktar y me haya hecho sus confidencias, ¿qué hago? ¿Te llamo y lo enchironas? ¿Destino: el árbol del ahorcado?

—Joder, Laurent, eh... Morvan, ya ni sé cómo tengo que llamarte, no podemos tocar a un príncipe, y menos a uno saudí. Así eran las cosas en tu país de mierda antes de la revolución.

—Entonces, ¿qué? ¿Le doy un par de hostias en el hocico para que no vuelva a hacerlo?

—Procederemos de otro modo, porque todavía hay bastantes cosas que ignoras, Frenchie. Y te vas a caer de culo cuando te enteres. Prefiero que lo descubras todo por ti mismo. Ahora nos largamos.

—¿Para qué?

—Para cazar a Moktar.

Instantes después íbamos echando leches por la carretera de Manama, cada uno en su coche. Al volante se veía que aún era un crío. Aceleró el coche, me adelantó hasta cruzar la mitad del bulevar para demostrarme la capacidad de su motor, y luego desaceleró para esperarme.

Paramos en el Londoner. Se disponía a cerrar, cuando el guardia indio que había repantigado en una silla en la entrada vio a Blake, se levantó y se cuadró en una especie de posición de firmes para invitarnos a entrar. En la barra dormitaba Greene, uno de los dos escoceses que me había acogido con tanta amabilidad en el 123. Faltaba MacLeod, el que me había clavado el puño en la cara. Nos saludamos haciendo una señal con la cabeza, lo cual no estaba tan mal. Tuvieron un breve conciliábulo al que no fui invitado. Luego Blake se metió una cerilla entre los dientes y se volvió hacia mí.

—Nuestra fiera no está lejos de aquí. Lo acompañan cuatro guardaespaldas. De momento, le están esperando en un gran Mercedes. El comandante MacLeod les sigue la pista desde hace un rato. Vamos.

—¿Al final entras en la partida?

—No, la juegas solo. Pero, como ya te he dicho, estamos de apoyo.

—Lo siento, Blake, pero no me gusta improvisar con este tipo de jugadas. Corremos el riesgo de cagarla.

—Pequeño Frenchie, no vamos a improvisar. Tenemos un plan. Y hace nada que lo hemos preparado. Está todo listo. Sólo te esperábamos a ti.

—No, Blake, pensándolo bien, no me fío.

—Entonces, ¿quieres renunciar al mejor momento, el momento en que vas a poder arrancar las máscaras, cazar a la fiera, saber qué hace con las chicas que caen entre sus garras y, mejor aún, saber por qué la pequeña Yasmina saltó del puente?

—¿Y tú, coronel de mierda corrupto, tú ya sabes todo eso?

—Desde luego que no, Frenchie, desde luego que no. Sólo tengo una mínima ventaja sobre ti. ¿Vamos?

—Te dejamos en el sitio. Te lanzas sobre este cerdo, le apuntas con el arma, le haces salir y te lo llevas a charlar a un sitio tranquilo. Graba todo lo que te cuente. Luego estará jodido. Lo tendremos agarrado por el cuello y podrás soltarlo. Minutos después ya se habrá largado de la isla y no volverá nunca. Nosotros te seguiremos a distancia para asegurarnos de que todo sale bien. ¿Estás listo?

Tres whiskys después, iba al volante del Caprice Classic, y Blake me precedía. El otro inglés nos seguía en su coche. Nos metimos en un barrio de la parte vieja de Manama, que las autoridades habían abandonado a su suerte. Estaba habitado sobre todo por inmigrantes paquistaníes y algunas familias chiitas. Nos detuvimos a la entrada de un callejón sin salida mal iluminado. Blake se bajó del bólido para hablar conmigo.

—¿Ves esa casa vieja al final del callejón? Pues ahí está nuestro amigo. Hace un par de años que tiene por costumbre venir aquí cuando viene a Manama. Para entrar, sólo tienes que empujar la puerta de madera. Podríamos decir que es la entrada de los artistas. La puerta principal está en otra calle.

—¿Qué coño hace ahí?

—Ya lo verás. Es la sorpresa de la noche.

—¿Y sus guardias?

—No se les permite divertirse con él. Le esperan al otro lado, en su Mercedes. Es posible incluso que no conozcan este callejón. De todos modos, los vigilamos. Pase lo que pase, nos encargaremos de que no puedan intervenir. En cuanto a nuestro amigo, en principio está en la segunda planta. Y, desde luego, no se encuentra en condiciones de oponer resistencia alguna. Ahora te toca a ti, Frenchie.

Greene me tendió una minigrabadora.

—Aprietas ahí y no tienes que hacer nada más. En cuanto alguien habla, se pone a grabar. Y no hay nada de qué preocuparse: el príncipe habla bien inglés.

Un minuto después, estaba solo, adentrándome en el callejón, que apestaba a basura y meados de gato. Los coches de los ingleses estaban aparcados un poco más lejos. Por una vez, Blake se había abstenido de hacer zumbar el motor del Aston Martin.

De la casa llegaba el rumor de una música, pero ni un solo rayo de luz se filtraba a través de las persianas. Entré y encontré un largo pasillo iluminado en cada extremo por una vela sobre un platillo depositado en el suelo. La corriente de aire hizo vacilar las débiles llamas, y mi sombra se proyectó en el techo. La música venía del fondo del corredor. Esperé unos instantes antes de abrir la segunda puerta. Al otro lado había la misma iluminación parsimoniosa. Alumbraba un teatro de sombras. En el centro de la habitación, cuyo suelo y paredes estaban revestidos de una alfombra y tapices de color marrón, unas siluetas se meneaban con indolencia al ritmo de las notas de violines y de una voz que maullaba *habibi, habibi, habibi.* Alrededor se distinguía un círculo de recámaras separadas por pesadas colgaduras rojas; cada una constaba de un catre y de una mesa baja de cobre. Se adivinaba a una pareja abrazada, más allá a un fantasma solitario sentado, prolongado por el serpentín de un narguile que impregnaba de un aroma a manzana el aire ya saturado de efluvios de marihuana, café turco y pachulí.

Una criatura me rozó, luego se volvió para mirarme fijamente, bastante sorprendida. La sombra negra de maquillaje sobre las cejas recargadas de *khol*, que se deslizaba bajo el párpado envolviéndolo en gris humo y que alargaba con máscara las pestañas demasiado largas, y el rotundo pintalabios rojo casi incandescente que rebasaba torpemente los labios, no conseguían envejecerla. Tampoco lo conseguía la larga melena negra, entreverada con destellos de pavesas rojas, y que, completamente suelta, caía sobre una blusa de lamé. Tendría trece o catorce años, la edad de mi hija. Habían querido darle la gracia de una gacela y le habían enseñado a balancearse como una bailarina en un cuadro de Degas. La habían rociado de un perfume dulzón, y por sus brazos desnudos trepaban brazaletes dorados. Se había procurado respetar la ambigüedad. No tenía pecho, ni asomo siquiera. Más abajo, unos pantalones exageradamente ajustados, también de lamé, revelaban que la adolescente era un muchacho.

Una puerta se abrió al fondo de la sala, y un mocetón alto y barbudo, vestido con una *disdacha* beis que le ceñía una barriga prominente, se precipitó en mi dirección. Era sin duda el encargado del burdel o uno de sus secuaces. Fue bastante amable pese a su aspecto enfurruñado.

—*Sorry, Sir, very sorry. Only for special people.*

Me invitó a salir multiplicando las sonrisas, que se congelaban en muecas. Le seguí a través de otro pasillo mucho más largo, iluminado asimismo por velas. A medio pasillo, una cortina colgaba de forma extraña del techo. Tiré de la tela y apareció ante mí una escalera que conducía a la planta superior.

—Ahí es adonde voy.

—*No, Sir. Not possible. Only for special people.*

—Yo formo parte de la *special people.* Dirijo a la policía del príncipe heredero. Mire mi placa: me da derecho a entrar en todas partes.

—*Not here, Sir. Sorry. Very sorry.*

El barbudo había saltado sobre el segundo escalón para intentar cortarme el paso. Sólo tuve que trincarlo por el cuello y dejarme caer con brusquedad haciendo uso de todo mi peso para hacerle perder el equilibrio. Pasó por encima de mi hombro. No me habría gustado estar en el lugar de sus vértebras cuando se desplomó pesadamente sobre el suelo, golpeándose el mentón contra la pared del pasillo.

—Cada uno a lo suyo. Lo tuyo es ocuparte de los críos. Lo mío, ocuparme de las bolas de sebo como tú. ¿Ves?, me lo paso bien. Y no he acabado.

Me saqué la Beretta de la americana y, tras torcerle la cabeza sin mucha delicadeza para obligarle a mirarme, le pegué el cañón justo debajo de la oreja, ahí donde duele.

—¿Me dices dónde puedo encontrar al príncipe Moktar?

Farfulló unas palabras que tuve que hacerle repetir varias veces para entenderlas. Luego saqué un par de esposas para sujetarlo a la baranda de la escalera, recomendándole que gritara bien fuerte si quería recibir unas cuantas balas en la panza. A continuación subí por los escalones de madera, que crujían horriblemente. Fui derecho a la segunda planta que, en realidad, consistía en un solo apartamento. El príncipe debía de sentirse seguro, y hasta confiado, porque la puerta ni siquiera estaba cerrada con llave. Al entrar me encontré ante un salón oriental con una barra. La sala contigua era un cuarto iluminado por una media docena de candelabros. No había nadie sobre la enorme cama, que aún no estaba deshecha. A unos metros, separado por un biombo de inspiración china o japonesa, había un *jacuzzi* de porcelana con formas rococó y grifos chapados en oro. Allí encontré al príncipe, medio sumergido con una copa de vino en la mano. A su lado, una criatura vestida también de lamé y casi idéntica a aquella con la que me había cruzado en la planta baja, se ocupaba de lavarlo. Moktar era gigantesco. Tendría unos sesenta años, o quizá menos, pues su rostro lo envejecía: tenía una perilla cortada en punta, el cabello corto y muy negro, probablemente teñido, mofletes caídos, una nariz poderosa acorde con un fuerte mentón, y párpados que debían de pesar unos cuatro kilos y medio cada uno, pues le costaba levantarlos, si bien se entreveían sus grandes ojos redondos. Tenía los hombros velludos, y me recordaba un animal antediluviano al que un guión de ciencia ficción había hecho renacer en una bañera.

—Un espectáculo conmovedor.

Contaba con que el príncipe desfalleciera de miedo, pero no lo hizo. Se limitó a inclinar la cabeza, sorprendido, y a mirarme intensamente. La luz era muy difusa para percibir la expresión de su rostro, pero me pareció que trataba de dar un nombre al intruso que era yo. Vio el arma que pendía de mi brazo. Un poco tembloroso, dejó la copa sobre el reborde de la pila. En cambio, el travestí estaba paralizado de terror.

—Sal de ahí y vístete.

Moktar sólo obedeció cuando vio que la Beretta le apuntaba. A duras penas, sacó su inmenso cuerpo chorreante del *jacuzzi*. El príncipe quiso pasar detrás del biombo, pero le disuadí de hacerlo. Con el cañón de la Beretta, señalé su *disdacha* blanca, que estaba sobre un banco junto a su *keffieh*.

—Date prisa.

Dos minutos después, le hice bajar por la escalera, al pie de la cual volví a encontrar al gordo barbudo, que seguía sujeto a la baranda, paralizado de miedo. Le quité las esposas, le ordené que se marchara a su casa por la puerta de atrás y le amenacé con causarle graves problemas si avisaba a los guardias del príncipe. Empujando a éste por delante, le hice pasar a toda prisa a la sala grande, donde nadie tuvo tiempo de prestarnos atención. Diez segundos después, estábamos en el callejón. En el maletero de mi coche encontré el *kit* completo del pequeño secuestrador —pasamontañas, mordaza, cuerdas y esposas—, que el comandante Greene había dejado. El príncipe Moktar se resistió un poco a subir al coche, puesto que antes le había vendado los ojos y le había atado las manos, pero no hay nada que no pueda conseguirse apoyando con firmeza el cañón de una pipa contra una oreja.

Apenas si había arrancado, cuando el Aston Martin de Blake apareció en mi retrovisor. Me seguía a mucha distancia. Con la excusa de escoltarme, me vigilaba y no sin razón. Cruzamos a una velocidad récord la ciudad muerta a aquellas horas de la noche, apurando los semáforos rojos. Cuando llegué a la autopista de Budaya, supe que no iría al gran puente para hacer hablar al príncipe. Aun así, hice como si fuera a dirigirme allí pero, en vez de tomar la pequeña bifurcación que conducía a la obra de ingeniería, aceleré y seguí por la autopista que conducía a Arabia Saudí. Poco después sonaba el móvil. Era Blake, que debía de estar preocupado por la dirección que había tomado. Me abstuve de responder y forcé el motor al máximo. No cabía duda de que él disponía de los medios para adelantarme y cortarme el camino, pero, como no podía aparecer abiertamente en esta historia, no se atrevería a hacerlo. El teléfono siguió sonando hasta el puesto fronterizo, al que llegué diez minutos después. No tuve que dar a conocer mi identidad. Los policías que dormitaban tanto a un lado como al otro me dejaron pasar sin siquiera mirarme.

Eran poco más de las cinco de la madrugada cuando pasé por Dharan. Las antorchas de los campos petrolíferos iluminaban lo que restaba de la noche, velando el primer resplandor gris que anunciaba el alba. La carretera ya estaba llena de monstruosos camiones cisterna gigantescos que corrían como condenados, dispuestos a aplastar los raros coches que quisieran adelantarlos. Hasta los todoterrenos parecían pequeñitos. El viento había amainado, pero aún se veían remolinos de polvo pardusco que se levantaban, cruzaban la calzada, golpeaban con fuerza sin conseguir hacerlos frenar y proseguían luego su camino hacia un espantoso horizonte vacío, sin un triste árbol, que el resplandeciente puño del sol hacía vibrar con los primeros rayos. El día prometía ser más caluroso que los anteriores. A menos que el *tauz* regresara.

Tomé la bifurcación que llevaba a las tiendas y llamé al diputado Bouquerot. Su voz indicaba que había tenido una noche bastante agitada, seguramente empinando el codo. Me confirmó que el dinero estaba listo y que una persona de confianza me esperaría pronto en la frontera.

Por el momento no quería acercarme al campamento por temor a que el ruido del motor despertara a los palafreneros que dormían allí. Buscaba una pista en mal estado que lo rodeaba y que ya había visto en otra ocasión. Al final la encontré y, gracias al sol, que empezaba a hacer sangrar la arena desnuda, pude rehacer el camino que había seguido con Majd al Chams y que conducía al palmeral enterrado por la arena. La lluvia había sido clemente con el desierto. La arena todavía estaba dura, pero conduje con cuidado para evitar los baches. Pasó una hora antes de poder divisar las palmeras; a tanta distancia parecían pinceles usados inservibles. El móvil volvió a sonar, de modo que lo apagué. Pensaba en la cara que se le debía de haber puesto a Blake y me preguntaba si habría avisado a Matthews. Había organizado la operación a sus espaldas e iba a encontrarse en una situación de lo más embarazosa, lo cual no me disgustaba.

Una vez llegamos al palmeral, detuve el Chevrolet cerca del viejo pozo. A continuación le ordené a Moktar que descendiera sin quitarle la venda de los ojos. Clavándole el cañón de la Beretta en sus carnes lo empujé hasta un tronco delgado, al que lo até. Se dejó hacer, aunque gruñó cuando apreté la cuerda alrededor del árbol. Sudaba mucho pese a que el aire todavía era fresco, aunque yo tampoco esperaba que se mostrara tan valeroso.

De súbito sentí vergüenza por lo que estaba haciendo y también empecé a sudar la gota gorda. Esta vez había pasado al otro lado de verdad, a la zona gris, donde el bien y el mal se acaban encontrando, donde se borran las fronteras porque para defender a uno, servimos a otro. Ahora acosaba al mal con las armas del mal, el secuestro, la ausencia de reglas y la violencia impune. Y la cosa no terminaba ahí, ya que lo peor estaba por venir. Era como si la conciencia ya no pudiera irrigar el cerebro, que sólo obedecía a impulsos y a algunos mecanismos. En todo Oriente se dice que las noches están preñadas de los días. Lo que había averiguado esa última noche, me había empujado a volver aquí, a este extremo del mundo, a este último puerto medio enterrado bajo las arenas, a lo largo y ancho del cual se aventuraban las jaurías más crueles, procedentes del otro mundo. No las veíamos, ni oíamos sus risas diabólicas, ni el viento traía su olor, ese olor de carroña que anuncia su llegada. Pero seguramente no andaban muy lejos. Bastaría con pinchar al prisionero con la navaja Bowie para atraerlas hasta allí.

El valor del príncipe Moktar se derrumbó del todo cuando le dije que no estábamos solos y que estaba dispuesto a abandonarlo allí si no hablaba.

—¿Conoces a Azrael, el ángel de la muerte? Sabes que reina sobre las fuerzas oscuras del mundo. Tú le has servido. ¿Le has disgustado demostrando ser más demoníaco que él? Aunque poco importa, porque ha decidido que ha llegado tu hora. Ha decidido enviarte a la más repugnante, más pestilente, más aterradora de sus criaturas. No tardarán en llegar. Se acercarán poco a poco. Primero darán vueltas alrededor del palmeral. Luego irán cerrando más los círculos. Requerirá tiempo, una hora, dos horas, tres horas, pero sabrás a qué distancia están por la intensidad de sus risas. Luego empezarán a girar en torno al

El Paraíso de las Perdedoras

árbol, riéndose cada vez más fuerte. Se acercarán a olerte. Cuando te muevas, huirán. Pero volverán. Y huirán otra vez. Lo harán varias veces, porque son temerosas. Quizá no lleguen a atacarte, o quizá sí... Quizá te encuentren antes, o quizá no te encuentren jamás.

Luego, sólo tuve que acercar la minigrabadora a su boca, que gritaba más que hablaba. Diez minutos después, ya lo sabía casi todo sobre la clínica y el destino que esperaba a las chicas a las que encerraban allí. Le hice decir su nombre al principio de la grabación para concederle la máxima autenticidad.

La historia era aún más abominable de lo que había podido imaginar. Tanto era así que estaba deseando subirme al coche y dejarlo allí, abandonarlo a las hienas y a su juicio sumario. Le hice una última pregunta y, como había hecho con las anteriores, grabé la respuesta. Llamé a Blake desde el móvil y me sorprendió que hubiera cobertura. Ésa era la magia del desierto, y la comunicación resultó ser perfecta. El escocés respondió gritando al primer tono y me colmó de injurias y preguntas.

—Ya vale, Blake, se te debe de oír hasta Glasgow. Ahora escúchame sin interrumpirme. Todo marcha bien, nuestro hombre está vivo. Pero puede que no lo esté dentro de poco. Voy a abandonarlo en mitad de ninguna parte en compañía de sus amigas las hienas. Como me lo ha contado todo, le daré una oportunidad. Así que te voy a decir dónde encontrarlo, pero te comprometes, y vas a darme tu palabra de oficial, a hacer todo lo que yo te pida. No vamos a negociar, Blake. Es sí o no. Si quieres salvar a este buen hombre, ya puedes empezar a correr, porque no tienes ni un segundo que perder. Ni siquiera tienes tiempo para pensar. Lo que yo quiero a cambio es poder pasar otra vez la frontera tranquilamente y no tener a nadie pegado al culo durante las próximas veinticuatro horas.

—Demasiado tarde, Frenchie. Ya estoy harto de ti. Dime dónde está y quizá puedas salvar tu miserable pellejo. Pero no te lo aseguro...

—¿Eso significa que no? ¿Has pensado en el follón que se va a armar cuando se descubra que una manada de fieras se ha manducado al príncipe? Sin contar con que lo revelaré todo si me detienen, diré que fuiste tú, Blake, quien tuvo la idea del secuestro y que incluso me condujiste al burdel...

—Hijo de puta, ya me figuraba que no se podía confiar en ti...

—Blake, el tiempo apremia, ¿aceptas o lo envías todo a la mierda?

—Bien, cabrón. Tienes mi palabra. ¿Dónde está Moktar?

Instantes después ya había tomado en sentido inverso la pista que me había llevado hasta el antiguo palmeral. Al pasar a la altura del campamento del príncipe, algo se rompió en mi pecho al pensar que jamás volvería a ver a *Majd al Chams*, la Gloria del Sol. No podía respirar. Por suerte, por esa parte la pista empeoró y tuve que concentrarme para evitar meter el Chevrolet en un bache.

En el puesto fronterizo, un Range Rover me esperaba en el aparcamiento. Un saudí de unos cuarenta años, vestido con una *disdacha* negra que no chapurreaba ni una palabra de inglés, descargó cinco maletas y las llevó al maletero del Caprice Classic. Diez minutos después, ya había salido del reino y aceleraba en dirección a Manama. Durante el trayecto, Blake me llamó dos veces para pedirme direcciones precisas sobre cómo llegar al viejo palmar. Luego me llamó el diputado Bouquerot, que quería asegurarse de que el botín estaba ya en mi posesión. A pesar de todo, esperaba que me estuvieran siguiendo la pista tras haber cruzado la frontera, pero no vi ningún vehículo sospechoso en el retrovisor. ¿Blake realmente tenía palabra o esperaba volver a encontrarme en el minúsculo emirato? Me preguntaba cuál habría sido la reacción de Matthews y qué maquinaría desde su despacho. Decidí llamarle.

Como de costumbre, respondió al primer tono. Ya estaba al corriente de los últimos acontecimientos.

—Bonita jugada, me dijo de entrada. Por lo visto le he subestimado mucho. Quizá sea señal de que ha llegado el momento de jubilarme.

—¡Sería una lástima!

—Por una vez, ahórreme su penosa ironía. ¿Qué quiere?

—Tengo una grabación apasionante. ¿Quiere escucharla?

—¿Qué piensa hacer con ella?

—Tengo varios amigos periodistas en Francia y otros lugares. Estoy seguro de que las palabras del príncipe Moktar les interesarán...

—No lo dudo. Pero si me llama a mí antes que a ellos es porque antes desea negociar conmigo. Le escucho...

—Présteme a Blake y a su pareja de comandantes escoceses por unas horas y la grabación no saldrá de la isla.

—¿Para qué?

—¿Todavía no se lo imagina?

—Estimado policía francés, no es usted más que un golfo. Ha osado secuestrar a una personalidad saudí de primer plano, lo cual es un crimen, sobre todo en este país. Y como lo ha abandonado en mitad del desierto saudí, no se salva de una extradición, y le deseo una buena estancia en las cárceles de nuestro encantador vecino saudí. En cuanto a las revelaciones que hubiera podido hacerle su rehén, se le han arrancado bajo amenaza y carecen de valor jurídico alguno. Tanto mejor si se publican en su país, o incluso en otro, pero no irán muy lejos, se lo garantizo, porque ninguna prueba las avala. Y si se da el caso de que vengan a buscarlas aquí los periodistas, les impediremos la entrada. Dígame, ¿sigue pensando que está en posición de negociar? Pues corra al aeropuerto y enseguida: puede que no hayan incluido todavía su nombre en el fichero de personas buscadas.

—Está de broma, Matthews. ¿Quién va a denunciarme? ¿Moktar? ¿El jefe del burdel? Puede que Blake no se lo haya dicho todo. ¿Sabe que la idea del secuestro fue suya, que él mismo lo organizó y que yo solamente he llevado un poco más lejos su idea? Y aun así, ¡no querrá usted que lo cuente todo! De esto se podría deducir que no ha sido muy leal con sus amigos del otro lado del puente.

—Puede, señor Caminos, que no acabe usted en prisión. Acaban de pasarme una nota confidencial en la que pone que tres hombres procedentes, como usted dice, del otro lado del puente, ya le están buscando. Al final del día serán diez, o quizá veinte. Márchese, ya no puedo hacer nada por usted.

—Gracias, Matthews. Da gusto ver cómo controla todavía la situación en el país cuyo cuidado se le confió.

Algo más tarde llamé al único hombre que podía acudir en mi ayuda. Aceptó hablar conmigo, y recibirme después, pero puso unas condiciones. Eran humillantes, pero no tuve más remedio que aceptarlas.

Habían empezado los atascos en el centro de Manama, y tardé un cuarto de hora en aparcar en una callejuela del zoco, cerca de mi despacho. No quise volver al garaje del sótano de la finca por miedo a que ya estuviera vigilado. Aun cuando en los emiratos del Golfo la delincuencia era excepcional, tuve mis incertidumbres al dejar el Chevrolet lleno hasta los topes de maletas con dólares. El dinero no era mío, y hasta era dinero podrido, pero en un momento dado podía necesitarlo. La tienda de telas que buscaba no quedaba muy lejos. Compré un *kefen*, una mortaja de lino blanco inmaculada, de las usadas para envolver a los muertos antes de enterrarlos. Después volví a coger el coche, atajando por las calles estrechas del zoco para asegurarme de que no me siguieran.

Una vez fuera de la parte vieja, una larga avenida me condujo al puerto moderno. Dejando atrás el dique seco, un largo dique de hormigón llevaba a un pequeño embarcadero sobre pilotes. Algunas partes de éste tenían tablas sueltas, había una escalera en mal estado que descendía a un agua sucia, un banco con la pintura ajada y tres palmeras enjutas. Aquello era el culo del mundo, un lugar casi abandonado, al lado de un aparcamiento donde detuve el coche. Ni un alma aparte de algún que otro *dhou* que se divisaba a lo lejos y aprovechaba el día, que se anunciaba más tranquilo, y más caluroso también.

Me envolví con la mortaja, lo cual no fue nada fácil. Con la Bowie rasgué un buen trozo de la tela para poder pasar los pies y poder caminar. Era curioso convertirse en un espectro bajo un sol que ascendía y proclamaba al mundo que volvía a triunfar y que siempre lo haría. Por no hablar de la extraña impresión de sentirse vivo en la ropa de un muerto. Al fin y al cabo, jugar a ser un muerto viviente ilustraba bastante bien mi situación, pues Matthews me había demostrado que a partir de ahora podía tener los días contados. Me vinieron a la cabeza las imágenes de aquellos kamikazes palestinos que desfilaban por las calles de Gaza vestidos con sudarios para manifestar su adhesión definitiva a la muerte.

Descendí del coche y me dirigí al banco. La isla a la que quería llegar estaba justo delante de mí, a varios kilómetros, y debían de estar observándome con binoculares. Era minúscula y consistía en un palacio blanco y una mezquita pequeña, cuyo minarete apenas descollaba sobre las pocas palmeras que rodeaban el conjunto. No esperé más de una media hora antes de que un fueraborda se dirigiera zumbando hacia mí y atracara en el muelle de carga. Tres inmensos sijs, de unos treinta años con barba negra, y vestidos con pantalón y camisa caquis de manga corta, descendieron y se plantaron delante de mí. Llevaban grandes Smith & Wesson a la cintura y cubrían sus cabezas con unos magníficos turbantes rojo burdeos que hacían pensar que hubieran escapado de una película sobre el ejército de indio. Frente a ellos, me sentía tan ridículo como una momia olvidada por el encargado del atrezo. Intercambiaron tres palabras en una lengua que no conocía, mirando fijamente mi atuendo. Debió de gustarles, porque me invitaron a subir sin demora a la embarcación, cosa que hice no sin dificultad a causa de la tela, que me apretaba las piernas. Ninguno se ofreció a ayudarme.

A medida que nos aproximamos al palacio blanco, éste se reveló menos *kitsch* que los de los príncipes que vivían en la isla. Menos chantillí chorreando de las cornisas, menos merengue en los pináculos y las torretas, menos encaje en las arcadas del pórtico, es decir, en general no abundaban las ondulaciones. Se imponía como un edificio viril y copiaba en parte el estilo de una fortaleza con las cuatro torres que flanqueaban una gran cúpula que seguramente coronaba la sala de recepción.

Del desembarcadero al edificio principal no había más que una veintena de metros. Regado y cortado con la precisión de un relojero suizo, el césped era suntuoso y brillante, de un verde muy vivo con matices azures en la sombra. Los jardineros también eran sijs e iban vestidos de blanco, y tan impecablemente que aquello parecía un desfile de dentistas. El mayordomo, de librea blanca y oro, me recibió desde la augusta escalinata. Lo maravilloso de los países del Golfo era que uno accedía una y otra vez a mundos paralelos, como en la ciencia ficción.

Esperé pacientemente en un salón revestido de mármol blanco. Un beduino viejísimo, que acaso había conocido a Abraham y caminaba completamente descoyuntado, me trajo un café muy amargo, el que suele tomarse después de una defunción. Luego volvió el mayordomo y me acompañó hasta una sala apenas más pequeña que la terminal aérea del emirato, toda de mármol también, donde el único mobiliario consistía en divanes y mesas bajas doradas, cada una de las cuales con la inevitable caja de oro y plata para los pañuelos de papel. El príncipe Muqtadir ocupaba un diván de pasamanería de seda y oro, que podía parecerse al de Luis XIV reinterpretado y corregido al estilo fantasmón.

Muqtadir seguía siendo el mismo muchachote grande y gordo. Arrellanado en los mullidos almohadones del diván, su larga barba roja le llegaba hasta el ombligo. Iba con la misma *disdacha* grisácea y el *keffieh* a cuadros blancos y rojos. Se levantó con dificultades y nos saludamos con el ritual *salam aleikum* llevándonos la mano al corazón, pero sin dárnosla. No hizo comentario alguno sobre mi atavío, como si llevara un traje, y me invitó a sentarme delante de él. Agitó una minúscula campanilla dorada que parecía ridícula en su manaza, y un sij bajo y flacucho se precipitó hacia nosotros. Era el intérprete. Se quedó de pie detrás de él y empezó a traducir lo que el príncipe decía. Pero no traducía mis palabras, lo cual confirmaba que Muqtadir entendía perfectamente el inglés.

—Sé qué es la soledad. La he conocido toda mi vida. Se me impuso porque he querido hacer de este país un Estado realmente independiente y no esta especie de supermercado vigilado por mercenarios de la antigua potencia colonial con sus piscinas de *charmulas* y bares a los que acuden los camellos del desierto vecino como si de abrevaderos se tratara. Se me excluyó definitivamente de la política, gran palabra aquí para la palabrería de palacio, cuando intenté oponerme a la construcción del gran puente; pero era mi gran pasión. Yo no quería el puente porque iba a unirnos para siempre a Arabia Saudí. Y eso es lo que ocurrió. Así que mis queridos hermanos me condenaron a la soledad excluyéndome del poder. Al principio me costó convivir con el silencio de los palacios, pero me acostumbré. No le caigo bien, ¿verdad?, y aun así ha venido a verme porque también está solo.

—Quizá, sí.

—¿Por qué quizá? ¿Qué otra razón hay sino?

—Porque usted también me intriga. No se sabe en qué bando está.

—¿Y qué espera de mí?

—Mi misión de formación ha terminado. Ha terminado, pero no se ha rematado, porque me he creado demasiados enemigos para poder llevarla bien. Tendré que largarme de aquí muy pronto, lo más pronto posible. Pero antes tengo que acabar un trabajo…

—¿Por cuenta de mi hermano, el príncipe Mahmud?

—Por cuenta de nadie. Tiene que ver con el desierto vecino, como dice usted. Pero no estoy seguro de que esto le interese.

—Todo lo que tenga que ver con nuestros primos de al lado me interesa. Cuénteme…

—Es una larga historia…

—A nosotros, los árabes, cuanto más largas son las historias, más nos gustan. No me haga esperar…

Le hablé de mi investigación sobre la desaparición de Yasmina y dónde me había conducido. Le expliqué para qué se usaba la misteriosa clínica. Por la forma en que mi miró, comprendí que sabía que existía. No podía ser de otro modo, porque se mantenía al corriente de cuanto se tramaba en el emirato bajo la férula de su hermano. Pero ignoraba —y esto le interesó en sumo grado— que ahora la controlaban los hombres del príncipe Moktar.

—¿Para qué usan a las chicas? —me preguntó.

—¿A usted qué le parece?

—Es un patán sin escrúpulos que sólo obedece a sus...

El intérprete buscaba la manera de traducir la palabra árabe al inglés. Muqtadir lo hizo por él: «*depravities*» (bajezas). Prosiguió en árabe:

—No necesita a esas pobres chicas. Tiene más dinero del que hace falta para comprar princesas, reinas de belleza, todo lo mejor. Quizá quiera hacerlas esclavas y darlas a su guardia.

—Es más o menos eso, pero peor. Un *dhou* viene a recoger a esas chicas para llevarlas a la costa de Makram, en Pakistán. Desde allí las llevarán...

—¿... a los burdeles de Karachi?

—No, a los campamentos islamistas de la zona tribal paquistaní, seguramente a Uaziristán, y a Afganistán, a las zonas controladas por los guerrilleros de Osama Bin Laden. Aunque estos valientes guerreros sólo piensen en la *yihad*, no son por ello menos hombres. No tendrán ningún escrúpulo en hacerlas sus esclavas. Esas chicas representan todo lo que odian: no son musulmanas, algunas son hinduistas o budistas, religiones identificadas con el politeísmo, que para ellos es el colmo de la ignominia. Además, las chicas llevan una vida más o menos independiente: no llevan velo y han mantenido relaciones sexuales ilícitas.

El príncipe pelirrojo parecía atónito. Entonces me preguntó, esta vez directamente en inglés:

—No sé por qué hace esto. ¿Qué interés tiene? Al Qaeda considera que la monarquía que gobierna el Gran Desierto ha roto sus compromisos con el islam y es impía. ¿Acaso Moktar ha hecho un trato con la gente de Bin Laden?

—Eso me dijo cuando le interrogué.

—¿Qué trato?

—Como usted ha dicho, Al Qaeda acusa al poder real de haber malvendido la tierra santa de Arabia a los *cowboys* americanos. Sin embargo, la organización nunca ha preparado el menor atentado contra rey ni príncipe alguno, aunque sean más de cinco mil y constituyan objetivos bastante fáciles. Y más aún cuando se desplazan

El Paraíso de las Perdedoras   219

mucho a Europa, a Estados Unidos, a Egipto, a Marruecos o a otros lugares. Ése es el trato.

—Quiere decir que Moktar ha intercambiado a esas chicas por...

—La seguridad de los príncipes.

—Es vergonzante.

—Es poco decir.

—Y usted pretende oponerse a este trato. ¿Se cree un cruzado?

—Dejo esa ambición a los presidentes norteamericanos. Pero ¡eso qué más da! ¿Qué le parecería ayudarme?

El príncipe Muqtadir hizo una mueca que volvió a torcerle la boca. Dio unos golpecitos sobre el mármol de la mesa con aquellos dedos de uñas largas y bien cuidadas y prosiguió en árabe. Su voz era ronca y se percibía cierta irritación.

—Usted no es más que un policía cualquiera y un orgulloso, como todos los franceses. Para poder acercarse a mí sin que ordenara dispararle, se ha vestido con el *kefen*, la mortaja. También ha usurpado una de nuestras tradiciones más antiguas, la que hace posible el perdón. Y no lo ha hecho porque busque la reconciliación, sino porque me necesita para su venganza.

—¿Debo entender que no me ayudará?

—Voy a ayudarle. Un poquito. Y por una sola razón que le sorprenderá. Compartimos una misma pasión, ¿lo sabía?

—No creo.

—Usted esconde en el Gran Desierto un espléndido semental árabe. Verá, me informé sobre usted tras nuestro... primer encuentro. Seguramente sabrá que poseo algunos de los caballos más bellos del emirato y, por desgracia, ya no tengo fuerza para montarlos. Sí, voy a ayudarle. Porque además me han dicho que usted adora a su... se llama *Gloria del Sol*, ¿verdad?

—Sí. Me he resistido al deseo de verle una ultima vez antes de venir aquí.

—Debería haberlo hecho. Ahora, libere a esas muchachas si puede y, si no sabe dónde alojarlas, yo puedo ocuparme de ello. Y lo haré de manera que puedan regresar libremente a sus países. Pero búsquese a otro para ayudarle a sacarlas de su prisión. ¿Sabe?, si tengo una guardia compuesta únicamente de sijs, es porque no puedo confiar en nadie más. Si tuviera servidores árabes, desconfiaría de ellos, porque pensaría que mi hermano los ha sobornado.

—¿Y no puede pasar eso con los sijs?

—¡Con ellos no! Todos vienen de un mismo pueblo del Punjab. Se conocen todos. Pero aquí son extranjeros. Por eso no pueden prestarle ayuda. Se tolera que garanticen mi seguridad, pero nada más. Créame que lo lamento.

—Gracias de todos modos.

—Que Dios le proteja y le permita montar otra vez a *Majd al Chams*.

Esta vez me dio la mano. La misma lancha a motor me devolvió al desembarcadero. No me sorprendió del todo ver a Blake esperándome en su coche, aparcado bajo una palmera no muy lejos del mío.

—¿Te las das de peregrino de camino a la Meca, Frenchie? ¡Eres ridículo!

—Gracias, coronel Blake. Sabes lo sensible que soy a tus cumplidos.

—El viejo príncipe pelirrojo no te ha metido una bala de diamante entre los ojos, pero tampoco va a mover su meñique de oro macizo por ti. Odia a todo el mundo, empezando por él mismo, porque nunca ha tenido el valor para enfrentarse a su hermano.

—¿Y tú, Blake? ¿Cuándo tendrás el valor para emanciparte un poco del gran jefe Matthews?

—Déjame en paz, Frenchie. De todas maneras, no entiendes nada. Mira, ¿sabes quién está dispuesto seguramente a cerrar los ojos a la limpieza que planeas si la haces sin demasiados destrozos ni demasiado ruido y si, inmediatamente después, desapareces para siempre de este pequeño rincón del paraíso?

Dejé escapar un leve silbido de admiración.

—¿Qué le ha dado? De repente ha descubierto el sentido de la palabra humanidad.

—Frenchie, no estamos solos en el archipiélago. Empieza a contar...

—Hmm... Estáis vosotros, los *brits*, hipócritas como nadie; el pequeño emir que teme a la sombra de su perrito; el príncipe heredero, que se mantiene al margen; los fanáticos chiitas; los saudíes depravados y a sueldo de Al Qaeda... Ya está, ¿no?

—¿Y los que ocupan toda la parte sur de la isla? ¿Tan insignificantes son?

—¿Los americanos? Es verdad, faltan en la historia. ¿Cómo es que aún no les hemos oído?

—No por ello hay que pensar que no han captado nada con sus grandes orejas. Es cierto que confían plenamente en Matthews en lo que atañe a la seguridad en el archipiélago. Sólo que, si el asunto que has descubierto sale a la luz, se corre el peligro de que le pidan cuentas. No creo que les haga mucha gracia que se haya organizado un tráfico de mujeres con destino a las redes de Al Qaeda a pocos metros de su principal base aeronaval del Golfo. Si lo descubren, Matthews pagaría los platos rotos y se jubilaría antes de lo previsto. Por eso ha accedido a dejarte acabar el trabajo. Pero insisto: tiene que hacerse con discreción. Y por eso me ha permitido echarte una mano.

—¡Eso sí que es una sorpresa! Y además, una buena. ¿Cuándo empezamos?

—Esta noche. Hasta entonces, estate tranquilo. No vuelvas a poner los pies en tu despacho y no te acerques más a tu chica. No toques tampoco tu coche de material de chicle, porque puede que le hayan hecho una reparación. Déjalo aquí, que yo te llevaré a un buen sitio.

—Imposible, coronel Blake. Tengo todos mis ahorros en el maletero. He necesitado cinco maletas grandes, y no van a caber en tu cochecito deportivo.

Cuando vio que no bromeaba, el estupor se apoderó un poco más de las arrugas que atravesaban su rostro, transformándolas en trincheras de la guerra de 1914-1918, no muy lejos del Camino de las Damas.

—¿Insinúas que vas a quedarte con todo ese dinero?

—¿Qué dinero, coronel Blake? Estoy hablando de mis ahorritos.

—Más bien creo que se trata del dinero de un partido político francés. Yo que creía que te habías vuelto un hombre honesto.

—¿Te atreves a hablar de honestidad cuando escuchas mis conversaciones telefónicas?

—Normal, ¿no? Tú lo hiciste antes que yo. Eso te valió venir a parar aquí, ¿no?

—Un jefe de Estado me dio la orden de hacerlo, no una mierda de oficial jubilado.

—¿Y qué diferencia hay, Frenchie? Además, puede que aquí no sea legal, pero tampoco es ilegal, como bastantes otras cosas.

—¿Adónde quieres ir a parar, Blake?

—¡A ninguna parte! Sólo digo que creía que te habías vuelto...

—Sí, más honesto, ya lo has dicho.

—Más que eso: que te habías redimido del todo después de la desaparición de la niña. Esto demuestra que es fácil equivocarse.

—¿Y qué, Blake? ¿Eso qué cambia?

—Nada. Salvo que no es lo mismo formar equipo con un policía que no es puro.

—¿Por qué has venido, Blake? ¿Por el dinero?

—Creo que ya hemos hablado de eso. Pero no tienes por qué creerme. En todo caso, el dinero que cobro, lo meto en el banco o me lo gasto, pero no lo escondo en el maletero de mi cochecito deportivo, como dices.

Dejamos la conversación aquí. Me quité la mortaja y me vestí con mi ropa, salté dentro del coche y prometí al escocés que me reuniría con él en el 123, el bar donde me habían dado la paliza. Antes había insistido en encontrarnos en su casa, pero se negó. Le pregunté si era debido a la señora Blake. Asintió, pero después de vacilar un segundo y rascarse la nariz con el pulgar, lo cual para la mirada experta de un policía significaba que probablemente había mentido.

Antes de ir al 123, me pasé por el despacho. Aparqué el coche en una calle del zoco y me llevé dos maletas. Joseph estaba limpiando cuando entré. Parecía algo sorprendido de verme.

—¿Qué pasa, Joseph?

—Creo que usted se marchará pronto, sir.

—¿Quién te lo ha dicho?

—Han pasado por aquí unos tipos raros y han preguntado a los vigilantes del edificio si ya se había ido de la isla. Les han hecho más preguntas. Los vigilantes me han dicho que parecían malos y que llevaban unos trajes que no les iban bien, tal vez para esconder pistolas.

Su inglés seguía siendo poco comprensible y tuve que hacerle repetir varias veces antes de entender todo lo que quería decirme.

—Es verdad, Joseph, voy a tener que marcharme. ¿Sigues queriendo comprar una pequeña plantación de heveas en Kerala?

—Sí, sir. Pero si usted se va, nunca podré reunir el dinero necesario para...

—Toma una de las dos maletas, Joseph. Creo que habrá de sobra. Después, haz como si te fueras de vacaciones a tu casa, a la India, y no vuelas a poner los pies aquí. O, en todo caso, no lo hagas hasta dentro de unos cuantos años.

Tuve que insistir para que la aceptara. A continuación le pedí que me preparara un café. Me lo trajo con la maleta.

—Es demasiado dinero para mí, sir. No puedo aceptarlo.

—Te irá bien, Joseph. Vas a encontrarte sin trabajo, tendrás que cerrar el despacho, pagar algunas facturas...

—Aun así es demasiado, sir.

—Además, aún tengo que pedirte un favor.

Le enseñé la segunda maleta.

—Ésta es para Sounaïma. Irás a llevársela en cuanto puedas a su casa, no al hotel Sheraton. Te daré la dirección. Tendrás que insistir para que la acepte, porque puede que la rechace. También le dirás que me pondré en contacto con ella en cuanto pueda.

—Lo mejor será, sir, que le escriba una nota. Si no, seguramente me hará preguntas y no sabré qué responderle.

—Tienes razón, será lo mejor... Buena suerte, Joseph.

—Sir, déjeme al menos un número. ¿Puedo llamarle al móvil?

—Mejor que no. Intentaré localizarte después.

Fingí no darme cuenta de las dos lágrimas que se deslizaban por su rostro y me encerré en mi despacho. Utilicé la trituradora para deshacerme de algunos papeles, deslicé el casete del dictáfono en un bolsillo de la americana y la botella de whisky en el otro. Antes de salir, también hice una llamada al domicilio de Blake. Contestó la *housemaid*. Dije que quería hablar con la mujer del coronel, pero me respondió que la señora se había ido a Londres hacía unos meses. Pregunté si había alguien más en la casa. Obtuve por única respuesta un largo silencio y tuve que colgar.

Minutos más tarde estaba en la calle. Había preferido bajar por la escalera hasta el sótano, atravesar el garaje y salir por una puerta de servicio. Por las calles del zoco cambié varias veces de acera. Al parecer todavía no tenía a nadie en los talones. Volví al Chevrolet y me dirigí hacia el 123 bordeando la Cornisa.

Bajo un cielo encapotado, sostenido por las torres de los bancos que el dinero hacía crecer más y más, el pulso del Golfo latía débilmente. Apenas conseguía empujar las olitas, temerosas, sin fuerzas, sobre una orilla monótona de grandes rocas grises, amontonadas para domeñar tempestades ilusorias. Para que llegaran verdaderas olas a la costa, tenía que soplar el *bahri*, un viento procedente del mar de Omán y de más allá, del océano Índico. Éste traería la caballería de los aguaceros, una lluvia limpia, fuerte y tupida que caería abundantemente y enderezaría las palmeras después de haberlas tumbado y duchado para quitarles el lodo y peinar sus hirsutas cabelleras. Y así acabarían los largos días de polvaredas. El milagro del agua pura que volvería a caer lavaría el cielo, volvería a subirlo alto, muy alto, mucho más alto que las torres, hasta recuperar el azur de las primeras caravanas de primavera. El invierno del *tauz* llegaría a su fin. Y las hienas, hartas de sus risotadas diabólicas, regresarían a la inmensidad de ninguna parte. Pero mientras esperaba, nada anunciaba aún la nueva brisa. A menos, quizá, que el presagio fuera ese desgarro en el cielo embotado, que acababa de aparecer al sur y hacía cintilar a lo lejos las aguas oleosas del Golfo, luces cegadoras que perfilaba por partes un tablero de damas. Quizás, al fin, iba a empezar la partida. El viento negro contra una brisa diáfana. El barro y la arena pesada contra las lanzas claras y ligeras de las lluvias emboscadas.

¿Sería Blake un aliado fiel? Mientras conducía, no dejaba de pensar en ello. Seguramente sí. Aun cuando ocultara un aspecto de la verdad que yo buscaba desde el encuentro con Eschrat, la hermana de Yasmina, en aquella lengua de tierra arrinconada entre el mar y la autopista y que volvía a bordear. De todas maneras, no tenía alternativa. Lo necesitaba para eliminar la hidra de múltiples cabezas que se ocultaba en aquella clínica sin más nombre que el que le daban las raras personas que sabían de su existencia: El Paraíso de las Perdedoras.

En el 123, la misma anfitriona, vestida otra vez con una camiseta de tirantes, esta vez de color rosa caramelo, me abrió la puerta después de llamar con discreción. Fingió no reconocerme, y yo no mirarla más abajo de su barbilla cuadrada. En el salón contiguo al bar, allí donde me habían partido la cara, mi nuevo colega Blake me esperaba en compañía de los dos comandantes escoceses. Todos se habían disfrazado con las mismas chaquetas de *tweed*, que llevaban con vaqueros. Compartían la misma botella de whisky.

—¡Vaya! Debo haber bebido demasiado. En vez de un escocés, veo tres.

Evidentemente, mi broma no les hizo reír.

—Llegas tarde, Frenchie —dijo simplemente Blake.

—Disculpad. A mí también me hubiera gustado venir vestido con el traje típico, pero no encontré la gaita.

Hubo un profundo silencio, apenas roto por los cubitos de hielo que tintinaban en los vasos. Oportunamente, la camiseta de tirantes rosa vino a tomarme nota.

—Un Macallan triple de quince años. Pero sin hielo. Sobre todo no quiero enfriar esta cálida atmósfera. A propósito, os agradezco, muchachos, que me invitéis a sentarme.

A continuación les ofrecí mi paquete de Chesterfield. Blake vaciló, pero acabó cogiendo un cigarrillo, y sus dos acólitos enseguida lo imitaron. Entonces ya pudimos pasar a cosas más serias. Un comandante sacó de una cartera de cuero con las iniciales del regimiento escocés un mapa muy preciso de la isla, y su compadre, una hoja sobre la que diseñó un plan de ataque.

—Dentro de la clínica hay unos doce hombres, y nosotros sólo somos cuatro —anunció MacLeod.

—También existe el riesgo, si la cagamos, de que usen a las chicas como escudos —añadió Greene.

—Por eso no podemos permitirnos ni un sólo error. La organización del tiempo será determinante. El problema está en que el exceso de celo de nuestro amigo francés los ha puesto en alerta. Deben de haber reforzado la vigilancia —prosiguió Blake.

Yo no tenía nada que responder. Los tres escoceses ya habían preparado minuciosamente nuestro futuro ataque. Lo sabían todo sobre el funcionamiento de El Paraíso de las Perdedoras, en particular sobre las idas y venidas de los guardas. Seguramente contaban con un espía entre el exiguo personal. Yo no tenía nada que objetar; eran auténticos profesionales, formados en la escuela del SAS, la mejor unidad de elite del mundo. Repetimos veinte veces el plan que habían elaborado. Yo metí un poco de baza, sólo para recordarles que participaba en la jugada. En realidad, se habían hecho cargo de la operación al completo, cuando sólo tenían que respaldarme. Cuando mi vaso estuvo vacío, Blake me pasó la botella, pero sin servirme. Quizás ése fue el único error que cometió al preparar la misión: no esperaba que me sirviera un vaso lleno como el anterior y, al ver que sí, frunció las cejas hasta la raíz de su pelambrera. Su estupor se desvaneció al sonar un móvil. Era el mío. Al otro extremo estaba el diputado Bouquerot, que esta vez ya no susurraba.

—¿Qué coño está haciendo? No nos llamó como habíamos quedado. ¿El dinero está ya en un banco?

—Cálmese, que seguramente no estamos solos en la línea. Todo va bien. Pasado mañana, cuando caiga la noche, pase por mi despacho. Y de aquí a entonces, no vuelva a llamarme.

Blake, que lo había oído, me miraba con fiereza.

—Te estás buscando buenos follones, Frenchie. Te recuerdo que mañana o pasado mañana estarás en un avión y que tendrás que justificar en la aduana tus maletas de dinero...

—Todavía no me han echado ni he dimitido de mis funciones. Vamos, dime, ¿desde cuándo en el Golfo se hurga en los asuntos de un policía extranjero que trabaja para la familia reinante?

Se batió en retirada farfullando «bueno, bueno, ya veremos» y demás. El mediodía avanzaba lentamente o, en todo caso, menos deprisa de lo que descendía el nivel de la botella, aun cuando un comandante o el otro tenía cuidado en las dosis que me servía. Poco antes de caer la noche nos dirigimos a la clínica a bordo de dos coches, un minibús Mitsubishi y un todoterreno Cherokee, ambos sin placa de matrícula.

Respetando los procedimientos habituales, dimos un gran rodeo antes de llegar a la carretera sinuosa que conducía al El Paraíso de las Perdedoras. Los *brits* habían localizado bien los lugares: escondieron el Mitsubishi detrás de un bosquecillo de flamboyanes, y el Cherokee en una brecha abierta en un bosque de bambúes que conducía a un yacimiento arqueológico donde un equipo danés realizaba excavaciones muy de vez en cuando. Antes de adentrarnos a pie en la oscuridad, nos cambiamos: nos quitamos la ropa europea y nos vestimos con unos *chalwar kamiz*, debajo de los cuales nos pusimos chalecos antibalas. A continuación nos enfundamos unos pasamontañas. Los tres hombres del CID se pertrecharon también de *walkie-talkies*, linternas y gafas de visión nocturna. Aparte de las armas personales, contaban con un lindo arsenal que les permitiría luchar tanto de cerca como de lejos. Como si todavía desconfiaran de mí, sólo me ofrecieron un silenciador para la Beretta. Después de la mala pasada que les había jugado al secuestrar a Moktar en las narices de Blake, no podía echárselo en cara.

Los dos comandantes sacaron un cable de acero, que transportaron varios cientos de metros antes de tensarlo en medio del camino y fijar ambos extremos a un par de eucaliptos que se erguían a cada lado. Luego tocaron con la punta de los dedos enguantados el hombro de Blake y, sin decir palabra, desaparecieron tras la cortina de bambúes. El oficial ni siquiera se volvió y siguió adelante con una pistola ametralladora Scorpion en bandolera, una enorme Colt atravesada sobre el pecho y un largo puñal a la cintura. El chaleco antibalas le hacía aún más fornido y le hacía parecer un barril de oporto sobre dos grandes patas. Yo le seguía a unos metros, por el otro lado del camino. El viento hacía estremecer el ramaje de las palmeras, convertidas en grandes sombras móviles en la noche cerrada.

Caminamos varios minutos antes de encontrar la entrada al edificio. Con sus gafas de infrarrojos, Blake escudriñaba la oscuridad. Cuando me acerqué a él, me tocó a su vez el hombro, y luego dio un salto hasta el muro que rodeaba la propiedad. Me uní a él segundos después. Reptamos a lo largo del muro hasta la verja, cosa que yo hice a duras penas, echando pestes en silencio porque había envejecido, mientras que Blake, sin que al parecer le molestara el equipo, avanzaba a la velocidad de una tortuga a reacción. Nos tumbamos en la sombra.

La espera duró más de una hora. A las veinte horas en punto, la verja se abrió automáticamente antes de volver a cerrarse, el tiempo necesario para permitir que un Land Cruiser saliera del recinto. No pudimos ver al conductor, pero Blake sabía que era el cabrón al que yo apodaba Cuervo Morcón. Todas las noches, sobre la misma hora, regresaba al otro lado del puente para dormir.

El todoterreno pasó por delante de nosotros, y los faros atravesaron la oscuridad enmarañada del oasis de palmeras, bambúes en fila india, eucaliptos solitarios y espesos matorrales de tamariscos. Dos minutos después, cuando el silencio roto por el rugido del motor volvía a imponerse, oímos una especie de chirrido que la vegetación enseguida sofocó. Pasaron dos minutos más y el Land Cruiser estaba de vuelta delante de la verja. El claxon sonó largamente y apareció un guardia apuntando con un fusil automático. Reconoció el coche, pero los faros dirigidos sobre él le impedían ver al conductor. Se acercó, seguramente para preguntar al Cuervo Morcón por qué volvía. Dio tres pasos, ni uno más. Blake ya había saltado con el afilado puñal de comando en la mano. Los faros se apagaron dos segundos antes de que el oficial se abalanzara sobre su presa, a la que asestó una sola puñalada bajo el omoplato, amordazándola al mismo tiempo con la otra mano. Yo me lancé a mi vez hacia la verja que el vigilante había dejado entreabierta. Tuve la impresión de que al pisar la grava armaba un ruido tremendo, pero el zumbido del Land Cruiser lo tapaba de sobra.

Llegué a la verja en el instante en que el segundo vigilante, que tal vez sospechaba que ocurría algo anormal, asomaba la cabeza por la apertura. Nos descubrimos el uno al otro en el mismo momento. Pero para cuando me apuntó con el arma automática, yo ya había disparado. La bala de la Beretta se llevó por delante la cabeza y empapó de sangre su *keffieh* blanco.

Al minuto siguiente ya estábamos dentro. En el cadáver del vigilante había encontrado el mando eléctrico que abría la verja para dejar pasar al Land Cruiser. Entró muy despacio en el recinto, como si fuera a pisar una mina. Greene, que iba al volante, apagó los faros y el motor y desapareció en la oscuridad, seguido como una sombra por MacLeod, que había entrado con el Mitsubishi. En el minibús tenían el material necesario para asaltar el Pentágono.

Blake me había dado unas gafas de visión nocturna, que me permitieron distinguir el contorno de la clínica. Ésta consistía en un pequeño edificio moderno de una planta dividida por una franja de césped ondulante, y en una casa colonial blanca rodeada de soportales. Algunas ventanas del edificio principal estaban iluminadas, y algunas tenían barrotes, sobre todo las de la primera planta. Con un sólido golpe de mentón, Blake me indicó el pabellón aislado donde los postigos estaban retirados. Nos lanzamos hacia allí: él, cual desesperado comedor de cerillas, y yo, cual poli retirado y achacoso, despojado de su último aliento por las carretadas de cigarrillos que había fumado los últimos años. Empujamos una puerta, encontramos un pasillo, y luego una segunda puerta, delante de la cual se alineaban varios pares de botas. Las contamos antes de entrar con cuidado a aquella amplia sala casi vacía, salvo por un gran samovar y algunas mesas bajas.

Era la sala de descanso de los guardas; conté ocho, todos vestidos con *disdachas* cortas y cubiertos con *keffiehs* cuyos extremos caían sobre sus hombros; estaban sentados o tumbados sobre tapices de colores chillones, unos dormitando, otros bebiendo té mientras se hurgaban las uñas de los pies. Tenían barbas negras y espesas que les llegaban a las rodillas, la mirada alelada de quienes escuchan demasiadas buenas palabras, la frente un poco abollada por la repetición de oraciones, y la boca fea a fuerza de proferir anatemas. En pocas palabras, caras que desearíamos ver merodear más a menudo por nuestra casa a la hora del aperitivo para enseñarnos a evitar estragos. Sus armas, fusiles de asalto americanos M-16 y AK-47, estaban reunidas en un rincón de la sala y, aunque algunos lanzaran miradas en esa dirección, ni uno solo hizo amago de precipitarse hacia allí cuando al fin nos vieron. Los menos atontados quedaron más atontados y los que estaban completamente atontados abrieron las bocas (inmensas por la estupefacción) y las arrugas de sus frentes se acentuaron formando escalones.

Blake no les dejó reaccionar. Les increpó rápidamente en árabe al tiempo que les apuntaba. Las palabras sonaban como si escupiera piedra volcánica. Todos se levantaron y se alinearon contra la pared de espaldas a nosotros, con los hombros encorvados por la vergüenza de haberse dejado sorprender por dos infieles. Cogimos sus armas y les quitamos los cargadores, antes de romper a golpes de culata todas las bombillas y dejar sumida la pieza en la más absoluta oscuridad. Una vez fuera, Blake sólo necesitó breves minutos para enganchar a las dos puertas unos detonadores unidos a cargas explosivas. Repitió la operación con las ventanas. Parecía divertirse como un chaval que ha encontrado en el desván un baúl lleno de petardos.

—Es la mejor disuasión. Les he advertido que si intentan salir, todo volará por los aires.

A Blake le sentaba bien la acción: hacía al menos cinco minutos que no destrozaba ni una sola cerilla.

Greene y MacLeod habían entrado por el ala derecha del edificio principal en busca de otros guardias. Los vimos salir con tres hombres en *disdacha*. Los habían amordazado y esposado, retorciéndoles bien las manos a la espalda para enseñarles a rascarse los omoplatos. Habían registrado la planta baja del edificio, la parte donde se encontraba la cocina, algunas oficinas y el comedor del personal. Sin duda, aquellos *brits* trabajaban verdaderamente bien.

—Las chicas están ahí arriba, en la primera planta. Están solas; seguramente a los guardias no se les permite subir. Ya hemos forzado las puertas —murmuró Greene.

El comandante y su compadre desaparecieron en la oscuridad. Blake sacó un *walkie-talkie*. Apenas susurró una sílaba. Un minuto después, una ambulancia con todas las luces encendidas entró en el recinto. Un matasanos, otro inmenso grandullón con un cuerpo y un rostro esculpidos en mármol, salió del vehículo. Iba vestido con una larga bata blanca que le quedaba como una minifalda a una cebra. También llevaba un gorro negro de comando calado hasta las cejas. Cuando se lo retiró para ponerse un pasamontañas, se escaparon dos orejas grandes como setas atómicas plantadas debajo de un estricto corte al cepillo.

Desde el inicio de la operación, sólo habíamos intercambiado tres frases, como si se hubiera puesto de moda hablarse destornillándose el cuello, agitando el mentón, levantando las cejas o, si no había más remedio, tocándose el hombro con la palma de la mano.

Blake estiró su cuello de toro para indicar al matasanos que nos siguiera, y subimos de cuatro en cuatro los peldaños de la escalera enmoquetada que conducía al primer piso. A la luz de las linternas, vimos que los dos comandantes habían vuelto a hacer un buen trabajo al cizallar los dos candados que atrancaban una pesada puerta metálica. Blake entró el primero, seguido del médico, que llevaba un elegante maletín de piel entre sus manos grandes de estrangulador del East End. El pasillo, enmoquetado también, comunicaba con una hilera de habitaciones, todas con tragaluces con rejas recortados en las puertas. En la primera habitación, iluminada por lamparillas azuladas, se veían cuatro camas, de las cuales sólo una no estaba ocupada. Tres asiáticas dormían o daban esa impresión. Blake se apartó para dejar pasar al matasanos, que entró lo más silenciosamente posible, sobre la punta de sus botas. En cuanto la puerta volvió a quedar cerrada, Blake agitó el mentón para indicarme que fuera delante.

Debía de haber una sala reservada para las enfermeras y, seguramente, alguna de guardia. Después de pasar por cuatro habitaciones, encontré una puerta de dos batientes bajo la que se filtraba un rayo de luz. También se oía un televisor con el volumen alto que emitía una película en inglés. Empujé la puerta y entré con brusquedad, sobresaltando al hombre que estaba sentado delante de la pequeña pantalla. Le apunté con la linterna a los ojos, que, pese a la agresión luminosa, se mantuvieron abiertos de par en par, asustados, por un instante. Luego los párpados empezaron a abrirse y cerrarse frenéticamente, como las alas de un pato atrapado en las fauces de un cocodrilo. Como el televisor armaba jaleo —seguramente era una película de vídeo americana con petardeo a diestro y siniestro—, tuve que gritarle al oído:

—*You speak English? Who are you?*

Tuvo que tragar saliva seis veces antes de poder pronunciar una sola palabra:

—*Doctor.*

En efecto, la sala tenía el aspecto de un dispensario médico con estantes repletos de frascos, una cama y una báscula. Repitió tres veces la palabra «doctor» como si fuera la única que conocía. Quiso decirla otra vez, pero ya lo había agarrado por el escote de la camisa y lo lancé contra los estantes. Se estampó contra los frascos, que se pulverizaron y convirtieron su bata en una demostración para una nueva marca de lejía. Me picaban las falanges: el diablo había vuelto, así que debía tener cuidado de no dejarle ir muy lejos. Respiré tres veces para calmarme antes de arrastrar al supuesto médico por los pies y tirarlo junto a la cama.

Era una estaca de unos cuarenta años de piel cetrina, mejillas chupadas, frente abombada, nariz con forma de corazón de manzana y una espesa pelambrera cana sembrada de cristales en ese momento. A diferencia de los guardias, no tenía ni sombra de barba.

Esto acaso se debía al miedo que se leía en sus ojos como la W y la U en la consulta de un oculista, pero no parecía demasiado malo.

—Si de verdad eres médico, dime qué coño haces en un sitio de mierda como éste.

Seguía sin poder hablar, y su glotis prominente subía y bajaba sin parar a la velocidad de un ascensor a lo largo de su cuello delgado. Volvían a dolerme los dedos. Él también debió de notarlo y debió de temer que volviera a lanzarlo a través de la sala, porque descargó de golpe un raudal de palabras.

—Yo doctor. Sólo trabajar aquí. No hacer daño a chicas. Yo sólo ayudarlas para los niños. Yo muy amable con ellas.

—Ok, amable doctor, ¿tú venir de dónde?

—Yo de Karachi. Yo sin trabajo en Pakistán. Yo buen doctor. Así que venir aquí.

—Por descontado. Tú inocente como los niños a los que ayudas a nacer. ¿Tú nunca leer un trozo de papel que se llama juramento hipocrático? Éste dice que un médico jamás debe hacer cosas contrarias a la dignidad de una persona privada de libertad ni justificarlas con su presencia. Haciendo lo que tú haces, le escupes a la cara a Hipócrates.

Me miró como si le hablara de física cuántica en hebreo. Quizás el viejo Hipócrates también pertenecía a una especie desaparecida, una de esas que profesaban el amor de la humanidad y no entraban en las categorías mentales de las cabezas fanáticamente perturbadas de los salafistas saudíes y tampoco en las de quienes curraban para ellos entre serie americana y serie americana. Me picaban los puños, pero conseguí apartarme del doctor para coger una silla de la sala, que me sirvió para destrozar la pantalla del aparato de televisión, donde unos polis y unos delincuentes seguían acribillándose a tiros.

Los televisores a color no cambiaban nada; la vida seguía mostrándose en blanco y negro con los cabrones y los justos, los cobardes y los valientes, las hienas y las ovejas descarriadas y luego, entre los dos, la manada gris de quienes nunca veían nada o no querían ver nada y de quienes decían «¡Ah, es que no lo sabíamos!», aprovechando la situación. El médico pertenecía a esta última especie; en todo caso, yo lo había catalogado como tal sin darle tiempo de defenderse.

—Doctor, ¿te acuerdas de Yasmina?

Me miró fijamente, tratando de comprender lo que le decía.

—Una chica que estuvo aquí hace unos días y a la que encontraron ahogada.

Esta vez el matasanos asintió inclinando la cabeza antes de bajar la vista.

Como faltaba tiempo para interrogarlo más, lo hice levantarse y lo empujé al pasillo, donde Blake y el coloso habían empezado a agrupar a las chicas, cerca de una docena, que se apretaban las unas a las otras como siamesas. Dos de ellas llevaban niños de pecho. Ninguna sabía qué estaba pasando. Todas estaban demasiado asustadas para hacer preguntas o para gritar, y algunas parecían esconderse tras sus grandes barrigas. Todas iban vestidas igual, con una larga bata a rayas verticales rojas, amarillas y marrones, la misma que debía de llevar Yasmina al escapar. Unas llevaban petates de colores, otras bolsas de mala calidad fabricadas en China o en el sureste asiático. No tardaron en darse cuenta de que habíamos ido a liberarlas y algunas, las más rápidas, empezaron a meter prisa a las más lentas mientras el grandullón, que les sacaba varias cabezas, les repetía en inglés que no se alarmaran. Al bajar la escalera, un niño se echó a llorar, y fue como si la humanidad resucitara, como si las lágrimas del recién nacido fueran un ramo ofrendado a la noche para pedirle protección, un canto para decir que no todo estaba jodido, que la rosa de la vida estaba dispuesta a crecer todavía entre los bosques quemados.

Blake rompió el encanto cuando llegamos al patio. Con un golpe de mentón que venía a decir «¿Quién es ése?», señaló a mi prisionero.

—Es el médico de la guardia de noche. Seguro que sabe qué le pasó a Yasmina.

Blake rompió el silencio que se había impuesto y, a través del pasamontañas, gruñó en un tono apenas perceptible:

—Frenchie, ése no es el objetivo de la operación. Lo que éste nos diga no la hará regresar. Dale un par de hostias si crees que se ha portado mal y larguémonos cuanto antes.

—¡Hay que averiguarlo, Blake! Además, por culpa de canallas como él existen clínicas como ésta.

—Nos largamos ahora mismo, Frenchie, ¿no lo entiendes?

—Vale, pero nos lo llevamos.

—Ni hablar. No vamos a cargar con él.

—Pero podrá decirnos...

No había acabado la frase cuando la enorme mano de Blake me agarró el brazo derecho, el que sostenía la Beretta, y lo dobló sobre la espalda con mala intención, tirando hacia el omoplato, al límite de fracturarlo. Parecía que un elefante africano se hubiera sentado sobre mi hombro y tenía la impresión de que mis músculos restallaban uno tras otro. El dolor me hizo soltar el arma.

—Ya basta, Frenchie. Ya me has causado bastantes problemas. Tu matasanos se quedará aquí tranquilamente.

Asentí con un movimiento de cabeza. Blake me soltó y me dejó recoger la pistola. No me quitó los ojos de encima ni un segundo, como si ahora formara parte del bando contrario. El escocés no sólo estaba nervioso, estaba bajo tensión y diez mil voltios circulaban sobre su piel, haciendo palpitar frenéticamente un nervio bajo su párpado izquierdo. Si me hubiera resistido, aunque sólo fuera un poco, no habría vacilado en romperme el brazo. Al volver la cabeza, vi que se sacaba del bolsillo una cuerda mientas empujaba al médico paquistaní hacia el edificio.

En el patio, el médico cubierto con pasamontañas llevó a las mujeres hacia el minibús, excepto a dos, a las que instaló en la ambulancia porque el embarazo estaba muy avanzado. Ésta fue la primera en irse, con todas las luces encendidas y un tipo con la cara tapada al volante. El minibús, en el cual iba el médico, arrancó segundos después. En un primer momento, conduciría a las cautivas a una clínica privada en la que el príncipe Muqtadir tenía intereses y donde les habían reservado habitaciones. Permanecerían allí el tiempo necesario antes de regresar a sus países. Blake y sus colegas las interrogarían más adelante por si tenían información que pudiera interesarles, cosa bastante improbable.

Yo me preguntaba qué había sido de los dos comandantes. Seguramente estarían revolviendo la clínica en busca de sus secretos. ¿O se habían ocultado en la oscuridad? ¿Y Blake? ¿Qué coño estaba haciendo?

Oí ruido de motores alejándose en la oscuridad: rozó el silencio, lo perforó como con la punta de un cuchillo, se deslizó y se disolvió poco a poco hasta ser un leve rumor y, para que el ruido de mis zapatos sobre la grava del camino lo absorbiera por completo, tuvieron que pasar varios minutos. Una gran sensación de soledad me asaltó, la sentía sobre mi nuca y mis hombros como un saco de cemento caído del cielo y notaba el peso hasta las rodillas. Una suerte de vejez surgió de lo desconocido. Pero la misión había acabado bien: las chicas estaban libres y Moktar había sido expulsado del archipiélago. Aun así, un sentimiento de derrota me apretaba el vientre. Habíamos ganado, pero yo había perdido. Me hallaba en el patio de la clínica maldita y no me hallaba en ninguna parte. Había salvado a aquellas chicas, pero había fallado con aquella a la que tenía que haber encontrado. Me preguntaba qué había hecho Yasmina para escapar de El Paraíso de las Perdedoras y cómo, una vez libre, con esa libertad ilusoria que se reducía a los cuatro rincones de la noche, las cuatro esquinas del ring de la noche, la habían llevado a preferir el salto sin fin del otro lado de las cuerdas. El gran adiós.

Si Yasmina temía que su familia la rechazara, si no quería volver a aparecer humillada hasta ese punto y magullada ante su hermana, ¿por qué no había intentado ponerse en contacto con Jehan, que había sido su amiga y con la que se había encontrado poco antes de su desaparición? Y más aún cuando ésta había pasado por el mismo martirio. Habría querido preguntar al matasanos en qué estado había llegado la joven a la maternidad y qué había hecho para huir, si es que había huido, pero Blake no había querido que nos lo lleváramos.

—Tu alucinas, Frenchie, no es el momento más oportuno —dijo el escocés, que había aparecido por detrás de mí, flanqueado por sus dos comandantes.

—No, sólo me preguntaba por qué has estado a punto de romperme el brazo hace unos diez minutos.

—Siempre exageras. Sin contar con que podemos estar algo nerviosos, ¿no? De todos modos, hay que largarse.

—De acuerdo, vámonos. ¿Qué hacemos con los prisioneros?

—Los dejamos donde están. Sólo nos llevaremos los detonadores de las cargas explosivas sin decírselo. Así, puede que se pudran ahí unas veinticuatro o cuarenta y ocho horas antes de intentar salir. ¿Alguna objeción?

—Ninguna, coronel Blake. Descubrimos una prisión clandestina, un tráfico de mujeres, una red de secuestro de recién nacidos, una banda de cabrones de primer orden secuaces de Bin Laden y a Al Qaeda, y ¿qué hacemos?: un poco de limpieza y nos abrimos. No, ninguna objeción.

—Frenchie querido, no digas gilipolleces. Tú sabes muy bien que si sólo dependiera de mí, habríamos venido con bidones de gasolina para prenderle fuego a esta mierda de clínica, incluida la sala donde están encerrados todos esos cabrones. Pero no estamos en nuestro país, ¿lo pillas? Obedecemos órdenes. Y las órdenes de Matthews son: cerrad esa puta cárcel y liberad a las chicas sin hacer ruido, sin meter follón. Y eso que hemos freído a tiros a dos, cuando se nos pidió que lo evitáramos a toda costa. Joder, ya hemos hecho bastante. Tú sabes cómo son esos pequeños emires: avanzan pisando huevos porque tienen miedo de su propia sombra. Los acojona todo el mundo: Al Qaeda, los saudíes, los chiitas, los iraníes, los iraquíes, los americanos... Y Matthews hace lo que puede con todo esto.

—Ya, Blake. Deja de decir gilipolleces, que te sofocas. Larguémonos de aquí.

Instantes después estábamos todos en el Cherokee. Greene había vuelto a coger el volante, MacLeod me miraba de reojo desde el asiento delantero como si fuera a sacar de un momento a otro una garrafa de *scotch* y bebérmela a la chita callando, y el viejo Blake miraba con intensidad la pantalla negra de la noche por si se le fuera a ocurrir inventar el Technicolor. Se habían quitado los pasamontañas y, de repente, me pareció que tenían cabeza de bárbaros. Todos me ocultaban una parte de la historia y, como sabían que lo sabía, esto no solucionaba el problema de comunicación entre nosotros.

Una vez en la carretera de Budaya, Blake me informó de que iban a dejarme en mi casa. Tendría un día por delante para preparar las maletas, y volvería a recogerme al día siguiente para llevarme al aeropuerto.

—¿Algunas objeción? —me preguntó por segunda vez

—¡Sí, una objeción! Necesito mi coche para ir mañana a mi despacho, al banco y para hacer cuatro cosas antes de marcharme. Dejadme en el aparcamiento donde está aparcado.

—Ten cuidado. Los esbirros de Moktar te están buscando. ¿Quieres que MacLeod te acompañe?

—No especialmente.

Cogí del maletero del Caprice Classic dos de las tres últimas maletas de dólares y las llevé hasta el Cherokee bajo la mirada asombrada de Blake y de sus colegas.

—Es para las chicas. Dádselo. Y no os preocupéis, que todavía tengo suficiente para mí. No os lo bebáis por el camino. Adiós.

Estaba cansado, pero no lo suficiente para volver a mi casa. Si sólo me quedaba un día en el archipiélago, tenía que regresar al gran puente.

13

Me detuve en el lugar preciso del que ella había saltado. Apagué el motor y me fumé un cigarrillo antes de salir. Fuera, ni un sólo ruido, apenas el murmullo sedoso de las olitas que se dejaban arrastrar hasta la orilla. Con los codos apoyados en la balaustrada, esperé mucho tiempo, seguramente más de una hora, quizá dos, con los ojos puestos en las luces de la costa. El *tauz* descansaba, recuperaba fuerzas, rascaba los *ergs* y los *uadis*, volvía a formar sus batallones de arena pesada, reclutados en los lugares vacíos del mundo y, pronto, sus primeros batidores avanzarían hasta el archipiélago para iniciar lo que al parecer serían los últimos días de la ofensiva. Poco después llegaría el calor. Recargaría de humedad el peso de los días durante la primavera, los aplastaría a partir de los lindes del verano, destructor de colores, de fragancias, de la danza desenfrenada de las palmeras y de la giga imprecisa de los *butres*, y a su paso los petrificaría a todos, a todas, como fantasmas de plomo cuando los ojos cegados por el aluvión de fuego alcanzaran a verlos a través de las brumas grises de un sueño canicular. Mientras esperaba, la noche se mostraba suave. Emanaba un olor a diésel y flores aplastadas, que se mezclaba con el frescor salado que venía del mar.

Presentí que vendría, aunque despacio, absteniéndose de hacer rugir el motor del Aston Martin. Aún teníamos cosas que decirnos. Yo necesitaba una explicación franca, pues bastantes de mis preguntas estaban por responder todavía.

Al fin llegó el cabriolé. Un zumbido perfecto, casi una música que respondía a la cadencia delicada de las olas y hacía creer que la armonía había vuelto sobre la tierra. Aparcó al lado del Chevrolet. Una puerta se abrió y se cerró muy levemente. Casi no le oí caminar: lo hacía con un paso que apenas si rozaba el asfalto. No me hizo falta volver la cabeza para saber que me había equivocado. Segundos después, su perfume me lo confirmó

—¿Se lo ha prestado o le ha birlado las llaves?

—No es la primera vez que lo conduzco.

Me había respondido con la misma voz pura e infantil de la primera vez que había venido a verme al despacho. Aunque esta vez ya no había en ella desasosiego. Me enderecé y me di la vuelta para buscar su mirada, pero la oscuridad era demasiado espesa para poder distinguir nada aparte de una silueta endeble que en la negrura de la noche parecía intensamente frágil.

—No dudo que sepa conducir. Ya lo tomó prestado cuando fue a buscar a Yasmina al British Council.

Pasaron unos segundos al ritmo lento de las olas que se alargaban antes de morir sobre la orilla. La voz que me respondió ya no era la de una sirena. Era a la vez ronca y sibilante.

—¡Cabrón, ya conoce toda la historia! ¿Eh? Ahora lo entiende todo...

—¿Toda la historia? No, aunque creo que he adivinado una buena parte. Para eso me contrató, ¿no?

—¡No, para eso no! Sólo para que averiguara qué había destrozado a Yasmina hasta el punto de empujarla a matarse.

—¡Mentiras! Todo eso usted ya lo sabe, Jehan. Usted me engañó. Aunque eso no tiene mucha importancia. Pero lo hizo por razones mezquinas. Quería vengarse, de acuerdo. Pero ¿cómo pudo usar a una cría de dieciséis años que la admiraba con locura, que seguramente la adoraba, para echarla a las garras de Moktar? Sí, ¿cómo pudo...?

Jehan me interrumpió. Su voz había cambiado otra vez. Se había vuelto gélida. Gélida de odio, indignación y resentimiento. Gélida también de dolor.

—Usted no sabe qué me hicieron él y sus bestias salvajes. No, no se puede imaginar su violencia, su perversidad, su odio hacia las mujeres cuando tienen a una entre sus garras. Me desgarraron entera con sus sexos de bestias salvajes. Y duró toda una noche. Aún hoy es como si esos gritos y esas risas jamás hubieran salido de mis oídos, como si esas uñas sucias y esos dientes podridos estuvieran todavía hundidos en mi piel... No, usted no lo puede entender.

—Es verdad, yo no puedo entenderlo. Y menos todavía cómo, después de todo lo que pasó, se atrevió a usar a una niña de cebo. Porque para eso usó a Yasmina, ¿no?

—¡Ella quería hacerlo! Ella vino a verme a aquella clínica londinense cuando aún me encontraba en muy mal estado, cuando las noches se reducían a una serie de pesadillas, cuando ni siquiera podía soportar la idea de que un hombre entrara en mi habitación. Yasmina quería vengarme. Quería hacerlo más que nada...

—Y no sólo no la disuadió, sino que montó esta operación aberrante con Blake. ¿Cómo entró él en esta historia?

—Él también vino a verme a Londres. El director del hotel le había llamado al encontrarme inconsciente en el Ambassador, y él se había encargado de que sanara en su país. Venía a verme a la clínica cada vez que viajaba a Inglaterra.

—Pero ¿quién tuvo la idea de tender una trampa a Moktar utilizando a Yasmina? ¿Blake o usted?

—¡Qué más da! Los tres estábamos de acuerdo en hacerlo. Blake quería deshacerse de un monstruo sin que su superior, un tal Matthews, lo supiera. Yasmina nos ayudaba de buena gana. Quería hacerlo como una especie de primer papel en el cine. Era como si así empezara su carrera de actriz. Quería demostrarme que sabía interpretar, que era capaz de ser algo más que una figurante...

—Pero ¿cómo ese gilipollas de Blake no se imaginó que podía salir mal?

—Porque el plan estaba bien preparado. Moktar se vuelve loco en cuanto huele carne fresca. No piensa en nada más y pasa por alto todas las normas de seguridad. Yasmina no debía correr ningún riesgo. Sólo pasearse por las galerías del Ambassador, hacer lo posible para cruzarse con Moktar, lanzarle una mirada o dos para que se le acercara y entablara conversación con ella. Luego tenía que aceptar una cita, pero sólo si ella decidía dónde. Y entonces intervendrían

Blake y sus hombres para atraparle. Pero las cosas no fueron como habíamos previsto. No sé cómo lo hizo, pero Moktar consiguió salir del hotel llevándose a Yasmina sin que nadie se diera cuenta. Quizá la hizo subir a la fuerza al coche de uno de sus hombres. Después nunca volvimos a verla viva. Aún hoy ignoro cómo Moktar pudo descubrir lo que preparábamos contra él.

Su voz ya no estaba cargada de odio y cólera. Volvía a ser la de una niña desdichada, al borde del sollozo. Buscaba compasión, mi compasión, lo cual no estaba dispuesto a concederle en absoluto. De pronto, como un anuncio del amanecer, la noche empezó a refrescar. Me pareció que el viento volvía.

—Jehan, todo es culpa suya. Y digo bien: todo. Blake no conocía a Yasmina, y no se habrían conocido sin usted. Tanto él como ella estaban bajo la influencia de su encanto, lo cual hizo que fuera fácil manipularlos. Por desgracia, usted no pudo evitar merodear alrededor del Ambassador. Algunos empleados la reconocieron y el director tuvo que informar de su presencia a Moktar. A partir de ese momento, su plan se fue al carajo. La hiena sabía que pretendían cazarla, pero los cazadores eran aficionados. De modo que lo aprovecharía, y más aún cuando Yasmina no era más que una niña sin experiencia, una presa a la que sin duda no pensaba dejar escapar. Me imagino que entendió lo que preparaban contra él y vio la ocasión de vengarse una segunda vez, de una forma aún más cruel. Luego, como él y sus hombres no sabían qué hacer con lo que quedó de ella, tuvieron la idea de encerrarla en El Paraíso de las Perdedoras. Después quizá la empujaron a huir y le prepararon el camino para que acabara allí donde hallaron su cuerpo. Tal vez incluso la ayudaron a saltar o la lanzaron desde el puente. Nunca lo sabremos...

Jehan intentó responderme, pero su voz apenas traspasaba el velo de lágrimas. Una ráfaga de viento dispersó las pocas palabras que alcanzó a pronunciar, sin que pudiera oír lo que había dicho. ¿Era sincera la pena que ella sentía por Yasmina? Lo dudaba mucho. Me pareció que lloraba sobre todo por sí misma, que su dolor era verdadero, denso, desgarrador, y cualquiera habría podido ofrecerle un hombro contra el que acurrucarse y llorar hasta la saciedad. Yo habría podido hacerlo...

Al fin y al cabo, sólo era una mujer extraviada en una tragedia, que no había comprendido lo que estaba en juego, una reina solitaria que había querido enfrentarse a un destino hostil y cortante sin saber que los dioses castigan a las presuntuosas, y Blake, al que había manipulado a su antojo para vengarla, había sido un pobre condestable. Jehan había querido medirse con las hienas del desierto, domarlas con sus propias armas, su belleza y su encanto, aliados a la astucia, el cinismo y hasta la crueldad para escapar a su condición incierta de actriz. Había fracasado, y no sentaba bien caer del cielo estrellado de Oriente cuando se es una joven estrella egipcia.

Si quedaba algún lugar donde la tragedia se interpretaba, era precisamente en ese Oriente donde los dioses aún reinaban, implacables, sin piedad, brutales, precipitando al abismo a los raros héroes que osaban afrontarlos queriendo dominar los poderes de las tinieblas, olvidando que éstas atrapaban a los arrogantes, haciéndoles caer otra vez en el polvo. Se había querido acercar demasiado a las hienas, pero al final éstas la habían destrozado. Y ella se aferraba a su venganza, la quería, aunque ella misma tuviera que formar parte de la jauría, aunque tuviera que devorar las presas que había capturado con sus trampas.

Jehan se había acercado a mí, y su grito de odio me sobresaltó.

—Lo tuviste a tu merced y no lo mataste.

Instantes después, intentó pasar una pierna por encima del barandal. Tuvo que intentarlo cuatro veces antes de conseguir poner un pie sobre la baranda, demasiado alta para ella. Y cuando lo consiguió, una parte de su cuerpo seguía negándose a seguir adelante. Hacía falta más fuerza para subirse, hacía falta que la desesperación absoluta se confundiera en esa fuerza y, a diferencia de Yasmina, Jehan seguía queriendo vivir. Quizás estuviera interpretando una nueva comedia para mí. Renunció enseguida y se desplomó sobre el suelo, con las piernas dobladas, tapándose la cabeza con el brazo. Luego, con la misma voz de niña que seguía sonando falsa, me preguntó si le habría impedido saltar. Casi respondí que «no», pero me limité a volver la cabeza y alejarme a lo largo de la baranda. Minutos después, el ruido del motor del Aston Martin se perdió en la noche.

Seguí con la mirada la luz de los faros; dejó el puente y giró a la derecha, es decir, en dirección a la villa de Blake.

Me estaba fumando un cigarrillo de sabor amargo con los codos apoyados contra el pretil. El viento soplaba otra vez, pero era el *bahri*, cargado de humedad y de sal, pero sin partículas de arena. Prometía ser una mañana más o menos clara y un cielo bastante azul. Me despedí de Yasmina y le prometí que pasaría una última vez antes de ir al aeropuerto.

Subí al Caprice Classic y me dirigí a mi casa. La carretera estaba completamente desierta. En Budaya, la luz de las farolas alineadas en filas apretadas a los lados de muros y fachadas era tan violenta que parecía oro extraído de la negra noche.

A continuación salí de la autopista, y tomé la pequeña carretera oscura que conducía a mi casa. Allí me esperaban. De entre las sombras surgió un todoterreno Nissan Patrol que cortó la estrecha calzada a unos diez metros delante de mí. Di un volantazo desesperado y derrapé en un gran descampado. Una primera ráfaga crepitó contra la carrocería, y el parabrisas estalló en mil fragmentos. Conseguí enderezar el Chevrolet y enfilar recto a campo traviesa. Pero era demasiado pesado para sacarlo adelante por los surcos de arena y, poco a poco, empezó a perder velocidad, dando la impresión de estar labrando el suelo.

Detrás de mí, el todoterreno me perseguía y el tirador, molesto por los baches, disparaba al buen tuntún. Pude avanzar unos doscientos metros más, luego el coche se inmovilizó, atascado hasta los ejes. Apagué los faros, abrí la puerta y me dejé caer al suelo. Con la Beretta no tenía ninguna posibilidad frente a los fusiles automáticos. Podía huir aprovechando la oscuridad o quedarme y luchar, lo cual me dejaba una esperanza de vida inferior a dos minutos en el primer caso e inferior a tres en el segundo. Opté por el minuto extraordinario. Con los codos apoyados sobre el capó y la frente chorreando de ese sudor vil que brota del miedo, le disparé al todoterreno, que venía hacia mí dando sacudidas, lo cual les hacía ametrallar mal que bien las estrellas. El vehículo se detuvo y apagó los faros.

Oír tres puertas cerrarse, lo que significaba que eran al menos cuatro con el chófer.

Pasó un primer minuto. Un tambor había empezado a redoblar en la noche. Sus enloquecidas pulsaciones ascendían por mi pecho y me martillaban las sienes sin que pudiera controlarlas. Intentaba dominar la respiración, pero era en vano. Me pareció oír un ruido a mi derecha y disparé instintivamente, lo cual atrajo a cambio varias ráfagas disparadas desde dos puntos diferentes. Rodé sobre mí mismo, sin por ello alejarme del Chevrolet, ya que la carrocería me daba cierta protección, incluso contra las balas expansivas. Pero tenía que moverme para confundirlos, pues debían de esperar que fuera a quedarme pegado al coche. Decidí reptar hacia el todoterreno, que parecía una roca grande bajo la luna aún cautiva de nubes negras que el viento empezaba a despejar. Dentro de poco la noche se aclararía, lo cual reduciría en algunos preciosos segundos mi esperanza de vida.

Había avanzado unos quince metros, cuando los faros del Nissan Patrol volvieron a encenderse, capturándome en sus haces. Se acabó. Estaba jodido. Ni tres minutos había durado. Del pozo sin fondo de mi memoria resurgieron imágenes de felicidad a las que me aferré a la espera de los próximos tiros. Sólo esperaba no sufrir.

La primera ráfaga se dispersó a unos metros de mí. Ya no tenía valor para replicar. A aquélla no la siguió una segunda o, al menos, no lo hizo enseguida, porque un rugido violento rasgó el silencio reinante. A lo lejos, otros dos faros recorrían la noche, acercándose a toda velocidad al Nissan. Di un salto y, aguijoneado por esas fuerzas desconocidas que te aferran a la vida cueste lo que cueste, eché a correr. Tenía que alejarme del perímetro definido por las luces enemigas, fundirme en lo más oscuro de la noche. En torno a mí silbaron algunas balas, luego cesaron los tiros, seguramente porque las armas se volvían hacia el recién llegado.

Instantes después, el tiroteo se reanudó con más fuerza. Uno de los faros del vehículo estalló en el momento preciso en que las nubes apartaban su tamiz de la luna y ésta iluminaba la escena. Reconocí el Aston Martin de Blake.

Aquel *brit* era decididamente bueno: aceleró contra uno de los tiradores y lo proyectó a quince metros de allí. Otra ráfaga perforó la carrocería del cupé, que despidió haces de chispazos. Blake derrapó sobre la arena de manera que hizo pivotar el coche un ángulo de noventa grados. Recuperó el control y, haciendo aullar el motor, embistió con él al segundo tirador, que cometió el error de intentar huir. El bólido tuerto chocó contra su espalda. Pero el tercer asesino, un tipo con un *keffieh* rojo y una *disdacha* marrón, se encontraba a su lado, a pocos metros de allí. Vi la deflagración inicial. El cupé avanzó a duras penas hasta ahogarse unos veinte metros más adelante. Me asaltó el valor y corrí hacia aquel hijo de puta. Se había olvidado de mí y seguía disparando. Cuando se volvió, ya era demasiado tarde y estaba a pocos metros de él. Vacíe el cargador soltando un alarido, y uno de los proyectiles le atravesó la cabeza. Se oyó otro motor, el del Patrol, que arrancaba. Me quedaban dos balas, que disparé con arrebato y que fallaron el blanco. Luego corrí hacia el Aston Martin. Antes incluso de llegar ya sabía que era demasiado tarde. Abrí la puerta para descubrir a Blake echado sobre el volante, con su espesa pelambrera pelirroja salpicada de cristales.

De pronto noté el olor de la gasolina y, presa del pánico, olvidando cuanto había aprendido en las prácticas de comandos, tiré de él con torpeza. Pesaba demasiado, pero yo tenía prisa por sacarle, y caímos al suelo. La sangre empezó a salir a borbotones. Una bala le había atravesado el pecho, justo debajo del esternón. No era agradable de ver. La bala debía de haberle barrenado como una peonza, destrozando todo lo que había encontrado a su paso. Blake era un tipo realmente macizo y eso había impedido que el impacto lo matara. Pero cuando vi que la sangre borbotaba por todas partes y que un hilo le salía por la boca, supe que no tenía muchas posibilidades de librarse. Su voz ya era jadeante.

—No hacía falta sacarme de esa manera, Frenchie. No tienes maña con los vivos... ni con los muertos.

—Cierra el pico, Blake. ¿Dónde está tu móvil? He perdido el mío...

—No te molestes. Greene y los demás... están al caer. Cuando me he enterado de que unos tipos se escondían en la carretera que lleva a tu casa, les he avisado... antes de volver. Les he dicho que vinieran... con el matasanos, pensando que... Pero tú has salido de ésta y yo estoy jodido. Mientras esperamos, no me dejes solo. Joder, cómo... duele. ¿Por qué no llevarás morfina encima, cabrón...?

—Blake, sigue hablando. Más despacio. Muy despacio...

—No hay nada que decir. Es normal, lo estoy pagando. La cagué. Por mi culpa, la niña... se ahogó. Es normal que... me haya llevado una buena.

—Dices gilipolleces, Blake. Yasmina quiso participar en esa jugada a toda costa...

—No me busques excusas, Frenchie. Pasó... porque estaba chocho perdido por Jehan. Eso... desde el día en que la encontré desnuda, sucia y... destrozada en el Ambassador. Eso me quemó las neuronas. No era yo. Cuanto más iba a verla a la clínica, más me ardía... la cabeza. ¡Estaba dispuesto a cualquier estupidez! Como dejar... a mi mujer. Odiaba a muerte a Moktar, y ella... aprovechó para... Así participé en su... ¡joder cómo duele esta mierda!... en su venganza. Lo siento por Yasmina... Todo el follón de mierda que armé... para...

—Blake...

—Escúchame... Si te marchas con Jehan... te estarás... complicando la vida con... con una chiflada...

—Pero ¿qué dices, Blake? ¿No estarás tan loco de pensar que...?

—¿Para qué ha venido... a verte... al puente?

—Para decir gilipolleces. Para saber por qué no había matado a Moktar cuando pude.

—Te creo. Dios santo... ¿por qué... me duele tanto...?

Por la carretera habían aparecido otros faros. Me quité la camisa, hice una pelota con ella y la coloqué bajo la cabeza de Blake a fin de ayudarle a respirar. Luego corrí hasta el Chevrolet y encendí las luces de emergencia para que les guiaran hacia nosotros. A lo lejos, la sirena de una ambulancia rompió la porcelana del silencio. Pero todo había terminado. Volví a arrodillarme junto a él. Se había puesto a tiritar y yo no tenía nada con qué taparlo. Su voz era más jadeante todavía, casi inaudible y tan descarnada que habríase dicho que hablaba con sus huesos.

—Háblame, Blake. Tienes que hablar. Dime lo que sea...

—Ya no... me duele, pero tengo... frío. Frenchie, tengo mucho... frío. Eso significa que... que... que me... voy. Otra cosa: te he salvado.... la vida, me he cargado... el coche por ti... y ni siquiera me has dado... ni una sola vez... las gracias.

—Gracias, Blake.

—Co-ro-nel Bla...

Epílogo

Me habría gustado ir al entierro de Blake, a su pueblo natal, cerca de Inverness, pero Matthews se negó a dejarme salir del archipiélago. Me tuvo retenido durante una breve semana. Tenía prohibido salir de mi casa por supuestas razones de seguridad. De hecho, había que esperar a que volviera la calma, y más aún cuando el tiroteo y el ataque de la clínica habían dado razones para preocupar a las autoridades locales, que empezaban a pedir cuentas a sus mercenarios británicos. Esto me dejó bastante tiempo para preparar las maletas y despedirme por teléfono. Eschrat pasó a verme y estuvo un buen rato, al igual que Babak, que vino a visitarme tres veces. Imad se contentó con una llamada de teléfono. El diputado Bouquerot y el senador Desmaret intentaron verse conmigo unos cientos de veces antes de salir del emirato. Conseguí que Matthews me dejara cambiar los dólares que me quedaban con el fin de hacer una transferencia a la familia de Blake.

También había recibido cuatro líneas del príncipe Muqtadir, que me informaba de que las chicas estaban bien y que habían nacido dos niños más. Además había recuperado mi caballo y me anunciaba que ordenaría enviarme a *Majd al Chams* en cuanto dispusiera de dirección fija. Procuraría enviarlo a mi hija a modo de regalo por su próximo cumpleaños.

Cada mediodía, el jefe del CID pasó a interrogarme. Matthews no se había equivocado del todo al creer que Yasmina había desaparecido en un palacio, ya que de hecho se la había llevado un príncipe. Blake le había ocultado buena parte de la historia, aquella en la que él no desempeñaba un buen papel. Matthews sabía que su subordinado frecuentaba a Jehan, pero ignoraba que la pareja había urdido una trama para secuestrar al príncipe Moktar utilizando a Yasmina de cebo.

La víspera de mi partida, volvió por última vez. Enjuto como un hueso viejo en un traje de hilo impecablemente planchado, con los ojos al acecho y el belfo ligeramente despectivo, me hizo pensar una vez más en un avestruz desplumado. No tenía más ganas de verlo que los otros días, pero conseguí comportarme con educación. Le invité a sentarse en un sillón y pedí a Marita que nos preparara café.

—Señor Caminos, ha llegado el momento de despedirse. ¡Ay, qué tristeza! Flaco consuelo, pero a pesar de todo el príncipe Moktar ha sido destituido de su cargo. Puede que algún día se cruce con él por los Campos Elíseos. También hemos detenido a la tripulación del *dhou* que se disponía a llevar a las chicas al Pakistán. Y hemos podido localizar el origen de la red que empezaba en ese lugar... al que llaman, creo, El Paraíso de las Perdedoras, hasta las zonas fronterizas de Afganistán, donde la policía paquistaní dice haber procedido ya a la detención de decenas de personas. Estamos esperando a que se nos informe sobre el tipo de caza aprehendida en esas redadas; puede que haya piezas importantes, pero lo dudo. En los campos terroristas también han encontrado a unas cuarenta prisioneras. Su estado era lamentable, pero al menos son libres.

—¿Y qué más?

—Quizá le sorprenda saber que el emir no me ha renovado el contrato y que éstos serán mis últimos días en el cargo. Al final, usted no ha sido el único al que han echado. Mi sustituto será un príncipe de aquí, pero con consejeros de la CIA entre bastidores, a quienes seguramente debo mi exclusión. Así que esto se ha acabado para nosotros, el golfo Pérsico será americano después de siglos de presencia británica, y nosotros nos limitaremos a desempeñar un simple papel de ayudantes. A menos que vaya cayendo poco a poco en manos de los islamistas. En todo caso, deseo que les vaya de maravillas a nuestros amigos del Far West...

—Vaya al grano, Matthews, que no ha venido a darme un curso de geopolítica.

—Como siempre tan amable, ¿eh?, señor Caminos. Quería saber qué proyectos tiene en mente.

—¿Proyectos?

—¿Le sorprende mi pregunta?

—Bastante, sí. ¿No tendrá una propuesta que hacerme?

—Pues sí. Cuando mi contrato termine, tengo previsto crear una empresa de seguridad privada y necesitaría buenos profesionales.

—¿No irá a decirme que piensa contratarme?

—¿Por qué no? Aunque no me ha gustado el modo en que se ha implicado personalmente en esta investigación, ha demostrado auténtica destreza. Es más, es usted tenaz, valiente y tiene una hoja de servicios bastante brillante. Bien controlado, puede convertirse en un buen elemento. Le propongo...

—Váyase a la mierda, Matthews. No he caído tan bajo. No tanto como para trabajar para un criminal de guerra.

—Recurre usted a las grandes palabras muy pronto, señor Caminos. Piénselo de todos modos, piénselo. En el Golfo está desacreditado, le esperan problemas en su país y, por consiguiente, en toda Europa. ¿Qué le queda? ¿No irá a trabajar de mercenario en África?

—Bien, Matthews. Pensaré en su proposición... Con una condición: que me dé la libertad de pasar la última noche donde yo quiera y con quien yo quiera.

—¡Ah! Ya veo. Quiere quedar con su hermosa amiga...

—Sus policías se lo dirán. ¿De acuerdo?

—¿Y me dará su respuesta sin falta mañana, antes de tomar el avión?

—Sin falta. Pero no cuente con que sea positiva.

El Caprice Classic estaba en un taller mecánico y tuve que pedir un coche de alquiler. Di una vuelta rápida a la isla, y me detuve un buen rato en la Cornisa con el motor apagado, en un momento en que el sol, que desde hacía unos días era un resplandor casi insoportable, se sumergía en el mar. Forjadas por el *bahri*, que había triunfado definitivamente sobre el *tauz*, las olas curvas cintilaban al golpear el yunque rojizo de la orilla.

Era la hora de Rimbaud, la hora en la que él tenía razón:

Al fin recuperada.
¿Qué? La Eternidad.
Es el mar que parte
con el sol.

Pero también era la hora en la que hienas y chacales salían a cazar, como los remordimientos se cazaban entre ellos en el territorio de la memoria. Encendí un cigarrillo, un segundo, un tercero, incapaz de apartar los malos recuerdos que corrían por mi cabeza, tratando de morder la carne de la conciencia. Cuando el astro rojo se sumergió me dirigí al Sheraton, cuya gran ese reflejaba todavía algunos destellos dorados. Dejé el coche en el aparcamiento y tomé el ascensor que subía hasta el bar.

A través de la puerta acristalada, el vestido rojo y negro de Sounaïma se me antojó más abierto que de costumbre. Apoyada con los codos detrás de la barra, atendía a un joven oficial de marina americano, un rubiales de belleza hecha a medida con *corn-flakes* y mantequilla de cacahuete, al que ya había visto en otra ocasión, o eso me parecía. Era evidente que le estaba echando los tejos, y a ella no parecía disgustarle. Los celos fueron como la punta de un destornillador que se me clavó en la barriga. Segundos después, volvía a estar en el ascensor para bajar a la galería comercial, donde aún quedaba abierta una floristería. Había un buen surtido de flores donde elegir, todas frescas, recién traídas de Holanda. Me llevé tulipanes que, en la poesía persa simbolizan la hermosura y la juventud. A continuación, pisando a fondo el acelerador, me dirigí al gran puente.

La noche no había caído del todo cuando llegué. Apoyé los codos por última vez en la baranda, con el ramo de tulipanes entre las manos. Sólo tenía que esperarla.

El sol había culminado la trágica zambullida, pero las olas espumosas que acudían, suaves y tornasoladas, al encuentro de la orilla negra habían conservado en sus crines argentadas el eco luminoso de su caída.

Visite nuestra web en:

www.umbrieleditores.com